AF597431

Érase una vez un corazón roto

Stephanie Garber es la autora *best seller* #1 del *New York Times* y del *Sunday Times* de la trilogía **Caraval**, traducida a más de 30 idiomas. *Érase una vez un corazón roto* es su libro más reciente. Cuando no está escribiendo, la puedes encontrar viendo alguna serie de vampiros en la televisión.

Código BIC: YFH | Código BISAC: JUV037000
Arte de cubierta: Kailey Whitman
Diseño de cubierta: Lydia Blagden
Adaptación de cubierta: Nai Martínez

STEPHANIE GARBER

Traducción de Eva González Rosales

Argentina – Chile – Colombia – España
Estados Unidos – México – Perú – Uruguay

Título original: *Once Upon a Broken Heart*
Editor original: Flatiron Books
Traductor: Eva González Rosales

1.ª edición en **books4pocket** Junio 2025

Plaza de los Reyes Magos, 8, piso 1.º C y D – 28007 Madrid
www.mundopuck.com
www.books4pocket.com

ISBN: 978-84-19130-63-1
E-ISBN: 978-84-19029-25-6
Depósito legal: M-9.983-2025

Fotocomposición: Urano World Spain, S.A.U.

Impreso por Novoprint, S.A. – Energía 53 – Sant Andreu de la Barca (Barcelona)

Impreso en España – *Printed in Spain*

Para todos los que alguna vez tomaron una mala decisión
después de que les rompieran el corazón.

Castillo Fortuna
Wolf Hall
Muelle

GLORIOSO NORTE
IVEN AQUÍ
La Sirena
y las Perlas
El cementerio
Los chapiteles
Reino
Subterráneo de Caos
Hacia el Imperio Meridional

ADVERTENCIAS Y SEÑALES

La campana que colgaba fuera de la tienda de curiosidades supo que el humano sería un problema por el modo en el que atravesó la puerta. Las campanas tienen un oído excelente, pero aquel pequeño cimbalillo no necesitó ninguna habilidad concreta para captar el tosco tintineo de la ostentosa cadena del reloj que el joven llevaba a la cadera, o el arrastrar áspero de sus botas cuando intentó caminar con garbo y solo consiguió arañar el suelo de Rarezas, Curiosidades y Extravagancias de Maximilian.

Aquel joven sería la perdición de la chica que trabajaba en la tienda.

La campana intentó avisarle. Dos segundos enteros antes de que el muchacho abriera la puerta, la campana hizo sonar su badajo. A diferencia de la mayor parte de los humanos, aquella dependienta había crecido rodeada de curiosidades; de hecho, la campana sospechaba desde hacía tiempo que ella misma era también una curiosidad, aunque no conseguía decidir de qué tipo exactamente.

La chica sabía que algunos objetos eran mucho más de lo que parecían y que las campanas poseían un sexto sentido del que los humanos carecían. Por desgracia, aunque creía en la esperanza, en los cuentos de hadas y en el amor a primera vista, a menudo malinterpretaba el tañido de la campana. Aquel día, la campana estaba bastante segura de que había oído su advertencia. Pero, por lo entusiasmada que sonó la muchacha al hablar con el joven, parecía que se había tomado su sonido como una señal venturosa en lugar de como una advertencia.

PARTE I

La fábula de Evangeline Fox

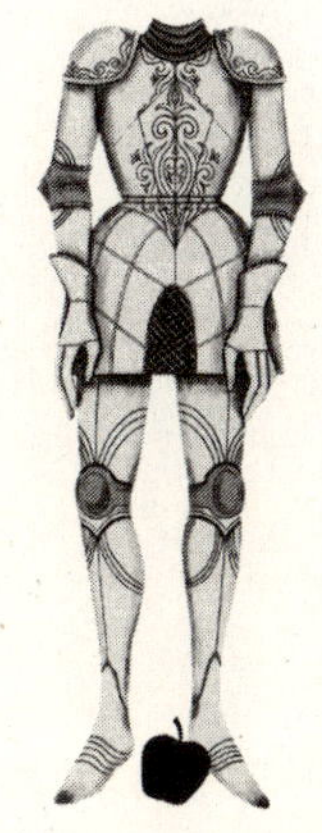

La Gaceta del Chisme

¿Dónde orarán ahora aquellos que sufren mal de amores?

Por Kutlass Knightlinger

La puerta de la iglesia del Príncipe de Corazones ha desaparecido. La icónica entrada de uno de los lugares de culto más visitados del Distrito del Templo, pintada con el intenso rojo sangre de los corazones rotos, se ha desvanecido en algún momento durante la noche, dejando atrás solo un impenetrable muro de mármol. Ahora es imposible entrar en la iglesia...

Evangeline se guardó el recorte de periódico de hacía dos semanas en el bolsillo de su falda de flores. La puerta al final de aquel decrépito callejón apenas era más alta que ella y estaba oculta detrás de una oxidada rejilla metálica en lugar de cubierta por una preciosa pintura rojo sangre, pero habría apostado la tienda de curiosidades de su padre a que era la puerta desaparecida.

En el Distrito del Templo nada era tan feo. Todas las entradas tenían paneles tallados, arquitrabes decorativos, carpas de cristal y cerraduras doradas. Aunque su padre había sido un hombre religioso, solía decir que las iglesias de Valenda eran como vampiros: no fueron diseñadas para la adoración sino para atraer y engatusar a los humanos. No obstante, aquella puerta era diferente. Era solo un bloque áspero de madera, sin pomo y con la pintura blanca descascarillada.

Aquella puerta no quería ser encontrada.

Y, aun así, no consiguió esconderle a Evangeline lo que era en realidad.

Su silueta dentada era inconfundible. Un lado seguía una curva descendente y el otro era un tajo serrado, y ambos formaban la mitad de un corazón partido: el símbolo del legendario Príncipe de Corazones.

Por fin.

Si la esperanza fuera un par de alas, las de Evangeline se habrían extendido a su espalda, ansiosas por levantar el vuelo de nuevo. Después de dos semanas de búsqueda por la ciudad, la había encontrado.

Cuando se descubrió, gracias al artículo que llevaba en el bolsillo, que la puerta de la iglesia del Príncipe de Corazones había desaparecido, pocos lo achacaron a la magia. Era el primer número de aquella publicación sensacionalista y la gente decía que era parte de una treta para vender suscripciones. Las puertas no desaparecían sin más.

Pero Evangeline creía que era posible. Aquel artículo no le había parecido un truco; le había parecido una señal, que le indicaba qué tenía que buscar para salvar su corazón y al muchacho al que este pertenecía.

Puede que no hubiera visto demasiada magia más allá de las excentricidades de la tienda de curiosidades de su padre, pero tenía fe en su existencia. Su padre, Maximilian, siempre hablaba de la magia como si esta fuera real, y su madre había nacido en el Glorioso Norte, donde no hacían diferencia entre los cuentos de hadas y la historia. «Todos los cuentos contienen una parte de verdad y una de mentira —solía decir su madre—. Lo que importa es lo que nosotros creemos que son».

Y Evangeline tenía un don para creer en las cosas que otros consideraban leyendas, como los Destinos inmortales.

Abrió la rejilla metálica. La puerta no tenía pomo, de modo que tuvo que introducir los dedos en el espacio diminuto entre su borde dentado y el sucio muro de piedra.

Se pinchó los dedos con la puerta, dejando en ella una gota de sangre, y habría jurado que oyó su voz astillada diciendo: «¿Sabes a dónde estás a punto de entrar? Saldrás de aquí con el corazón roto».

Pero el corazón de Evangeline ya estaba roto. Y comprendía los riesgos que estaba asumiendo. Conocía las reglas para visitar las iglesias de los Destinos:

Promete siempre menos de lo que puedas dar, porque los Destinos siempre se llevarán más.

No hagas tratos con más de un Destino.

Y, sobre todas las cosas, jamás te enamores de un Destino.

Había dieciséis Destinos inmortales, que eran seres celosos y posesivos. Se decía que, antes de su desaparición, hacía siglos, gobernaron parte del mundo con una magia que era tan malévola como maravillosa. Nunca incumplían un trato, aunque a menudo perjudicaban a la gente a la que ayudaban. No obstante, todo el mundo se sentía en algún momento lo bastante desesperado como para rezarles, aunque la mayoría creyera que eran simples leyendas.

Evangeline siempre había sentido curiosidad por sus iglesias, pero sabía lo suficiente de la naturaleza voluble de los Destinos y de los tratos que se hacía con ellos como para evitar sus lugares de adoración. Hasta hacía dos semanas, cuando se convirtió en una de esas personas desesperadas sobre las que las historias siempre advertían.

—Por favor —susurró a la puerta con forma de corazón, llenando su voz de la salvaje y maltrecha esperanza que la había conducido hasta allí—. Sé que eres una cosita lista. Me has permitido encontrarte, así que déjame entrar.

Dio a la madera un último tirón.

Esta vez, la puerta se abrió.

El corazón de Evangeline se desbocó cuando dio el primer paso. Mientras buscaba la puerta desaparecida, había leído que la iglesia del Príncipe de Corazones tenía un aroma distinto para cada persona que la visitaba. Se suponía que olía como la mayor decepción de cada persona.

Pero cuando Evangeline entró en la fría catedral, el aire no le recordó a Luc; no había toques de gamuza o de vetiver. La tenue entrada de la iglesia emanaba un aroma ligeramente dulce y metálico, a manzanas y a sangre.

Se le erizó la piel de los brazos. Aquella no era una reminiscencia del muchacho al que amaba. La información que había leído debía ser incorrecta, pero no se dio la vuelta. Sabía que los

Destinos no eran santos ni salvadores, aunque esperaba que el Príncipe de Corazones tuviera más sensibilidad que los demás.

Sus pasos la llevaron al interior de la catedral. Todo era asombrosamente blanco: alfombras blancas, velas blancas y reclinatorios de roble blanco, álamo blanco y abedul blanco decapado.

Evangeline pasó junto a hilera tras hilera de disparejos bancos blancos. En el pasado habrían sido bonitos, pero ahora a muchos les faltaba una pata, otros tenían los cojines destrozados y algunos estaban rotos por la mitad.

Rotos.

Rotos.

Rotos.

No era de extrañar que la puerta no hubiera querido dejarla entrar. Aquella iglesia no era siniestra, era triste…

Un abrupto rasgón rompió el silencio de la iglesia.

Evangeline giró sobre sus talones y contuvo un grito.

A varias hileras a su espalda, en una esquina sombría, un joven parecía estar llorando o realizando algún tipo de penitencia. Los mechones despeinados de su cabello dorado caían sobre su rostro abatido mientras tiraba de las mangas de su gabán burdeos.

Al mirarlo, notó una punzada en el corazón. Se sintió tentada a preguntarle si necesitaba ayuda, pero él seguramente había elegido esa esquina para pasar inadvertido.

Y a ella no le quedaba mucho tiempo.

No había relojes en el interior de la iglesia, pero Evangeline habría jurado que oía el tictac de una manecilla, afanada en borrar los valiosos minutos que quedaban hasta la boda de Luc.

Se apresuró hacia el ábside, donde las hileras fracturadas de bancos se detenían ante un resplandeciente estrado de mármol.

La plataforma estaba impoluta, iluminada por un muro de velas de cera de abeja y rodeada de cuatro columnas acanaladas, amparando a una estatua a gran escala del inmortal Príncipe de Corazones.

Se le erizó el vello de la nuca.

Sabía qué aspecto se suponía que tenía. Las Barajas del Porvenir, que usaban imágenes de los Destinos para predecir el futuro, se habían vuelto hacía poco un artículo popular en la tienda de curiosidades de su padre. La carta del Príncipe de Corazones representaba un amor no correspondido, y siempre retrataba al Destino como un joven trágicamente atractivo, con unos brillantes ojos azules llenos de lágrimas del color de la sangre que manchaba la comisura de su boca triste.

Aquella brillante estatua no lloraba lágrimas de sangre, pero su rostro poseía una belleza despiadada, la que Evangeline habría esperado de un semidios con la capacidad de matar con un beso. Los labios de mármol del príncipe se curvaban en una sonrisa arrogante y perfecta que debería parecer fría, dura y afilada, pero en cuyo grueso labio inferior había una pizca de suavidad. Su expresión era una invitación mortífera.

Según las leyendas, el Príncipe de Corazones no era capaz de amar porque su corazón había dejado de latir hacía mucho. Solo una persona podía ponerlo en marcha de nuevo: su único y verdadero amor. Decían que su beso era mortal para todos excepto para ella (la única debilidad del príncipe) y que, mientras la buscaba, había dejado un rastro de cadáveres.

Evangeline no podía imaginar una existencia más trágica. Si un Destino podía comprender su situación, sería el Príncipe de Corazones.

Miró sus elegantes dedos de mármol, que agarraban una daga del tamaño de su antebrazo. La hoja apuntaba hacia abajo, hacia un cuenco de piedra para las ofrendas equilibrado sobre un quemador sobre el que danzaba un lento círculo de llamas blancas. Las palabras *Sangre por una plegaria* estaban talladas en el lateral.

Evangeline tomó aliento.

Para eso estaba allí.

Se presionó el dedo con la punta de la daga. El afilado mármol le perforó la piel y la sangre cayó, gota a gota, chisporroteando, siseando y cargando el aire de un olor metálico y dulzón.

Una parte de ella esperaba que aquella ofrenda provocara algún tipo de manifestación mágica, que la estatua cobrara vida o que la voz del Príncipe de Corazones llenara la iglesia. Pero nada se movió excepto las llamas del muro de velas. Ni siquiera oía ya al hombre angustiado al fondo de la iglesia. Solo estaban la estatua y ella.

—Querido… Príncipe —comenzó, titubeando. Nunca había rezado a un Destino y no quería hacerlo mal—. Estoy aquí porque mis padres han muerto.

Se estremeció. Así no era como se suponía que iba a comenzar.

—Lo que quiero decir es que mis padres han fallecido, los dos. Perdí a mi madre hace un par de años. La pasada estación perdí a mi padre. Y ahora estoy a punto de perder al joven al que amo, Luc Navarro… —Se le cerró la garganta al pronunciar su nombre e imaginar su sonrisa torcida. Quizá, si él hubiera sido más simple, o más pobre, o más cruel, nada de aquello habría ocurrido—. Nos hemos estado viendo en secreto porque se suponía que yo estaba de luto por mi padre. Hace poco más de dos semanas, el día que Luc y yo íbamos a contar a nuestras familias que estábamos enamorados, mi hermanastra Marisol anunció que Luc y ella iban a casarse.

Evangeline se detuvo para cerrar los ojos. Aquella parte todavía hacía que se sintiera mareada. Los compromisos tan rápidos no eran inusuales. Marisol era guapa y, aunque reservada, también era amable; mucho más que su madre, Agnes, la madrastra de Evangeline. Pero ella nunca había visto a Luc y a Marisol juntos en la misma habitación.

—Sé lo que parece, pero Luc me quiere. Creo que lo han hechizado. No ha hablado conmigo desde que anunciaron el compromiso… No quiere verme. No sé cómo lo ha hecho, pero estoy segura de que todo esto es cosa de mi madrastra.

En realidad, Evangeline no tenía ninguna prueba de que Agnes fuera una bruja y de que hubiera hechizado a Luc, pero estaba segura de que su madrastra se había enterado de su relación con el joven y había preferido que este, y el título que algún día heredaría, fueran para su propia hija.

—Agnes me odia desde que mi padre murió. He intentado hablar con Marisol sobre Luc. A diferencia de mi madrastra, no creo que Marisol me hiciera daño intencionadamente. Pero, cada vez que intento abrir la boca, las palabras no quieren salir, como si yo también estuviera hechizada. Así que aquí estoy, suplicando tu ayuda. La boda es hoy, y necesito que la detengas.

Evangeline abrió los ojos.

La estatua inmóvil no había cambiado. Ella sabía que las esculturas, en general, no se movían, pero no podía evitar pensar que debería haber hecho *algo*: cambiado, hablado o movido sus ojos de mármol.

—Por favor, sé que tú entiendes lo que es tener el corazón partido. Evita que Luc se case con Marisol. Evita que vuelvan a romperme el corazón.

—Vaya, ese sí que ha sido un discurso patético. —Dos palmadas lentas siguieron a la voz indolente, que sonó a apenas unos centímetros de distancia.

Evangeline se giró sobre sus talones mientras la sangre abandonaba su rostro. No esperaba que fuera él, el joven al que había visto rasgándose las vestiduras al fondo de la iglesia. Aunque era difícil creer que aquella fuera la misma persona. Había creído que el joven estaba sufriendo mucho, pero debía haberse arrancado el dolor junto con las mangas de su chaqueta, cuyos jirones colgaban ahora sobre una camisa de rayas blancas y negras apenas a medio meter en sus pantalones.

El muchacho se sentó en los peldaños de la plataforma y se apoyó perezosamente en una de las columnas con sus piernas largas y delgadas extendidas ante él. Llevaba el cabello dorado despeinado, sus ojos azules y demasiado brillantes estaban inyectados en sangre y su boca se curvaba en las comisuras como si no se estuviera divirtiendo demasiado pero disfrutara del breve dolor que acababa de infligirle. Parecía aburrido, rico y cruel.

—¿Quieres que me levante y me dé la vuelta para que puedas estudiar el resto de mi persona? —se burló.

El color regresó de inmediato a las mejillas de Evangeline.

—Estamos en una iglesia.

—¿Qué tiene eso que ver?

Con un elegante movimiento, el joven buscó en el bolsillo interior de su rasgada levita burdeos, sacó una inmaculada manzana blanca y le dio un bocado. El jugo rojo oscuro de la fruta bajó por sus dedos largos y pálidos antes de caer sobre los impolutos peldaños de mármol.

—¡No hagas eso! —Evangeline no había pretendido gritar. Aunque no era tímida con los desconocidos, normalmente evitaba discutir con ellos, pero aquel joven estaba siendo tan grosero que no pudo evitarlo—. Estás siendo muy desconsiderado.

—Y tú estás rezándole a un inmortal que mata a todas las chicas a las que besa. ¿De verdad crees que merece alguna consideración? —El horrible joven enfatizó sus palabras con otro mordisco a su manzana.

Ella intentó ignorarlo. Lo intentó de verdad, pero era como si la hubiera apresado alguna magia terrible. En lugar de alejarse de él, Evangeline se lo imaginó usando su boca con aroma a fruta para besarla hasta que muriera en sus brazos en lugar de para morder su aperitivo.

No. No puede ser…

—Me estás mirando fijamente otra vez —murmuró el desconocido.

Evangeline apartó la mirada de inmediato y se giró hacia la escultura de mármol. Minutos antes, sus labios habían hecho latir su corazón, pero ahora solo parecía una estatua normal, inerte comparada con aquel joven despiadado.

—Personalmente, creo que yo soy mucho más guapo. —De repente, el joven estaba justo a su lado.

Mariposas cobraron vida con un aleteo en el vientre de Evangeline. Mariposas asustadas, unas que, con sus alas frenéticas y sus movimientos demasiado rápidos, le advertían que se fuera de allí, que corriera, que huyera. Pero no podía apartar la mirada.

Tan cerca, era innegablemente atractivo y más alto de lo que había esperado. Él le dedicó una sonrisa de verdad, revelando un par de hoyuelos que por un momento lo hicieron parecer más ángel que demonio. Pero Evangeline suponía que incluso los ángeles tenían que tener cuidado con él. Podía imaginárselo mostrando esos engañosos hoyuelos mientras engatusaba a un ángel para que perdiera sus alas y así poder jugar con las plumas.

—Eres tú —susurró—. Tú eres el Príncipe de Corazones.

2

El Príncipe de Corazones dio un último mordisco a su manzana antes de dejarla caer al suelo y salpicarlo todo de rojo.

—La gente a la que no le gusto me llama Jacks.

Evangeline quería decirle que a ella no le disgustaba, que siempre había sido su Destino favorito, pero aquel no parecía el melancólico Príncipe de Corazones que siempre había imaginado. Jacks no parecía la encarnación del desamor.

¿Sería todo aquello una broma desagradable? Los Destinos, supuestamente, habían desaparecido del mundo siglos antes. Aun así, todo lo que Jacks vestía (desde su pañuelo desatado a sus botas altas de piel) estaba a la última moda.

Evangeline escudriñó la blanca iglesia como si los amigos de Luc fueran a aparecer en cualquier momento entre risotadas. Luc era el hijo único de un caballero y, aunque nunca actuaba con ella como si eso importara, los jóvenes que lo acompañaban la consideraban de clase inferior. El padre de Evangeline había sido propietario de varias tiendas en Valenda, así que ella nunca había sido pobre, pero no pertenecía a la alta sociedad como Luc.

—Si estás buscando la salida porque has recuperado la sensatez, no te detendré.

Jacks entrelazó las manos tras su cabeza dorada y se apoyó contra su propia escultura, sonriendo.

A Evangeline se le revolvió el estómago, una advertencia para que no se dejara engañar por los hoyuelos de su sonrisa o su ropa rasgada. Aquel era el ser más peligroso al que jamás había conocido.

No creía que fuera a matarla; ella no sería tan tonta como para dejar que el Príncipe de Corazones la besara. Pero sabía que, si se quedaba y hacía un trato con él, destruiría para siempre alguna parte de su ser. Y, aun así, si se marchaba, no habría salvación para Luc.

—¿Cuánto me costará tu ayuda?

—¿He dicho que vaya a ayudarte?

Los ojos de Jacks se detuvieron en las cintas de color crema que subían desde sus zapatos para envolver sus tobillos y desaparecer bajo el dobladillo de su vestido con bordado inglés. Era uno de los viejos vestidos de su madre, estampado con pálidos cardos púrpuras, diminutas flores amarillas y pequeños zorros.

Las comisuras de la boca del príncipe se curvaron con desagrado mientras sus ojos subían hasta los mechones de cabello que se había rizado con unas tenazas calientes aquella misma mañana.

Evangeline intentó no sentirse insultada. Aunque apenas conocía a aquel Destino, su breve interacción le decía que no había demasiadas cosas que consiguieran su aprobación.

—¿Qué color es ese? —le preguntó Jacks, señalando vagamente sus rizos.

—Oro rosa —contestó ella con alegría. Evangeline nunca dejaba que nadie la hiciera sentir mal por su inusual cabello. Su madrastra siempre la presionaba para que se lo tiñera de castaño, pero sus ondas rosas con mechas de un pálido dorado eran lo que más le gustaba de su apariencia.

Jacks ladeó la cabeza, todavía con el ceño fruncido.

—¿Naciste en el Imperio Meridional o en el Norte?

—¿Qué importa eso?

—Solo es curiosidad.

Evangeline se contuvo para no fruncir el ceño ella también. Normalmente le encantaba responder esa pregunta. Su padre, al que le gustaba hacerla sentir que toda su vida era un cuento de hadas, siempre bromeaba diciendo que la había encontrado en una caja que habían enviado a su tienda junto a otras curiosidades; esa era la razón por la que su cabello era rosa duende, le decía siempre. Y su madre siempre asentía, guiñando el ojo.

Echaba de menos los guiños de su madre y las bromas de su padre. Echaba de menos todo de ellos, pero no quería compartir ninguno de sus recuerdos con Jacks.

En lugar de responder con palabras, se encogió de hombros.

Jacks bajó las cejas.

—¿No sabes dónde naciste?

—¿Es un requisito para conseguir tu ayuda?

Él volvió a mirarla de arriba abajo y esta vez sus ojos se detuvieron en sus labios. Aun así, no la miraba como si quisiera besarla. Su expresión era demasiado indiferente. Miraba su boca como la gente examinaba la mercancía de las tiendas de su padre, como si sus labios fueran algo que pudiera comprarse, algo que le perteneciera.

—¿A cuántos has besado? —le preguntó.

Un diminuto relámpago de calor golpeó el cuello de Evangeline. Había trabajado en la tienda de curiosidades de su padre desde que tenía doce años; no la habían criado como a una joven dama, no exactamente. Ella no era como su hermanastra, a la que habían enseñado a mantenerse siempre a un metro de cualquier caballero y a no hablar de nada más controvertido que el tiempo. A ella la habían animado a ser curiosa, aventurera y amistosa, pero no era descarada en todos los sentidos. Algunas cosas la ponían nerviosa, y una de ellas era el modo en el que el Príncipe de Corazones miraba su boca.

—Solo he besado a Luc.

—Qué patético.

—Luc es la única persona a la que quiero besar.

Jacks se rascó su mandíbula afilada con expresión escéptica.

—Casi me siento tentado a creerlo.

—¿Por qué iba a mentir?

—Todo el mundo miente. La gente cree que me sentiré más predispuesto a ayudarla si su objetivo es noble, como el amor verdadero. —Una pizca de burla trepó a su voz, alejándolo un poco más del Príncipe de Corazones que Evangeline había esperado—. Pero, aunque de verdad ames a ese joven, estarás mejor sin él. Si él te correspondiera, no se casaría con otra. Fin de la historia.

—Te equivocas.

En la voz de Evangeline había la misma convicción que en su corazón. Aunque había cuestionado su relación con Luc después del abrupto compromiso de este con Marisol, pero siempre respondía a sus propias dudas con meses de recuerdos significativos. La noche en la que murió su padre (la noche en la que su corazón no dejaba de latir ni de doler), Luc la encontró vagando por los pasillos de la tienda de curiosidades, buscando una cura para su corazón roto. Tenía las mejillas manchadas de lágrimas y los ojos enrojecidos. Temió que su llanto lo espantara, pero él la abrazó y le dijo: «No sé si yo conseguiré reparar tu corazón, pero puedes quedarte el mío porque ya es tuyo».

Sabía desde hacía un tiempo que estaba enamorada de Luc, pero fue entonces cuando descubrió que él sentía lo mismo. Sus palabras parecían sacadas de un cuento de hadas, pero Luc las respaldó con actos sinceros. Aquella noche, y muchas de las noches que siguieron, la ayudó a recomponer su corazón. Y ahora ella estaba decidida a ayudarlo a él. Que se hubiera comprometido con ella no significaba que la amara, pero estaba segura de que había amor en los momentos que habían compartido.

Luc tenía que estar hechizado. Aunque a otros pudiera parecerles extrema o tonta, aquella era la única explicación que Evangeline podía creer. No tenía sentido que no quisiera hablar con ella ni que las palabras quedaran atrapadas en su boca cuando intentó contarle la verdad a Marisol.

—Por favor. —No le importaba suplicar—. Ayúdame.

—No creo que quieras que te ayude, pero me gustan las causas perdidas. Evitaré la boda a cambio de tres besos. —Los ojos de Jacks asumieron un brillo divertido cuando regresaron a la boca de Evangeline.

Una nueva oleada de calor subió hasta las mejillas de la joven. Se había equivocado al pensar que él no quería besarla pero, si las historias eran ciertas, un beso suyo significaría la muerte.

Jacks se rio, brusco y breve.

—Tranquila, niña, no deseo besarte. Eso te mataría, y entonces no me serías de utilidad. Quiero que beses a *otras* tres personas. A quienes yo decida. Cuando yo lo decida.

—¿Qué tipo de beso? ¿Un piquito o… algo más?

—Si crees que eso contaría, es que no te han besado nunca. —Jacks se apartó de la escultura y se acercó, cerniéndose sobre ella de nuevo—. No es un beso de verdad si no hay lengua.

El rubor contra el que había estado luchando se volvió más abrasador, hasta que su cuello, sus mejillas y sus labios se incendiaron.

—¿Por qué dudas, niña? Solo son besos. —Jacks parecía estar conteniendo la risa—. O el tal Luc besa terriblemente mal, o temes aceptar demasiado rápido porque en secreto te gusta la idea.

—No me gusta la idea…

—Entonces, ¿el tal Luc besa mal?

—¡Luc besa muy bien!

—¿Cómo lo sabes, si no tienes nada con qué compararlo? Si al final terminas con Luc, acabarás deseando que te hubiera pedido que besases a más de tres personas.

—No quiero besar a ningún desconocido. La única persona a la que quiero es Luc.

—Entonces, este debería ser un precio pequeño a pagar —dijo Jacks sin expresión.

Tenía razón, pero Evangeline no podía mostrarse de acuerdo sin más. Su padre le había enseñado que los Destinos no determinaban tu futuro, a pesar de lo que sugería su nombre. En lugar de eso, abrían puertas a nuevos futuros. Pero las puertas que abrían no siempre conducían a dónde esperabas; en lugar de eso, a menudo te conducían a nuevos tratos desesperados con los que intentar arreglar los primeros. Eso sucedía en multitud de historias, y Evangeline no quería que ocurriera en la suya.

—No quiero que muera nadie —exigió—. No puedes detener la boda besando a alguno de los asistentes.

Jacks parecía decepcionado.

—¿Ni siquiera a tu hermanastra?

—¡No!

El príncipe se llevó los dedos a la boca y jugó con su labio inferior, ocultando la mitad de una expresión que podría ser tanto de irritación como de diversión.

—En realidad, no estás en posición de negociar.

—Creí que a los Destinos os gustaba hacer tratos —lo retó.

—Solo cuando somos nosotros quienes establecemos las reglas. No obstante, estoy de buen humor, así que te concederé esta petición. Solo quiero saber una cosa más: ¿cómo conseguiste que la puerta te dejara entrar?

—Se lo pedí con educación.

Jacks se frotó la mandíbula.

—¿Eso es todo? ¿No encontraste una llave?

—Ni siquiera vi una cerradura —le contestó con sinceridad.

Un destello de victoria iluminó los ojos de Jacks, que entonces le agarró la muñeca y se la llevó a su boca fría.

—¿Qué haces? —le preguntó Evangeline, conteniendo el aliento.

—No te preocupes, no voy a besarte.

Sus labios acariciaron el delicado interior de su muñeca. Una vez. Dos veces. Tres veces. Apenas fue un roce, y aun así había algo increíblemente íntimo en ello. Hizo que recordara otras historias, las que decían que sus besos eran mortales pero que merecían la pena. Jacks arrastró su boca fría sobre su pulso acelerado, aterciopelado y suave y… sus dientes afilados se clavaron en su piel.

—¡Me has mordido! —gritó Evangeline.

—Tranquila, niña, no te he hecho sangre. —Jacks le soltó el brazo con los ojos brillantes.

Evangeline se pasó un dedo sobre la piel dolorida en la que él acababa de hundir sus dientes. Tres finas cicatrices blancas, con forma de diminutos corazones partidos, se alineaban en el interior de su muñeca. *Uno por cada beso.*

—¿Cuándo...? —Evangeline levantó la mirada.

Pero el Príncipe de Corazones ya se había ido. Ella ni siquiera lo vio marcharse; solo oyó que se cerraba la puerta de la iglesia.

Había conseguido lo que quería.

Entonces, ¿por qué no se sentía mejor?

Había hecho lo correcto. Luc la amaba. No podía creer que fuera a casarse con Marisol por voluntad propia. No era que Marisol no le cayera bien; a decir verdad, apenas conocía a su hermanastra. Un año después de la muerte de su madre, a su padre se le metió en la cabeza que debía casarse de nuevo, que necesitaba una esposa que cuidara de Evangeline si a él le ocurría algo. Todavía recordaba la preocupación que reemplazó la luz de sus ojos, como si hubiera sabido que no le quedaba mucho tiempo.

Su padre solo había estado casado con Agnes seis meses antes de morir. Durante aquel tiempo, Marisol nunca entró en la tienda de curiosidades donde Evangeline pasaba la mayor parte del tiempo. Marisol decía que era alérgica al polvo, pero se mostraba tan inquieta ante cualquier cosa ligeramente extraña que Evangeline sospechaba que en realidad temía las maldiciones y lo desconocido. Por el contrario, Evangeline y Luc solían bromear diciendo que, si alguna vez los hechizaban, eso solo demostraría la existencia de la magia.

Era gracioso que, ahora que había conseguido esa prueba, lo hubiera perdido a él.

Aunque Jacks regresara y le permitiera cambiar de idea, no lo haría. El Príncipe de Corazones había dicho que detendría la boda y le había prometido que no mataría a nadie.

No obstante... Evangeline no conseguía despojarse de la sensación de que había cometido un error. No creía que se hubiera precipitado, pero no podía olvidar el brillo que había danzado en los ojos de Jacks cuando agarró su muñeca.

Evangeline comenzó a correr.

No sabía qué iba a hacer o por qué se sentía enferma de repente. Solo sabía que tenía que hablar de nuevo con Jacks antes de que detuviera la boda.

Si aquella hubiera sido una iglesia ordinaria, lo habría alcanzado con facilidad, pero aquella era la iglesia de un Destino y estaba protegida por una puerta mágica que parecía tener mente propia. Cuando la abrió, la puerta no la devolvió al Distrito del Templo; la escupió al interior de una húmeda y vieja botica llena de polvo, frascos vacíos y relojes en movimiento.

Tic. Tac. Tic. Tac. Tic. Tac.

Los segundos nunca habían pasado tan rápido. Entre un *tic* y un *tac*, la puerta mágica que acababa de atravesar desapareció y fue reemplazada por una ventana con rejas y vistas a una hilera de calles tan torcidas como dientes. Estaba en el Barrio de las Especias, al otro lado de la ciudad y del lugar donde Luc y Marisol iban a casarse.

Evangeline salió corriendo mientras maldecía.

Cuando cruzó la ciudad y llegó a su casa, temió que ya fuera demasiado tarde.

Marisol y Luc estarían a punto de pronunciar sus votos en el jardín de su madre, en el interior del cenador que había construido el padre de Evangeline. Los grillos lo llenaban de música por la noche, y los pájaros trinaban durante el día. Evangeline oyó sus cancioncillas al entrar en el jardín, pero no había más voces. Solo se oían los delicados pájaros, que aleteaban con alegría en el cenador antes de posarse en un grupo de esculturas de granito.

A Evangeline se le aflojaron las rodillas.

En aquel jardín nunca hubo esculturas, pero ahora había nueve, todas con una copa, como si acabaran de brindar. Sus rostros eran perturbadoramente realistas y conocidos.

Asqueada, vio posarse una mosca en el rostro de una escultura que se parecía a Agnes antes de elevar el vuelo y detenerse en uno de los ojos de granito de Marisol.

Jacks había detenido la boda convirtiendo a todo el mundo en piedra.

3

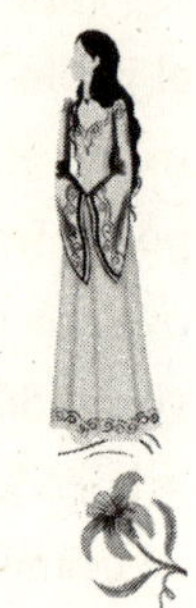

El terror corrió desbocado por las venas de Evangeline.

La mosca se marchó volando y un pájaro gris, del mismo tono mate que las esculturas, descubrió la corona de flores que Marisol llevaba en el cabello y comenzó a pico-pico-picotearla.

Evangeline no había estado muy unida a Marisol (y quizás estuviera más celosa de ella de lo que quería admitir), pero solo había querido detener la boda. No había pretendido convertirla en piedra.

Cuando miró la escultura de Luc, se le cortó la respiración. Aunque generalmente parecía muy desenfadado, su rostro, convertido en piedra, había quedado congelado en una expresión de alarma; tenía la suave mandíbula apretada, los ojos llenos de tensión y había una arruga entre sus cejas de granito.

Se estaba moviendo.

Sus labios de piedra se separaron como si intentara hablar, decirle algo…

—Un minuto más y dejará de moverse.

Evangeline miró el fondo del cenador.

Jacks se apoyó como si nada en una celosía cubierta de flores azul lluvioso y mordió otra brillante manzana blanca.

Era una mezcla entre un joven noble aburrido y un semidiós malvado.

—¿Qué has hecho? —le espetó Evangeline.

—Exactamente lo que me pediste. —Dio otro bocado a su manzana—. Me he asegurado de que la boda no se celebrase.

—Tienes que arreglar esto.

—No puedo. —Su tono era lacónico, como si ya estuviera harto de aquella conversación—. Esto lo ha hecho un amigo mío que me debía un favor. El único modo de deshacerlo es que alguien ocupe el lugar de esta gente.

Jacks echó un vistazo a una zona de hierba junto al cenador, donde una copa de latón descansaba sobre un viejo tocón de árbol.

Evangeline se acercó a la bebida.

—¿Qué estás haciendo?

Jacks se apartó de la celosía. Al verla examinando el cáliz, ya no parecía indiferente.

Si se lo bebía, ¿lo arreglaría todo?

—Ni se te ocurra —le dijo Jacks con brusquedad—. Si lo bebes y ocupas su lugar, nadie te salvará. Serás de piedra para siempre.

—Pero no puedo dejarlos así.

No obstante, una parte de ella estaba de acuerdo con Jacks. No quería convertirse en una estatua de jardín. Apenas se atrevió a levantar el cáliz para leer las palabras que tenía grabadas en el lateral.

Veneno

No me bebas.

El olor del sulfuro flotaba sobre la copa; Evangeline ni siquiera estaba segura de que pudiera beber el fétido líquido. Pero ¿cómo seguiría viviendo si dejaba a todo el mundo bajo aquel hechizo?

Los ojos de la muchacha abandonaron el pájaro que seguía picoteando la corona de novia de Marisol para regresar con Luc y su congelada súplica. Los padres del muchacho lo flanqueaban. También estaba el desafortunado juez de paz, que había decidido celebrar la boda equivocada. Evangeline no quería sentirse mal por los tres amigos de Luc y por Agnes, pero aunque su padre no se hubiera casado con ella por amor, no le habría gustado nada todo aquello. Que su fe en la magia la hubiera conducido a aquello habría decepcionado tanto a su padre como a su madre.

—Esto no era lo que yo quería —susurró.

—Lo estás mirando del modo equivocado, niña. —Jacks dejó caer su manzana a medio comer, que rodó por el suelo del cenador hasta golpear la bota de piedra de Luc—. Cuando el rumor se extienda, todos los habitantes del Imperio Meridional querrán ayudarte. Serás la chica que perdió a su familia por culpa de los horribles Destinos. Puede que no consigas a Luc, pero te olvidarás de él pronto. Ahora que tu madrastra y tu hermanastra son de piedra, supongo que heredarás algún dinero. Mañana por la mañana serás famosa, y ya no serás pobre.

Jacks le mostró ambos hoyuelos, como si de verdad le hubiera hecho un favor.

Evangeline se sintió mareada de nuevo.

En las historias, los Destinos eran dioses malvados que solo deseaban extender el caos y la destrucción. Pero en realidad no era *eso* lo que debía temer la gente. Evangeline miraba aquellas esculturas humanas y le parecían algo horrible, pero Jacks las veía como algo útil. Los Destinos no eran peligrosos por ser malvados; los Destinos eran peligrosos porque desconocían la diferencia entre el bien y el mal.

Pero ella conocía la diferencia. También sabía que, a veces, había un espacio borroso entre el bien y el mal. Aquel era el espacio en el que creía que había entrado aquella mañana cuando acudió a la iglesia de Jacks para pedir un favor. Pero había cometido un error, y ahora había llegado el momento de arreglarlo.

Tomó el cáliz.

—Suéltalo —le advirtió Jacks—. No quieres hacer eso. Tú no quieres ser la heroína de esta historia; tú quieres un final feliz, por eso acudiste a mí. Si bebes, nunca lo tendrás. Los héroes no tienen finales felices, se los proporcionan a otra gente. ¿Es eso lo que quieres en realidad?

—Quiero salvar al joven al que amo. Solo tengo la esperanza de que él decida salvarme a mí también. —Antes de que Jacks pudiera detenerla, Evangeline bebió.

El veneno sabía peor de lo que olía, a huesos quemados y esperanza perdida. Se le cerró la garganta; empezó a costarle respirar, y después moverse.

Creyó ver a Jacks negando con la cabeza, pero era difícil estar segura. Su visión se estaba quebrando. Unas vetas negras llenaron el jardín, extendiéndose como tinta derramada. Había oscuridad, oscuridad por todas partes. Era una noche sin luna y sin estrellas.

Evangeline intentó convencerse de que había hecho lo correcto. Salvaría a nueve personas. Una de ellas la salvaría a ella también.

—Te lo advertí —murmuró Jacks. Lo oyó inhalar, frustrado; lo oyó murmurar la palabra *lástima*. Y después…

No oyó nada.

4

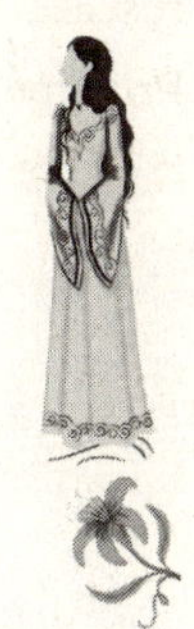

Al menos, Evangeline todavía tenía la capacidad de pensar. Aunque, a veces, esa capacidad le hacía daño. Normalmente ocurría después de días de nada infinita, cuando creía que por fin sentía algo. Pero nunca era lo que quería. Nunca era calidez en su piel, un hormigueo en los dedos de los pies u otra persona tocándola para que supiera que no estaba totalmente sola en el mundo. Habitualmente solo era la flecha de su corazón roto, o una punzada de arrepentimiento.

El arrepentimiento era lo peor.

El arrepentimiento era agrio y amargo y sabía de un modo muy parecido a la verdad que intentaba rehuir. Intentaba no creer que Jacks había tenido razón, que debería haber dejado el cáliz en paz, que debería haber dejado a los demás convertidos en piedra e interpretado el papel de la víctima.

Jacks se equivocaba.

Ella había hecho lo correcto.

Alguien la salvaría.

A veces, cuando se sentía especialmente esperanzada, incluso pensaba que sería el propio Jacks quien acudiría en su rescate. Pero, por esperanzada que se sintiera, sabía que el Príncipe de Corazones no era un salvador. De él era de quien la gente tenía que ser salvada.

5

Y entonces... Evangeline sintió algo que no era decepción ni arrepentimiento.

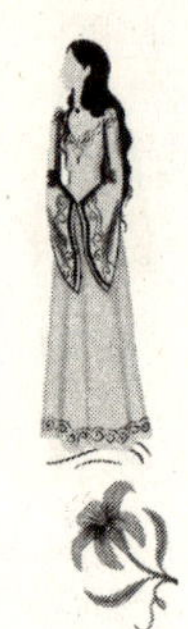

6

Algo parecido a la luz le hizo cosquillas en la piel.

En la piel.

Evangeline podía sentir la piel.

No había sentido nada desde hacía... En realidad, no sabía cuánto tiempo había pasado. Durante mucho tiempo no había sentido nada, pero ahora lo sentía todo. Los párpados. Los tobillos. Los codos. Los labios. Las piernas. Los huesos. La piel. Los pulmones. El corazón. El cabello. Las venas. Las rodillas. Los lóbulos de las orejas. El cuello. El pecho.

Temblaba de la barbilla a los pies. Tenía la piel cubierta de sudor y la sensación era increíble: fresca, húmeda y viva.

¡Estaba viva otra vez!

—Bienvenida de nuevo.

Un brazo sólido le rodeó la cintura mientras sus piernas tambaleantes se adaptaban al músculo y al hueso.

A continuación, recuperó la visión.

Puede que fuera porque llevaba un tiempo sin ver una cara, pero el joven que le rodeaba la cintura era extraordinariamente guapo: piel oscura, ojos rodeados de espesas pestañas y una sonrisa que insinuaba un arsenal de encanto. Sus hombros estaban cubiertos por una dramática capa verde forrada de hojas de un tono cobre tan resplandeciente como su rostro.

—¿Puedes hablar? —le preguntó.

—¿Por qué...? —Evangeline tosió para aclararse la gravilla de la garganta—. ¿Por qué pareces un hechicero del bosque?

La joven hizo una mueca tan pronto como pronunció aquellas palabras. Estaba claro que una parte de sus sentidos (como el filtro de su boca) no estaba todavía en funcionamiento. Aquel desconocido la había salvado. Esperaba no haberlo ofendido.

Por fortuna, la alegre sonrisa del hombre se amplió.

—Excelente. A veces, la voz no regresa de inmediato. Ahora dime tu nombre, ricura. Tengo que asegurarme de que hayas recuperado la memoria antes de dejarte ir.

—¿Ir a dónde?

Evangeline intentó fijarse en lo que la rodeaba. Parecía estar en un laboratorio. Todas las mesas de trabajo y estanterías estaban llenas de burbujeantes vasos de precipitaciones o espumosos calderos que aromatizaban el aire con algo parecido a la resina. Aquel no era el jardín de su madre. Lo único que le resultaba familiar de aquella estancia era el blasón real del Imperio Meridional pintado en una de las paredes de piedra.

—¿Dónde estamos? ¿Y durante cuánto tiempo he sido una estatua?

—Solo seis semanas. Yo soy el maestro de pociones del palacio, y estás en mi magnífico laboratorio. Pero podrás marcharte tan pronto como me digas tu nombre.

Evangeline tardó un instante en poner en orden sus pensamientos. Si habían pasado seis semanas, debían estar en mitad de la estación cálida. No era una pérdida demasiado devastadora. Podrían haber sido seis años, o sesenta.

Pero, si solo habían pasado seis semanas, ¿por qué no había nadie allí para recibirla? Sabía que su madrastra no se preocupaba por ella, y no era muy amiga de su hermanastra, pero les había salvado la vida. Y Luc… No quería pensar en las razones por las que Luc no estaba allí. ¿Era posible que ninguno de ellos supiera que había revivido?

—Soy Evangeline Fox.

—Tú puedes llamarme Veneno.

El brazo del maestro de pociones abandonó su cintura para hacer un magnánimo ademán.

Y Evangeline supo de inmediato quién era aquel joven. Debería haberse dado cuenta al instante, pues se parecía mucho a su representación en las cartas adivinatorias de la Baraja del Porvenir. Llevaba una capa larga y fluida, anillos con piedras preciosas en todos los dedos, y sin duda trabajaba con pociones. Veneno era el Envenenador. Un Destino, igual que Jacks.

—Creía que todos los Destinos habían desaparecido —le espetó Evangeline.

—Hace poco hicimos nuestro gran regreso, pero no es de eso de lo que trata esta historia.

Veneno se mostró inquietantemente inexpresivo, advirtiéndole que aquel no era un tema del que quisiera hablar.

Evangeline estaba abotargada, pero sabía que no debía insistir, a pesar de todas las preguntas que acompañaron a aquella revelación. La reputación de Veneno no era tan letal como la de Jacks. Según las leyendas, no solía dañar a nadie directamente, pero fabricaba tónicos tóxicos, pociones peculiares y sueros extraños que otros usaban a menudo de modos terribles.

Evangeline miró el cáliz que todavía tenía en las manos.

Veneno
No me bebas.

—¿Te importa que me ocupe de eso? —Veneno le arrebató la copa con una mano enjoyada.

Evangeline retrocedió un paso, cauta.

—¿Por qué estoy aquí? ¿Jacks te pidió que me ayudases?

Veneno se rio, y su expresión se volvió amistosa de nuevo.

—Lo siento, querida, pero Jacks seguramente se ha olvidado por completo de ti. Ha tenido algunos problemas durante estas semanas que has pasado convertida en piedra. Te aseguro que no regresará a Valenda.

Evangeline sabía que no debía mostrar curiosidad. Después de su último encuentro con Jacks, no quería verlo de nuevo y darle una oportunidad de reclamarle la deuda que tenía con él. Pero Jacks no parecía de los que huyen. No podían matarlo… A menos que esa parte de su historia no fuera cierta y que los Destinos no fueran totalmente inmortales.

—¿Qué tipo de problemas? —le preguntó.

Veneno le apretó el hombro de un modo que la hizo pensar que la palabra *problema* se quedaba muy corta para expresar lo que había ocurrido.

—Si tienes algún instinto de supervivencia, te olvidarás de él.

—No te preocupes —le dijo Evangeline—. No deseo volver a ver a Jacks.

Veneno levantó una ceja con escepticismo.

—Eso dices ahora, pero después de adentrarte en nuestros dominios, te será casi imposible retomar la rutina. La mayoría ha huido de la ciudad, así que seguramente no volverás a toparte con ningún otro Destino. No obstante, ahora que has probado un poco de nuestro mundo, tu vida empezará a parecerte insípida. Te sentirás atraída hacia los nuestros. Aunque no quieras volver a ver a Jacks, gravitarás hacia él hasta que cumplas el trato que hiciste. Pero si deseas ser feliz, lucha contra ese instinto. Jacks solo te conducirá a la destrucción.

Evangeline torció la boca en un mohín. No era que no estuviera de acuerdo, pero no comprendía por qué otro Destino le hacía aquella advertencia.

—Jamás comprenderé a los humanos —suspiró Veneno—. Todos recibís de buena manera nuestras mentiras, pero no os gusta que os digamos la verdad.

—Quizá porque es difícil creer que un Destino querría ayudar a un humano impulsado por su corazón bondadoso.

—¿Y si te dijera que estoy siendo egoísta? —Veneno tomó un sorbo de su cáliz—. Valenda es mi hogar. Preferiría no verme obligado a huir al Norte por mi mal comportamiento, como los demás; no me gusta cómo la magia de ese sitio afecta a mis habilidades, y hace demasiado frío. Así que intento ser útil a la corona. Ahora vete, hay otros esperando en el gran salón para verte.

Veneno la hizo girarse hacia unas escaleras de caracol, donde Evangeline captó uno de los aromas más deliciosos del mundo: pastel de bellazúcar rosa.

Le rugió el estómago. No se había dado cuenta de cuánta hambre tenía.

Después de dar las gracias a Veneno, subió los peldaños.

En cuestión de segundos, el aire se volvió aún más dulce y el mundo se iluminó de un modo que le hizo sentir que su vida anterior había sido opaca. El gran salón parecía construido de destellos y luz: lámparas de araña doradas con forma de corona reinaban sobre mesas doradas, sobre arpas y pianos de cola con teclas de oro. No obstante, fue la gente la que hizo que se olvidara de respirar.

Mucha gente. Todos aplaudiendo y sonriéndole *a ella*.

Evangeline tenía muchos amigos, gracias a la tienda de curiosidades de su padre, y parecía que todos ellos estaban allí para darle la bienvenida de nuevo. Era conmovedor y emocionante, pero también un poco extraño que tanta gente estuviera presente.

—¡Hola, bonita! —exclamó la señora Mallory, que coleccionaba mapas de lugares ficticios—. Tengo muchas cosas que contarte sobre mi nieto.

—Me muero de ganas de oírlas —contestó Evangeline antes de que le estrechara la mano un caballero que siempre le encargaba arcanos libros de cocina extranjeros.

—¡Estoy muy orgullosa de ti! —exclamó lady Vane, a la que le gustaban los tarros de tinta invisible.

Después de semanas de eterna nada, Evangeline se vio colmada de abrazos y besos en la mejilla. Y, aun así, su corazón se abatió cuando no consiguió encontrar a Luc entre la multitud.

Su hermanastra estaba un poco apartada y Luc no estaba a su lado, pero Evangeline no sintió el alivio que habría esperado al no encontrarlos juntos. ¿No se había enterado Luc de aquella reunión? ¿O había otra razón por la que había decidido no asistir?

La expresión de Marisol era difícil de leer. Se balanceaba en sus pies e intentaba evitar que una mosca se posara en el magnífico pastel de bellazúcar rosa que tenía en las manos. Pero, tan pronto como la vio, su sonrisa se amplió hasta que fue tan brillante como el precioso pastel.

Agnes menospreciaba el interés de su hija por la repostería (quería grandes cosas para Marisol y decía que cocinar era una afición demasiado ordinaria), pero Evangeline se preguntó si le habría permitido hornear aquel pastel. Tenía cuatro capas de esponjoso bizcocho rosa, capas alternas de crema bellazúcar, un lazo glaseado y un letrerito de galleta de mantequilla en el que ponía: *¡Bienvenida de nuevo, hermana!*

El remordimiento, denso y pesado, se mezcló con su desazón. Evangeline jamás habría esperado un gesto así de su hermanastra, y sin duda no se lo merecía.

—Oh, ¡aquí está mi querida y adorable niña! —Agnes se acercó y la rodeó con sus brazos—. Estábamos todos muertos de preocupación. Fue un gran alivio descubrir que había alguien que podía salvarte. —Agnes la abrazó con más fuerza y susurró—: Muchos pretendientes han preguntado por ti. Ahora que has vuelto, dispondré que los más ricos te visiten.

Evangeline no supo cómo responder, ni a sus palabras ni a aquella versión de su madrastra que creía en los abrazos. Agnes nunca la había abrazado, ni siquiera cuando se casó con su padre. La mujer se había casado con Maximilian por la misma razón por la que él se había casado con ella: para asegurarse de que su hija estuviera bien provista. Maximilian Fox no había sido rico (sus aventuras empresariales fracasaban casi tan a menudo como prosperaban), pero era una opción respetable para una viuda con una hija.

Agnes la soltó y la hizo girarse hacia un caballero que esperaba que no fuera un pretendiente. Llevaba una camisa fluida de seda blanca con chorreras de encaje que bajaban en cascada hasta un par de pantalones de cuero negros tan ceñidos que resultaba asombroso que pudiera moverse.

—Evangeline —dijo Agnes—, este es el señor Kutlass Knightlinger, de *La Gaceta del Chisme*.

—¿Tú escribes ese tabloide sensacionalista?

—No es un tabloide, es un periódico —la corrigió Agnes con un resoplido, haciéndola pensar que la nueva publicación había ganado lectores y credibilidad desde el artículo que la había inspirado a buscar la puerta de la iglesia del Príncipe de Corazones.

—En realidad no me importa cómo lo llames, señorita Fox, siempre que me permitas publicar tu historia. —Kutlass Knightlinger se pasó una pluma de ave sobre los labios—. He estado cubriendo todo lo relacionado con el retorno de los Destinos y tengo varias preguntas para ti.

De repente, Evangeline se sintió insegura. De lo último de lo que quería hablar era de lo que había pasado con Jacks. Nadie sabría nunca que había hecho un trato con un Destino.

Si hubiera estado totalmente recuperada, habría rechazado su petición con una excusa ingeniosa. Pero, en lugar de eso, el señor Kutlass Knightlinger, con sus chorreras de encaje y sus pantalones de cuero negro, fue quien movió ficha.

El periodista la sacó de la fiesta con premura a través de unas gruesas cortinas doradas y la condujo a un banco oculto en una hornacina que olía a misterio, a almizcle y a imitación de la magia. ¿O era la colonia de Kutlass Knightlinger?

—Señor Knightlinger… —Evangeline se levantó del banco y el mundo comenzó a dar vueltas. Necesitaba comer algo—. No creo que hoy sea el mejor día para una entrevista.

—No te preocupes, en realidad no importa lo que digas. Yo siempre hago quedar bien a mis entrevistados, y todo el mundo te quiere. Después del sacrificio que hiciste, eres una de las heroínas de Valenda.

—Pero yo en realidad no soy una heroína…

—Eres demasiado modesta. —Kutlass se acercó. El intenso aroma que la rodeaba era sin duda la colonia del periodista—. Durante la Semana del Terror…

—¿Qué es la Semana del Terror?

—¡Fue muy emocionante! Comenzó justo después de que te convirtieras en piedra. Los Destinos regresaron. ¿Te puedes creer que estaban atrapados dentro de una baraja de cartas? Cuando escaparon, intentaron apoderarse del imperio; cometieron muchas atrocidades y se produjo un gran caos. Tu historia, que ocuparas el lugar de los asistentes a esa boda y te convirtieras en piedra, inspiró a la gente durante esos momentos difíciles. Eres una heroína.

A Evangeline, la garganta se le quedó seca de repente. No era de extrañar que hubiera tanta gente allí.

—Supongo que hice lo que cualquier otro hubiera hecho en mi situación.

—Eso es perfecto. —Kutlass sacó un cuaderno imposiblemente pequeño del chaleco de cuero y comenzó a escribir en él—. A mis lectores les va a encantar. Bien…

El estómago de la joven lo interrumpió con un sonoro rugido.

Kutlass se rio, una carcajada rápida y tan practicada como sus trazos de pluma.

—¿Un poco hambrienta?

—No recuerdo la última vez que comí. Seguramente debería…

—Solo un par de preguntas más. Se rumorea que, mientras estabas convertida en piedra, tu madre adoptiva empezó a recibir propuestas de matrimonio pidiendo tu mano…

—Oh, Agnes es mi madrastra —lo interrumpió Evangeline con rapidez—. No me adoptó.

—Bueno, creo que casi con toda seguridad lo hará ahora. —Kutlass le guiñó el ojo—. Tu estrella seguirá elevándose, señorita Fox. Bueno, ¿un último consejo para todos tus admiradores?

A Evangeline, la palabra *admiradores* le dejó un mal sabor en los dientes. En realidad, no se merecía ningún admirador. Y todo el mundo cambiaría de opinión si supiera qué había hecho en realidad.

—Si no se te ocurre nada, yo pensaré algo brillante. —Su pluma silbó sobre el cuaderno.

—Espera… —Evangeline todavía no sabía qué iba a decir, pero se estremecía al pensar en lo que él podría estar escribiendo—. Sé que las historias, a menudo, tienen vida propia. Ya me siento como si el horror por el que he pasado se estuviera convirtiendo en ficción, pero yo no soy especial, y esto no es un cuento de hadas.

—Y, aun así, todo ha salido bien —la interrumpió Kutlass.

—Pasó seis semanas convertida en piedra —dijo una voz suave a su espalda—. Yo no diría que salió bien.

Evangeline miró sobre el hombro de Kutlass para ver a su hermanastra.

Marisol estaba entre las cortinas doradas, sosteniendo su pastel de bellazúcar como un escudo.

Kutlass giró en un remolino de encaje y cuero.

—¡La Novia Maldita!

Las mejillas de Marisol asumieron un doloroso tono rojo.

—¡Esto es excelente! —Kutlass comenzó a mover la pluma de nuevo—. Me encantaría hablar contigo.

—En realidad —lo interrumpió Evangeline, notando que ahora era Marisol quien necesitaba que la rescataran—, mi hermanastra y yo no hemos podido pasar tiempo juntas, así que creo que voy a robártela para disfrutar de un poco de pastel.

La muchacha pasó junto al periodista, entrelazó el brazo con el de su hermanastra y atravesó las cortinas.

—Gracias.

Marisol se aferró a ella y, aunque antes no solían tomarse del brazo, notó que su hermanastra había perdido peso. Marisol siempre había sido esbelta, como su madre, pero aquel día parecía frágil. Y su piel parecía encerada debido a su palidez, lo que podría ser consecuencia del encuentro con Kutlass, pero también había ojeras bajo sus ojos castaños que parecían llevar allí días, o incluso semanas.

Evangeline se detuvo abruptamente antes de unirse de nuevo a los demás. Antes se había preguntado por qué no estaba Luc allí, pero ahora temía la respuesta.

—Marisol, ¿qué pasa? Y... ¿dónde está Luc?

Marisol negó con la cabeza.

—No deberíamos hablar de esto ahora. Es un día de alegría para ti. No quiero estropeártelo.

Los ojos de Marisol se llenaron de lágrimas y Evangeline sintió un cuchillo retorciéndose en su interior.

—¿Qué pasa? —insistió—. ¿Qué ha ocurrido?

Marisol se mordió el labio.

—Sucedió hace cuatro semanas, cuando Luc y yo decidimos celebrar la boda de nuevo.

¿Intentaron casarse de nuevo mientras ella todavía estaba convertida en piedra? Esta vez, el cuchillo de su interior hizo sangre. La noticia no debería dolerle tanto. Como no vio a Luc esperándola

en el laboratorio de Veneno ni en la fiesta de bienvenida, supuso que nada había cambiado entre ellos. Pero aun así le dolió descubrir que ni siquiera la había llorado, que apenas dos semanas después de que se convirtiera en piedra estaba planeando otra boda.

—Creímos que estaríamos a salvo porque la Semana del Terror había terminado. Pero, de camino a la boda, Luc fue atacado por un lobo salvaje.

—Espera… Espera… ¿Qué? —tartamudeó Evangeline. Valenda era una bulliciosa ciudad portuaria. Los animales más grandes que había allí eran perros, seguidos de los gatos callejeros que merodeaban por los muelles buscando ratones. En Valenda no había lobos.

—Nadie sabe de dónde salió el lobo —dijo Marisol, con tristeza—. El médico nos dijo que era un milagro que Luc hubiera sobrevivido, pero no estoy segura de que haya sido así. Estaba destrozado.

Los huesos abandonaron las piernas de Evangeline. Intentó abrir la boca para decir que, al menos, estaba vivo. Mientras siguiera vivo, todo saldría bien. Pero, por cómo hablaba Marisol, era casi como si estuviera muerto.

—Han pasado semanas, todavía no ha abandonado su casa y… —Las palabras de Marisol se llenaron de inquietud y el adorable pastel que tenía en las manos tembló hasta que un poco de crema cayó sobre la alfombra—. Se niega a verme. Creo que él piensa que esto es culpa mía.

—¿Cómo podría ser tu culpa?

—Ya has oído al señor Knightlinger. En Valenda, todo el mundo me llama la Novia Maldita. He vivido dos bodas y dos tragedias terribles en un par de semanas. Mi madre dice que no es nada malo, que soy especial porque, cuando los Destinos regresaron, fui la primera en atraer su atención. Pero yo sé que no lo soy. Estoy maldita. —Las lágrimas bajaron por sus mejillas pálidas.

Hasta aquel momento, Evangeline había intentado no arrepentirse de las decisiones que había tomado. Aunque podría haber sido una coincidencia, que Luc fuera atacado de camino a la boda, parecía más probable que aquello no fuera solo obra de un lobo feroz. Jacks le había prometido que evitaría la boda, y estaba claro que había mantenido su palabra.

Evangeline nunca debió haber hecho ese trato con él.

Quería culpar de todo a Jacks, pero aquello era su culpa tanto como la de él. Supo que había cometido un error tan pronto como vio las estatuas en el jardín. Pensó que lo había arreglado con su sacrificio, pero jamás debió pedir ayuda al Príncipe de Corazones.

—Marisol, tengo que contártelo…

Las palabras se pegaron a la lengua de Evangeline. Apretó la mandíbula para sacar la confesión, pero sabía que el problema no era la repentina inquietud que sentía. Tenía miedo.

Estaba temblando, tanto como cuando se enteró de que Luc se había prometido con Marisol. Las palabras también se le quedaron atascadas en la garganta aquel día, cuando intentó hablar de Luc con Marisol. Había estado convencida de que era una especie de hechizo, y todavía quería creerlo, pero no podía seguir ignorando la posibilidad de que quizá se había equivocado.

Quizá la verdadera razón por la que no había podido hablar de Luc con Marisol no fuera un hechizo. Quizá fuera el miedo lo que había paralizado su lengua. Quizá, en su interior, Evangeline temía que su hermanastra y Luc no estuvieran juntos debido a la magia sino porque él no era de fiar.

—No pasa nada, Evangeline. No tienes que decir nada. ¡Me alegro de que hayas vuelto!

Marisol dejó su pastel en la mesa dorada más cercana y rodeó a Evangeline con los brazos, como siempre había imaginado que lo harían las hermanas de verdad.

Y entonces supo que no podía decirle la verdad, no aquel día.

Acababa de pasar las seis últimas semanas sola, convertida en piedra. No estaba preparada para quedarse sola de nuevo, pero eso sería lo que ocurriría si alguien se enteraba de lo que había hecho.

7

Si las tormentas se compusieran de noticias sensacionalistas, filas de caballeros vestidos con pañuelos almidonados y notas de orígenes cuestionables, entonces la tormenta perfecta habría comenzado a gestarse en el mundo de Evangeline a la mañana siguiente. Solo que ella todavía no lo sabía.

Lo único que sabía era que había recibido una nota de dudoso origen que la instaba a escabullirse de su casa al romper el día.

Reúnete conmigo.

En la tienda de curiosidades.

A primera hora después del alba.

—Luc.

Cuando descubrió el mensaje en su dormitorio, la noche anterior, a Evangeline casi le estalló el corazón. No sabía si era una nota nueva o un mensaje antiguo que no había visto hasta entonces, pero se quedó dormida leyéndolo una y otra vez y anhelando que Luc estuviera esperándola por la mañana con una historia distinta a la que Marisol le había contado.

Su conversación del día de anterior con Marisol la había perturbado y casi la había convencido de que se había engañado con Luc. Pero la esperanza es una criatura difícil de matar; solo se necesita una chispa para iniciar un fuego y aquella nota alimentó en Evangeline una nueva ilusión.

Su padre tenía cuatro tiendas y media en Valenda. Había sido el socio secreto de una modista que convertía armas en prendas de vestir y regentado una librería secreta a la que solo se podía acceder a través de un pasadizo oculto. Después estaba su tienda en el Barrio de las Especias, llena de decorativos carteles de Se Busca con leyendas que relataban breves y extravagantes historias delictivas. Su tercera tienda era un secreto incluso para Evangeline, y la cuarta era su lugar favorito del mundo: *Rarezas, Curiosidades y Extravagancias de Maximilian*.

Aquella era la tienda en la que Evangeline había comenzado a trabajar tan pronto como su padre se lo permitió. Él solía decir a sus clientes que todo lo del interior era *casi* mágico, pero Evangeline siempre había creído que algunos de los artículos que pasaban por aquella tienda estaban de verdad encantados. A menudo encontraba piezas de ajedrez que se habían aventurado fuera de sus tableros, y a veces los retratos tenían expresiones distintas de las que habían mostrado el día anterior.

El pecho de Evangeline se llenó de algo parecido a la añoranza cuando dobló la esquina de la calle de ladrillo donde se encontraba *Curiosidades de Maximilian*. Había echado de menos la tienda durante las semanas que había pasado convertida en piedra, pero no había sabido cuánto hasta aquel momento. Había extrañado las paredes que había pintado su madre, los estantes abarrotados de los hallazgos de su padre, la campana…

Evangeline se detuvo en seco.

Curiosidades de Maximilian había cerrado sus puertas. Las ventanas de cobre estaban tapadas con tablas. La marquesina estaba hecha jirones, y alguien había pintado sobre el nombre de la puerta:

Cerrado por traspaso hasta nuevo aviso.

—¡No! ¡La tienda, no!

Evangeline golpeó y golpeó la puerta. Aquello era lo último que le quedaba de su padre. ¿Cómo había podido hacerle eso Agnes?

—Disculpa, jovencita. —La sombra recia de un patrullero se cernió sobre ella—. Tienes que dejar de dar golpes.

—Tú no lo comprendes. Esta tienda era de mi padre… Yo la heredé. —Evangeline siguió llamando como si la puerta pudiera abrirse por arte de magia, como si Luc estuviera esperándola al otro lado, como si no acabara de perder el último fragmento que le restaba de sus padres—. ¿Cuánto tiempo lleva cerrada?

—Lo siento, señorita. Creo que cerró hace casi seis semanas y… —El rostro del joven patrullero se iluminó—. Por todas las estrellas fugaces… ¡Eres tú! Eres la encantadora salvadora de Valenda. —Se detuvo para echarse el cabello hacia atrás—. Si no te importa que te lo diga, señorita, eres incluso más guapa de lo que dicen los periódicos. ¿Sabes dónde podría conseguir uno de esos formularios?

—¿Qué formularios?

Evangeline dejó de llamar, incómoda de repente, mientras el patrullero buscaba en su bolsillo trasero y sacaba un pliego de periódico blanco y negro.

La Gaceta del Chisme

DE LA PIEDRA AL ESTRELLATO:

Una entrevista con la encantadora salvadora de Valenda

Por Kutlass Knightlinger

Con su brillante cabello rosa y su sonrisa inocente, Evangeline Fox, de diecisiete años, parece una princesa de cuento de hadas. Pero hace unas semanas solo era una huérfana. Cuando hablé con ella hace poco, me contó que no recordaba la última vez que había comido.

No la invitaron a la ceremonia matrimonial de Luc Navarro y Marisol Tourmaline, a quien muchos de nuestros lectores conocen como la Novia Maldita. Y, aun así, cuando se topó con la reunión en la que uno de los Destinos había transformado a todos en piedra, no dudó en ayudar a los invitados ocupando su lugar y convirtiéndose en estatua.

«Creo que hice lo que habría hecho cualquier otro en mi lugar. En realidad, no soy una heroína», me dijo.

Evangeline es muy humilde. Me resultó difícil conseguir que hablara de su hazaña. Pero la encantadora salvadora de Valenda se mostró dispuesta a hacerlo cuando mencioné a la madre de la Novia Maldita, Agnes Tourmaline, y sus magnánimos planes de adoptarla: «Es como si el horror por el que he pasado se estuviera convirtiendo en un cuento de hadas», dijo.

Agnes también me informó que Evangeline está ansiosa por seguir con su vida tan pronto como le sea posible. Sus pretendientes pueden presentar un formulario para un futuro matrimonio.

(Continúa en la página 3)

—Oh, Dios. —Evangeline dedicó al patrullero una sonrisa vacilante—. Lo siento, esto es un error. No estoy buscando pretendientes.

Se estremeció solo al usar la palabra. Aquello no la sorprendía. Sabía que los abrazos y las sonrisas de Agnes del día anterior habían sido falsos, pero no había esperado que su madrastra la vendiera tan rápidamente.

Otros transeúntes se habían detenido a mirar. Un par de caballeros entusiastas parecían estar reuniendo valor para acercarse.

Si Jacks hubiera estado allí, seguramente lo habría considerado una prueba más de que le había hecho un favor convirtiéndola en un personaje popular. Pero aquello no era lo que ella quería.

Tiró la hoja de periódico a la papelera más cercana y miró una vez más la nota de Luc. El mensaje era antiguo, ahora lo sabía; él no le hubiera pedido que se reunieran en la tienda sabiendo que estaba cerrada.

Tenía ganas de llorar, pero no tantas como de encontrar un modo de volver atrás en el tiempo, de regresar al pasado, antes de conocer a Agnes, de conocer a Luc, antes de perder a sus padres. Solo quería un abrazo más de su padre, unos minutos más con su madre mientras esta le acariciaba el cabello. El dolor que sintió al perder a Luc no era ni siquiera un rasguño en comparación con la ausencia de su madre y de su padre. Todavía quería a Luc, pero lo que de verdad quería era la vida y todo el amor que había perdido.

Al regresar a una casa que no había sido su hogar desde que su padre murió, a Evangeline le resultó difícil no sentirse desconsolada. Normalmente, le encantaba la ciudad. Adoraba el caos y el ruido, el bullicio de la gente y el aroma de la pastelería de la esquina, que a menudo llenaba su calle con el perfume de los dulces recién horneados. Pero, aquella tarde, la calle olía demasiado a una colonia que no conocía.

El aroma le revolvió el estómago, pero fue la imagen de sus emisores lo que la detuvo en seco. Engalanados con sus mejores levitas, capas y sombreros, los hombres hacían cola en la calle ante su casa, en cuya puerta estaba Agnes recibiendo con alegría flores, cumplidos y formularios impresos.

Sus pretendientes pueden presentar un formulario para un futuro matrimonio.

Evangeline cerró los puños. Algunos hombres eran casi atractivos, pero muchos de ellos tenían la edad de su padre, o mayores. Habría girado sobre sus talones de haber tenido algún sitio al que ir pero, gracias a Agnes, la tienda de curiosidades estaba cerrada. Y le apetecía más luchar que huir.

Avanzó hacia la casa con una sonrisa tímida.

—Oh, aquí está —murmuró Agnes.

Evangeline no le dio la oportunidad de decir nada más. Se giró rápidamente hacia los caballeros, elevó la voz y dijo:

—Gracias a todos por venir, pero deseo que os marchéis. —Se detuvo, se presionó la frente dramáticamente con el dorso de la mano izquierda y cerró los ojos, imitando un gesto que había visto con su padre en una trágica obra de teatro callejero—. Aunque ya no soy una estatua, sigo bajo el influjo de la magia, y todo aquel que reciba un beso mío se convertirá en piedra.

Los murmullos irrumpieron por todas partes.

—En piedra…

—¡Está hechizada!

—Yo me voy de aquí.

Los caballeros se dispersaron con rapidez, y la fachada complaciente de la madrastra se marchó con ellos.

Agnes agarró a Evangeline por los hombros, clavándole sus dedos delgados.

—¿Qué has hecho, desdichada? Estos pretendientes no eran solo para ti. También era una oportunidad para que alguien se fijara en Marisol.

Evangeline hizo una mueca y se apartó. Sintió una punzada de remordimiento por su hermanastra pero, por lo que había visto el día anterior, Marisol tampoco había superado lo de Luc.

—No finjas que soy yo la villana —le espetó Evangeline—. No debiste organizar esto, y no debiste vender la tienda de mi padre. Esa tienda la heredé yo.

—Te dieron por muerta. —Agnes dio un paso amenazador.

Evangeline palideció. Su madrastra nunca le había pegado, pero tampoco la había agarrado. Y odiaba pensar en qué otras cosas podría hacer. Si la echaba a la calle, no tendría ningún sitio adonde ir.

Seguramente tendría que haber pensado en ello antes de despedir a los pretendientes, pero era demasiado tarde para echarse atrás y tampoco estaba segura de querer hacerlo.

—Espero que eso no sea una amenaza, Agnes. —Evangeline habló con todo el valor que pudo reunir—. Nunca se sabe quién podría estar escuchando, y sería una pena que alguien como Kutlass Knightlinger descubriera cómo eres de verdad.

Agnes hinchó las fosas nasales.

—Kutlass no podrá protegerte para siempre. Supongo que sabes lo volátil que puede ser el interés de un hombre joven. Kutlass Knightlinger se volverá en tu contra o se olvidará de ti, como lo hizo tu querido Luc.

El cruel comentario golpeó a Evangeline justo en el pecho.

Agnes sonrió como si hubiera estado deseando decir aquellas palabras.

—Iba a esperar a contártelo hasta que Marisol la hubiera leído, pero he cambiado de idea.

Agnes echó mano a los formularios que tenía sobre la mesa, tomó una nota doblada y se la ofreció.

Con cautela, Evangeline la desdobló.

Marisol, mi más preciado tesoro:

Ojalá no tuviera que decirte adiós de este modo, pero espero que esta no sea una despedida definitiva. Me marcho de Valenda con la esperanza de encontrar una cura para mis heridas. La próxima vez que vea tu hermoso rostro, seré el Luc del que te enamoraste y podremos estar juntos de nuevo.

Con cada latido de mi corazón...

No pudo seguir leyendo. Tampoco necesitaba llegar al final para saber que aquella era la letra de Luc.

El joven le había escrito cartas, pero habitualmente eran breves, como la nota que encontró la noche anterior. Nunca la había llamado «mi más preciado tesoro» ni había mencionado los latidos de su corazón.

—Esto no puede ser verdad —exhaló Evangeline—. ¿Qué le has hecho?

Agnes se rio.

—Eres una niña realmente estúpida. Tu padre solía decir que creías en cosas que no podías ver, como si eso fuera un don. Pero deberías empezar a creer en las cosas que puedes ver.

La familia de Luc Navarro vivía en la elegante periferia de la ciudad, donde las casas eran más grandes y estaban más separadas. Era el tipo de vecindario que siempre hacía que Evangeline sintiera la necesidad de tomar aliento profundamente.

El día que Marisol anunció su compromiso con Luc, Evangeline corrió hasta allí. Llamó a la puerta de Luc, segura de que, cuando se abriera, él le diría que todo había sido un gran malentendido.

Luc fue su primer amor, su primer beso, su corazón cuando el suyo dejó de funcionar. Que no la amara le parecía inimaginable, tan imposible como viajar en el tiempo. Una parte de ella sabía que había una posibilidad de que fuera cierto, pero su alma le decía que no lo era. Había esperado que Luc se lo confirmara, pero él no le dijo nada; los criados la echaron de allí, dándole con la puerta en las narices. Hicieron lo mismo al día siguiente, y el resto de los días posteriores.

Aquel día fue diferente por fin.

Aquel día, nadie respondió a la puerta cuando llamó.

Evangeline no oyó pasos en la casa, ni voces. Encontró una rendija abierta entre las cortinas y lo único que vio al otro lado fueron las sábanas que cubrían los muebles.

Luc y su familia se habían marchado, tal como él decía en su nota.

No sabía cuánto tiempo estuvo allí. Pero, al final, recordó las palabras de Jacks y se preguntó si el Destino había tenido razón cuando le dijo: «Si él te correspondiera, no se casaría con otra. Fin de la historia».

8

El tiempo pasó.

Los días refrescaron.

Las hojas cambiaron de color.

Los puestos de manzanas surgieron de repente en las esquinas de las calles para vender tartaletas, pasteles y manzanas de caramelo. Cada vez que Evangeline pasaba junto a uno de estos puestos y captaba una pizca de su dulce aroma frutal, pensaba en Jacks y en la deuda que tenía con él, y su corazón galopaba como un caballo para escapar de su pecho. Pero parecía que el Príncipe de Corazones se había olvidado de ella, justo como Veneno había dicho.

Luc tampoco regresó, y la tienda de curiosidades no volvió a abrir sus puertas.

Evangeline convenció a Agnes para que la dejara trabajar en la librería secreta de su padre. No era tan mágica como la tienda de curiosidades, pero le proporcionaba algo que hacer. Algunos días se sentía como uno de los polvorientos libros usados de los estantes al fondo de la tienda, los tomos que en el pasado habían sido populares pero que ya nadie buscaba.

Todavía era demasiado conocida para que su madrastra la echara a la calle, pero temía que ese día llegaría pronto. La prensa sensacionalista se había hecho eco de que sus besos convertían en piedra a los caballeros. Desde entonces, su nombre solo había aparecido en ocasiones breves e infrecuentes. Kutlass también empezaba a olvidarla, justo como Agnes había dicho.

Pero Evangeline se negaba a perder la esperanza.

Su madre, Liana, se había criado en el Glorioso Norte y le había enseñado sus cuentos de hadas.

En el Norte, los cuentos de hadas y la historia tenían la misma consideración porque tanto sus leyendas como sus crónicas eran mágicas. Algunos relatos no podían ser escritos sin estallar en llamas, otros no podían abandonar el Norte, y muchos cambiaban cada vez que los narraban, volviéndose menos y menos reales cada vez que los contaban. Se decía que todas las historias norteñas habían comenzado siendo reales, aunque la magia retorcía su narración hasta que, con el tiempo, apenas quedaba en ella un resquicio de la verdad.

Una de las historias que Liana solía contarle a Evangeline era *La balada del arquero y el zorro*, un cuento romántico sobre una habilidosa campesina que podía transformarse en zorro y el joven arquero que se enamoró de ella, pero al que una maldición lo condenó a desear cazarla y matarla.

A Evangeline le encantaba aquel cuento porque su apellido era Fox, «zorro», aunque ella no podía transformarse en el animal. Puede que también estuviera un poco colada por el arquero. Evangeline pedía a su madre que le contara la historia una y otra vez. Pero como la historia estaba embrujada, siempre que se acercaba el final, su madre olvidaba qué estaba diciendo. Nunca consiguió contarle si el arquero besaba a la chica-zorro y vivían felices para siempre, o si la mataba y su historia terminaba trágicamente.

Evangeline siempre le pedía que le contara cómo creía ella que terminaba el cuento, pero su madre siempre se negaba.

«Creo que hay muchas más posibilidades que el *felices para siempre* o la tragedia. Cada historia tiene el potencial de infinitos finales».

La madre de Evangeline repetía aquella frase tan a menudo que la idea se instaló en el interior de Evangeline, arraigando en el corazón de sus creencias. Aquella era una de las razones por las que se había bebido el veneno que la convirtió en piedra. No fue porque fuera valiente o tremendamente heroica; fue porque, sencillamente, su esperanza era mayor que la de los demás. Jacks le había dicho que solo tendría un final feliz si se mantenía al margen; que, si se bebía el veneno, sería de piedra para siempre. Pero Evangeline no podía creérselo. Ella sabía que su historia tenía el potencial de infinitos finales, y esa idea no había cambiado.

Había un final feliz esperándola.

Oyó sonar la campana de la puerta de la librería. Aunque esta no se había abierto todavía, la campanilla debió notar que alguien especial iba a entrar porque sonó un instante antes.

Evangeline se descubrió conteniendo el aliento y esperando que fuera Luc. Le habría gustado terminar con aquella costumbre, pero la misma esperanza que la hacía creer que todavía había un final feliz aguardándola, también la hacía pensar en que Luc regresaría algún día. No parecía importar cuántas semanas o meses pasaran. Siempre que la campana de la librería sonaba, no podía evitar sentirse esperanzada.

Sabía que algunos la considerarían una tonta, pero era muy difícil desenamorarse de alguien por completo sin tener a otra persona a la que amar en su lugar.

Evangeline bajó con rapidez la escalera sobre la que estaba y pasó junto a varios clientes que exploraban los pasillos. La persona que atravesó la puerta no era Luc, pero seguía siendo inesperada.

Marisol nunca había ido a visitar la librería. En realidad, nunca salía de casa; apenas abandonaba su habitación y parecía visiblemente incómoda por haber hecho ambas cosas aquel día. Caminaba estrujándose las manos enguantadas.

Como la librería era un poco secreta, no parecía gran cosa desde fuera, solo una puerta con un pomo que siempre parecía a punto de caerse. Y, aun así, había cierta magia en su interior. Era la sensación de la luz de las velas al atardecer, del polvo de papel atrapado en el aire y de hileras tras hileras de libros inusuales sobre estanterías torcidas. A Evangeline le encantaba, pero Marisol se movía entre los montones de libros como si pudieran caerse sobre ella.

En los últimos meses, la Novia Maldita se había convertido en parte del folclore local. Ya no se celebraban bodas en los jardines y, si una ceremonia se cancelaba, se consideraba de mala suerte reprogramarla. Como rara vez salía, no solían reconocer a Marisol como la Novia Maldita, pero Evangeline sabía que el nerviosismo de su hermana hacía recelar al resto de los clientes. Las conversaciones se volvieron susurros, y todo el mundo intentaba evitar a la muchacha.

Evangeline se dirigió a ella con una sonrisa, esperando que no notara las miradas poco amistosas de los demás.

—¿Qué te trae por aquí? ¿Buscas algún libro? Acabamos de recibir un cargamento de libros de cocina.

Marisol negó con la cabeza, casi con violencia.

—Seguramente será mejor que no toque nada. La gente podría pensar que he maldecido los libros. —Echó una mirada furtiva a la puerta, por la que una pareja estaba saliendo apresuradamente.

—No se marchan por ti —le aseguró Evangeline.

Marisol frunció el ceño, poco convencida.

—No me quedaré mucho tiempo. Solo he venido a darte esto.

Le ofreció un elaborado pliego de caro papel rojo decorado con espirales de pan de oro y sellado con un lacre de cera escarlata.

—Cuando vi que lo entregaban, pensé que parecía importante y quise asegurarme de que mi madre no te lo ocultara. —Marisol consiguió mostrar por fin una sonrisa, una en cuyas comisuras había cierta malicia—. Sé que nunca te compensaré las semanas que pasaste convertida en piedra, pero algo es algo.

—Ya te lo he dicho, no me debes nada.

Evangeline experimentó la habitual punzada de remordimiento. Cada día se sentía tentada a contarle a Marisol la verdad, pero cada día descubría que no era lo bastante valiente. Como ella trabajaba en la tienda y Marisol vivía escondida en su habitación, las chicas no estaban muy unidas, pero Marisol seguía siendo lo más parecido que había tenido nunca a una hermana.

Algún día, le contaría la verdad. Todavía no podía hacerlo.

Y Marisol ni siquiera le dio la oportunidad. Tan pronto como le entregó el pliego rojo, desapareció por donde había venido, dejando que abriera a solas la misteriosa nota.

Estimada señorita Fox:

A mi hermwana y a mí nos encantaría contar con el placer de tu compañía, mañana a las dos en punto, para tomar el té en el Jardín Real de los Colibríes. Te hemos admirado en la distancia y tenemos para ti una excitante oportunidad de la que nos gustaría hablar.

Con todo mi cariño,
Scarlett Marie Dragna
Emperatriz del Imperio
Meridional

9

Evangeline leyó la invitación de la emperatriz una vez más mientras su carruaje aéreo aterrizaba en el inmaculado recinto palaciego. Había pasado todo el día anterior intentando imaginar de qué tipo de oportunidad querría hablar la emperatriz, pero todavía no tenía ni idea de qué era. Marisol tampoco tenía ninguna pista. Cuando regresó a casa y le contó a Marisol el contenido de la nota, su hermanastra le dijo repetidas veces que se alegraba por ella, pero también parecía nerviosa.

Si la invitación que había recibido era misteriosa, la nueva emperatriz lo era incluso más.

Antes de que Evangeline se convirtiera en piedra, el heredero al trono era uno diferente, un joven al que apodaban el Macizo Real. Por desgracia, se había enterado de que, durante la Semana del Terror, los Destinos se hicieron notar asesinando al desafortunado sucesor. La nueva emperatriz y su hermana menor (a quien la gente llamaba la Mata Destinos) lucharon contra los Destinos para recuperar el imperio, mataron a uno de ellos y demostraron que la teoría de Evangeline había sido correcta: los Destinos no eran realmente inmortales. No envejecían, pero podían morir.

Casi todos los ciudadanos adoraban a las hermanas por su victoria sobre los Destinos, pero algunos creían que la nueva emperatriz era en realidad un Destino. Los periódicos afirmaban que podía leer la mente y que su prometido era un pirata cubierto por una red de cicatrices.

Evangeline sabía que no debía creer todos los rumores. Aun así, la posibilidad de que leyera la mente la ponía nerviosa. No quería que la emperatriz viera sus pensamientos y descubriera que no era la salvadora que todo el mundo creía que era.

La joven jugó con los botones de su capa corta de color crema, de repente acalorada mientras bajaba del carruaje y seguía a un criado de palacio por un sendero cubierto de flores hasta una puerta de manija dorada con forma de colibrí.

Tras abrir la puerta, el criado se inclinó.

—La señorita Evangeline Fox ha llegado, majestad. —Se apartó, dándole la bienvenida a un jardín lleno de árboles verde duende que goteaban flores coral, rosa y melocotón que hacían pensar a Evangeline en suaves besos en la mejilla.

—¡Bienvenida!

—¡Es estupendo conocerte por fin, Evangeline!

—¡Tu cabello es realmente divino!

La emperatriz y su hermana, la princesa Donatella, hablaron a la vez mientras los colibríes zumbaban sobre sus cabezas.

—No sabíamos qué te gustaría, así que pedimos un poco de todo —anunció la princesa. Con lazos azul aguacero en sus rizos rubios y una expresión traviesa en su bonito rostro, no era en absoluto como Evangeline había imaginado a la valiente bárbara aniquiladora de Destinos de la que hablaban los periódicos sensacionalistas.

—Tenemos cremas de mora, terrinas de temporada, pudín de calabaza, tartaletas de nueces y todo tipo de té.

La princesa señaló una pirámide de coloridas teteras de las que escapaba un bonito vapor rosado. Si las reales hermanas intentaban deslumbrarla, estaban haciendo un trabajo excelente.

Evangeline se quitó la capa y tomó asiento ante la generosa mesa, sintiéndose como una princesa ella misma.

—Esto es maravilloso. Gracias por invitarme.

—Nos alegramos mucho de que hayas decidido venir —dijo la emperatriz. Era joven (casi de la misma edad que Evangeline) aunque era difícil estar segura, ya que tenía un grueso mechón gris atravesando su cabello oscuro. Llevaba un vestido con escote barco en color rubí, unos preciosos guantes de encaje y una sonrisa tan dulce que a Evangeline le resultaba difícil creer que la hubiera inquietado conocerla—. Hemos deseado conocerte desde que nos enteramos de tu hazaña durante la Semana del Terror.

—Pero también queríamos pedirte un favor —añadió la princesa. La emperatriz miró a su hermana, que al parecer se había salido del guion—. ¿Qué? Estoy segura de que se muere de curiosidad. Solo intento salvarle la vida.

La princesa extendió la mano hasta el plato de su hermana y tomó una tarjeta de papel crema cubierta de texto en tonos cobres.

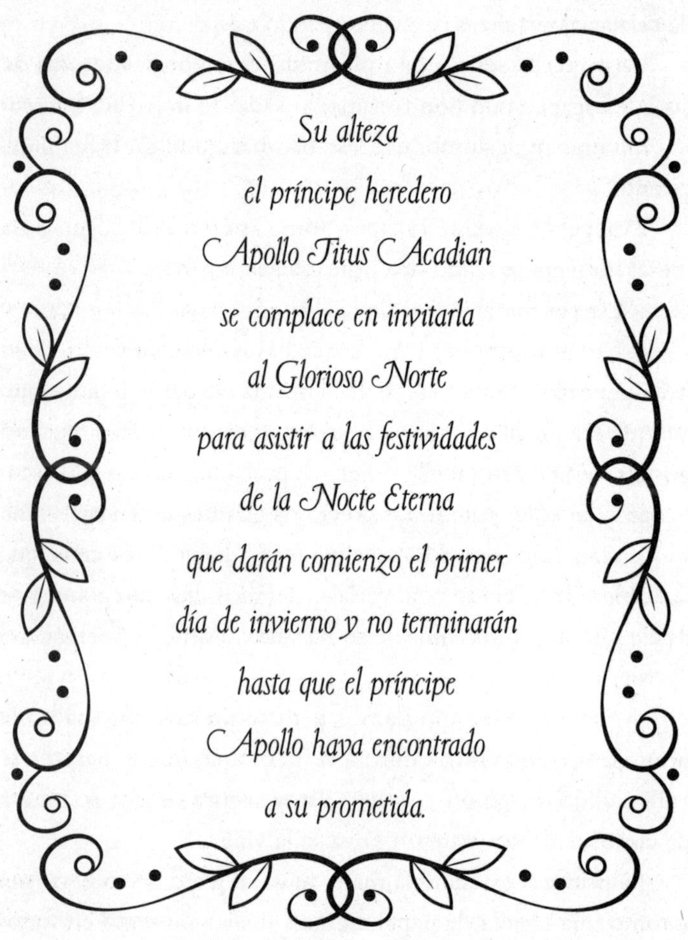

La tinta metálica resplandecía como si siguiera húmeda... *o empapada de magia norteña.* Evangeline intentó no llegar a conclusiones precipitadas y fracasó casi de inmediato. Había deseado que hubiera otro final feliz esperándola y, mientras miraba aquella invitación, era prácticamente imposible no pensar en que aquel pudiera ser su modo de alcanzarlo.

—Las costumbres del Norte son distintas a las nuestras —dijo la emperatriz en voz baja—. El príncipe heredero no podrá ascender al trono hasta que se case, y celebrar un baile para elegir a la novia es una de sus tradiciones más antiguas.

Era también una tradición con la que Evangeline estaba familiarizada, lo que le pareció otra señal. Su madre se lo había contado todo sobre la Nocte Eterna. De pequeña, Evangeline había pensado que aquello era lo más romántico que había oído nunca. Se celebraban bailes secretos en los bosques donde alguna vez había caído una estrella, dejándolo todo impregnado de fragmentos de magia. Liana Fox solía decir que era un tipo especial de magia que solo existía en el Norte y de la que ni siquiera el recuerdo podía llegar al sur. Después le contaba que, durante la Nocte Eterna, el príncipe acudía cada noche a una de aquellas ubicaciones secretas para seleccionar a cinco damas con las que bailar. Hacía lo mismo noche tras noche, observando y después bailando con las jóvenes de su reino hasta encontrar a la esposa perfecta.

—Siempre esperé que la Nocte Eterna fuera real —dijo Evangeline—, pero nunca estuve segura del todo.

—Es real, y queremos que tú asistas. —La emperatriz tomó un sorbo de té mientras un colibrí dejaba caer pétalos de flores melocotón en su taza—. Iríamos nosotras, pero no creo que sea prudente que abandone el imperio tan poco tiempo después de ser coronada y…

—Hay alguien en el Norte a quien prefiero evitar —añadió la princesa.

—¡Tella! —la regañó la emperatriz.

—¿Qué? Es la verdad. —La princesa se giró de nuevo para mirar a Evangeline—. Me encantan los bailes y las fiestas con altas probabilidades de finalizar dramáticamente. Pero, si asistiera a esa celebración, provocaría un incidente internacional, y probablemente una guerra.

La emperatriz arrugó la frente con mortificación.

—No podemos ignorar la invitación —continuó Scarlett, con mayor diplomacia—. Y preferiría no comenzar mi reinado negándome a asistir a una de las celebraciones más valoradas en el Norte. Mis consejeros y yo lo hemos meditado mucho antes de decidir quién debería representar al Imperio Meridional. —Sus ojos avellana se encontraron con los de Evangeline—. Lo que hiciste durante la Semana del Terror fue valiente y altruista, y eso nos hace pensar que eres exactamente el tipo de persona que queremos como embajadora. —Su regia sonrisa se amplió mientras su hermana asentía.

Evangeline se metió en la boca una crema de mora para esconder la repentina tensión en su sonrisa.

Quería decir que sí. Siempre había deseado ir al Norte, explorar el mundo donde su madre creció y descubrir cuáles de sus historias eran ciertas. Estaba desesperada por saber si de verdad había duendes pasteleros que dejaban caer dulces los días de fiesta y dragones tamaño mascota que se convertían en humo si intentaban volar al sur. Y quería ir a aquel baile. Quería conocer al príncipe y bailar durante toda la noche y superar por fin lo de Luc.

Si había algo en el mundo que podía conseguir que se olvidara de él, era la Nocte Eterna.

Pero ¿podía decir que sí? La emperatriz y su hermana querían a una heroína como embajadora, querían a la salvadora huérfana de los periódicos, y Evangeline no era esa chica. Era lo contrario. Aquellas hermanas habían luchado contra los Destinos, y Evangeline había hecho un trato con uno de ellos.

La garganta se le secó de repente. Por mucho que intentara no pensar en Jacks, este siempre acechaba en el fondo de su mente, como un secreto que temía que algún día conseguiría escapar.

Todavía no sabía a dónde se había marchado Jacks. Veneno había dicho que la mayoría de los Destinos se habían dirigido al Norte, donde les habían dado asilo, y todos los rumores que había oído desde entonces lo confirmaban. Ninguno de aquellos rumores mencionaba concretamente al Príncipe de Corazones, pero ¿no le había advertido Veneno que se sentiría atraída hacia Jacks, quisiera o no? ¿Y si se trataba de eso, en realidad? ¿Y si aquella no era su oportunidad de conseguir un final feliz sino el destino manipulando su camino?

Después de su último encuentro con el Príncipe de Corazones (cuando él intentó ayudarla de verdad), se había convertido en piedra. No quería imaginar qué ocurriría si volvía a verlo y él decidía reclamar los tres besos que le debía.

El mejor modo de protegerse del Príncipe de Corazones era rechazar la oferta de ir al Norte.

Pero, entonces, ¿qué? Como mucho, seguiría trabajando en la librería y conteniendo el aliento cada vez que sonara la campana. Y eso de repente le parecía un poco patético, en lugar de esperanzador.

—Si te preocupa ese horrible rumor, ya nos hemos encargado de ello —dijo la emperatriz.

—Oh, sí, ¡ha sido muy divertido!

La princesa Donatella levantó la mano y un par de entusiastas colibríes le entregaron a Evangeline un pliego de periódico blanco y negro.

La Gaceta del Chisme

EDICIÓN ESPECIAL INFORMATIVA

Por Kutlass Knightlinger

Según me acaba de confirmar una fuente de confianza, la encantadora salvadora de Valenda se ha curado. Sus besos ya no convierten a los hombres en piedra.

A Evangeline ni siquiera se le había pasado por la cabeza preocuparse por aquel rumor, pero tenía la impresión de que las hermanas ya se habían ocupado de ello.

—Acaba de salir. Esta noche, nadie seguirá pensando que estás hechizada —le confirmó la princesa—. Aunque creo que la mayoría debería saber ya que no se debe creer en todo lo que se lee. Deberías haber visto algunas de las cosas que dijeron de mí después de la Semana del Terror.

—Puede que haya leído algunas de ellas —admitió Evangeline—. La librería donde trabajo conserva todos los periódicos antiguos.

—¿Y qué opinas? —le preguntó la princesa, que parecía entusiasmada en lugar de avergonzada mientras se metía una pequeña tartaleta con forma de corazón en la boca.

Evangeline no pudo evitar reírse. Le caían bien aquellas hermanas.

—Creo que el señor Knightlinger lo entendió todo mal. Eres mucho más feroz en persona de lo que la gaceta te hacía parecer.

—Te dije que sería perfecta. —La princesa aplaudió—. ¡Dinos que sí! Lo único que tienes que hacer es ir.

Las hermanas sonrieron mientras llovían pétalos de flores y más colibríes zumbaban a su alrededor.

Si supieran la verdad sobre el día en el que se convirtió en piedra, jamás le pedirían que hiciera aquello. Pero quizá podría usar aquel baile para parecerse más a la persona que pensaban que era. Puede que la invitación fuera cosa del destino, manipulando su camino para acercarla de nuevo a Jacks, pero eso no significaba que no fuera también una oportunidad de encontrar un final más feliz para su historia. Sabía que se engañaba a sí misma al creer que, si viajaba al Norte, conocería al príncipe Apollo y este se enamoraría de ella. Pero la habían criado para creer en los deseos, en los cuentos de hadas y en las cosas que parecían imposibles.

¿Y si aquella no era solo su oportunidad de obtener un final feliz sino también la de Marisol? Había estado buscando una manera de mejorar la vida de su hermanastra. Tal vez aquel fuera el modo.

Si Marisol viajara al Norte con ella, nadie sabría que era la Novia Maldita. Solo sería una chica en un baile, y Evangeline se aseguraría de que fuera la mejor fiesta de su vida.

Cuando regresaran a Valenda, Luc sería un recuerdo olvidado para ambas.

La joven devolvió la sonrisa a las dos regias hermanas.

—Si digo que sí, ¿podría llevar conmigo a mi hermanastra?

—Esa es una idea encantadora —dijo la emperatriz.

—Se me debería haber ocurrido a mí —murmuró su hermana—. Pero, no te preocupes, hemos pensado en todo lo demás. Es posible que te parezca que las estaciones del Norte son distintas a las nuestras. Su primer día de invierno será dentro de solo tres semanas, así que tendríamos que comenzar ya con los preparativos.

Después de eso, hablaron sobre el alojamiento y los vestidos. La moda en el Norte era bastante diferente: los caballeros usaban jubones y montones de cuero; las damas llevaban vestidos con faldas dobles y cinturones muy ornamentados. Y después la princesa comenzó a suspirar hablando de joyas y perlas, y las entrañas de Evangeline se convirtieron en tirabuzones de seda, nervios y excitación.

Al final, hizo la última pregunta por la que sentía curiosidad:

—¿Sabéis algo sobre el príncipe?

—¡Sí! —respondieron ambas hermanas con entusiasmo.

—Es… —La princesa Donatella miró el vacío—. En realidad, no recuerdo qué he oído.

—Yo… —La emperatriz se detuvo de manera similar al intentar recordar lo que sabía.

Evangeline se preguntó si la información del príncipe cargaba con un hechizo similar al del resto de las historias del Norte. Ninguna hermana consiguió recordar nada sobre el príncipe Apollo Acadian o su familia.

Si Evangeline no hubiera estado tan familiarizada con el Norte, esto la habría inquietado. Pero la incomodaban mucho más las tres cicatrices con forma de corazón partido de su muñeca, que de repente empezaron a arderle.

10

Mientras Evangeline Fox estuvo convertida en piedra, su vida quedó suspendida. Todo estaba tan inmóvil como un estanque olvidado al que ni la lluvia, ni los guijarros ni el tiempo podían perturbar. No se movía. No cambiaba. Pero sentía, sentía mucho: soledad salpicada de trazas de pesar o esperanza coloreada por la impaciencia. Nunca era solo una emoción pura, siempre se trataba de varias cosas. Exactamente igual que aquel día.

Habían dejado de escocerle las cicatrices de la muñeca y ya no las sentía como si Jacks acabara de morderla. Pero, cuando se acercó a la bonita puerta del dormitorio de Marisol, en su interior había una revuelta de mariposas. Aquella puerta blanca con un panel de cristal había sido antes la suya.

Sabía que Marisol no le había robado el dormitorio; se había trasladado por insistencia de su madre cuando ella se convirtió en piedra. Tan pronto como regresó a su estado normal, Marisol intentó devolvérsela, pero Evangeline se sentía culpable y dejó que se quedara con la habitación. Todavía sentía remordimientos, pero ahora era un pesar diferente, una pena causada por las dudas que le impedían llamar a la puerta que en el pasado había sido suya para invitar a Marisol al Norte.

Evangeline seguía pensando que Luc había sido suyo. Y, aunque estaba más decidida que nunca a olvidarlo, puede que no hubiera superado por completo la idea de que Marisol y él estuvieran juntos. Era una de esas cosas en las que intentaba no pensar. No creía que Marisol supiera que ella estaba enamorada de Luc. La joven siempre había sido amable y tímida; no parecía capaz de robar un libro, y mucho menos un hombre. Pero era difícil no dudar.

¿Y si Marisol había sabido que ella estaba enamorada de Luc? ¿Y si, sabiéndolo, se lo había arrebatado? ¿Y si encontraba de nuevo el amor en el Norte y Marisol se lo quitaba una vez más?

Levantó la mano, debatiéndose entre llamar y bajarla. Entonces…

—Madre, por favor… —Aunque Marisol no habló en voz demasiado alta, había tanto silencio en el estrecho pasillo que Evangeline pudo oírla a través de la puerta cerrada—. No digas eso.

—Es cierto, pequeña mía. —La voz de Agnes era como melaza, demasiado dulce para ser realmente disfrutable—. Estos últimos meses te has abandonado. Mírate. Tu piel. Tu cabello. Te sientas como un lazo mojado, y tienes unas ojeras horribles. Si fueras agradable a la vista, algún hombre pasaría por alto los rumores sobre tu maldición, pero ni siquiera yo tolero mirarte…

Evangeline abrió la puerta, incapaz de oír una crueldad más.

La pobre Marisol estaba sentada en su cama rosa y sin duda parecía un lazo lánguido, aunque seguramente era porque Agnes acababa de pisotearla. A pesar de todo, Marisol también era víctima de Agnes. Pero, a diferencia de Evangeline, la joven llevaba viviendo con aquella horrible mujer toda su vida.

—¿Es que no tienes modales? —chilló Agnes.

Evangeline se moría de ganas de decir que era Agnes la que no tenía modales ni corazón, además de algunas otras cosas, pero enfadarla más no sería lo más inteligente en ese momento.

—Lo siento —se obligó a decir—. Tengo una noticia que creí que os gustaría conocer de inmediato.

Agnes entornó los ojos al instante.

Marisol se secó las lágrimas con disimulo.

Y Evangeline supo con seguridad que viajar al Norte para asistir a la Nocte Eterna era exactamente lo que necesitaban. Puede que Marisol lo necesitara incluso más que ella. Apenas podía creer que hubiera pensado no decírselo. Al mirar a su hermanastra, le parecía inimaginable que hubiera planeado robarle a Luc y, aunque lo hubiera hecho, ¿no sería a Luc a quien tendría que culpar en realidad?

—¿Y bien? —dijo Agnes—. ¿Qué pasa, niña?

—Hoy me he reunido con la emperatriz —anunció Evangeline—. El príncipe heredero del Glorioso Norte va a celebrar un baile y la emperatriz me ha pedido que sea la embajadora del Imperio Meridional. Me proporcionarán transporte, alojamiento y ropa. Me marcharé dentro de una semana, y quiero que Marisol venga conmigo.

Marisol se alegró tanto como si Evangeline acabara de entregarle un ramo de estrellas llenas de deseos.

Pero Agnes no dijo una palabra. Parecía vagamente perpleja, como si acabara de ver un fantasma o un atisbo de su propio y malvado corazón. Evangeline estaba casi segura de que, cuando abriera su boca severa, diría que no. Pero, en lugar de eso, la voz de Agnes volvió a sonar demasiado dulce.

—¡Qué noticia tan maravillosa! —exclamó, con una palmada—. Por supuesto que puedes ir, y llevarte a Marisol contigo.

PARTE II

El Glorioso Norte

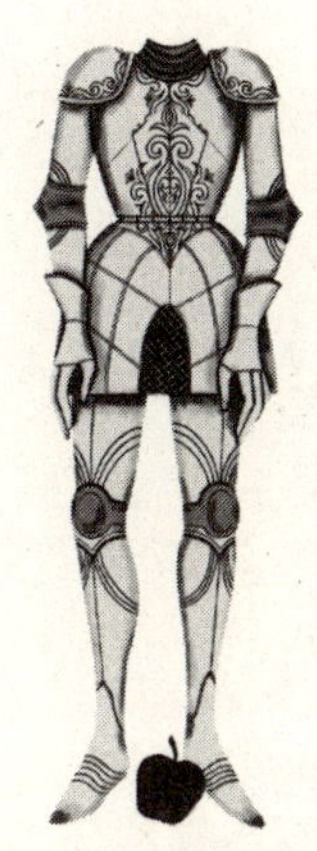

11

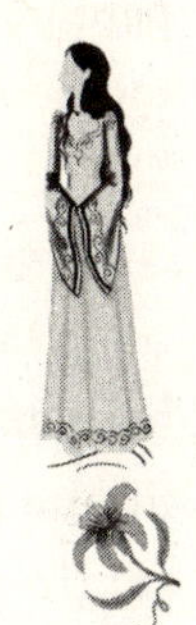

Durante catorce días solo hubo un oscuro oleaje, la espuma gris del mar y el mordaz rocío salado. Y, después, como si lo hubieran sacado de uno de los cuentos de antes de ir a dormir de su madre, Evangeline vio las curvas cubiertas de nieve de la Gran Arcada de entrada al Glorioso Norte.

Las erosionadas columnas de granito con marmoladas vetas azules, tan altas como el torreón de un castillo, estaban decoradas con tallas de sirenas que atravesaban hombres con sus tridentes como un pescador lancearía a un pez. Los hombres tenían las espaldas arqueadas y las manos extendidas para sostener el letrero que conformaba la parte superior del gigantesco arco.

BIENVENIDOS AL GLORIOSO NORTE
LOS CUENTOS VIVEN AQUÍ

—Es incluso más grande de lo que había imaginado —dijo Marisol. Le brillaba el cabello castaño claro y tenía un color saludable en el rostro. Las semanas que habían pasado en el mar le habían sentado bien. Los primeros días a bordo del barco había estado demasiado nerviosa para abandonar su camarote, pero poco a poco comenzó a aventurarse al exterior y en aquel momento estaba acurrucada junto a Evangeline ante la barandilla.

—¿Es aquí donde tenemos que guardar silencio? —susurró.

Evangeline asintió con una sonrisa, contenta de que su hermanastra comenzara a creer en las historias norteñas del mismo modo que ella. Durante su viaje, no le sorprendió descubrir que Agnes nunca le había contado cuentos a Marisol cuando era pequeña, así que ella compartió algunos de los relatos de su madre, incluidas sus advertencias al adentrarse en el Norte:

«Cuando atravieses la arcada de entrada, no digas ni una palabra. La antigua magia del Norte no puede atravesar la frontera, pero siempre lo intenta. Se reúne alrededor de la arcada de entrada y, si hablas mientras la atraviesas, la magia te robará la voz y usará tus palabras para conseguir que los viajeros incautos la ayuden a escapar a otras partes del mundo».

Debía ser una creencia común o todo el mundo debía sentir la misma solemnidad que Evangeline, porque toda la tripulación se mantuvo en silencio mientras el barco navegó las aguas bajo la arcada.

Al otro lado, el aire era tan frío como el hielo y las nubes estaban tan bajas que Evangeline podía saborearlas.

—Ojalá pudiéramos navegar más rápido —se quejó un marinero—. Esta parte siempre me da escalofríos.

Las olas dejaron de lamer el casco del barco y las nubes cercanas se cernieron sobre el sol, cubriendo el barco de sombras mientras atravesaba en silencio la extensión de mar conocida como el Escollo de los Valor, la tumba de la primera familia real del Norte.

Los antiguos monumentos de los Valor eran justo como su madre se los había descrito. Las estatuas, con las aguas azules grisáceas hasta las rodillas, eran casi tan altas como la arcada y estaban talladas para que pareciera que vestían armaduras y ropajes de gala, excepto en sus cabezas, de las que carecían. Y, aun así, mientras el barco navegaba junto a ellas, Evangeline pudo oír sus voces, o quizá fueran las voces robadas a otros que habían atravesado el arco antes que ellas.

Libéranos, decían con voz ronca.

Restablécenos.

Ayúdanos.

Nosotros podemos…

Evangeline no oyó el resto de la súplica pues el barco llegó al muelle de Valorfell y todo el mundo comenzó con los preparativos del desembarco.

—¿Señorita Fox? ¿Señorita Tourmaline? —preguntó una mujer de cabello plateado con un vestido azul aguamarina de enaguas plateadas y un cinturón en el que portaba un sinfín de pergaminos enrollados—. Soy Frangelica. Os escoltaré hasta vuestros alojamientos y me aseguraré de que la señorita Fox consiga llegar a la cena de esta noche.

Con una sonrisa cálida, Frangelica instó a las jóvenes a abandonar el barco. Pero Evangeline no se atrevió a apresurar el paso al adentrarse en el lluvioso muelle lleno de pescadores, puestos de trueque y nudosos barriles de ostras.

Siempre le había gustado vivir en el sur. Le encantaba el calor del sol y los llamativos colores que vestía todo el mundo. Pero, ahora, las radiantes calles de Valenda le parecían demasiado chillonas. Allí todo era neblinoso, todo estaba pintado de un gris brumoso, de azules lluviosos y profundos púrpuras del color exacto de las ciruelas frescas.

Los fornidos hombres del muelle parecían capaces de entrar en un bosque con sus botas de cuero cargadas de pesadas hebillas y talar un árbol de un solo golpe de hacha. Las mujeres llevaban gruesos vestidos de lana con cinturones como el de Frangelica, donde portaban desde frascos de tónicos a ballestas del tamaño de la palma de la mano.

Inhalar el aire frío y vigorizante del norte hizo que Evangeline se irguiera un poco más y respirara profundamente. Y…

—Marisol, ¡mira! ¡Dragones diminutos!

—Oh, por…

Marisol palideció cuando se escuchó un fuerte tronido y un minidragón negro pimienta del tamaño de una cobaya exhaló una vaharada de fuego rojo para asar un espeto en un puesto cercano.

En el muelle, las adorables y pequeñas bestias parecían ser tan comunes como ardillas. Casi todos los vendedores tenían una. Marisol no parecía apreciar a las menudas criaturas aladas, pero Evangeline miraba con asombro los pequeñísimos dragones azules posados en los hombros de los comerciantes, y los marrones acomodados sobre las carretas. Las diminutas bestias asaban manzanas y carne, soplaban burbujas de cristal y calentaban tazas de terracota llenas de chocolate.

Era todo tan encantador como su madre le había prometido.

Evangeline tuvo que bajar la mirada hasta los adoquines húmedos para asegurarse de que sus pies seguían en la tierra y no había alzado el vuelo, porque parte de ella estaba elevándose. Estar en el Norte no solo parecía el inicio de algo: parecía el inicio de todo.

Más allá del muelle, las abundantes tiendas de madera se acumulaban en espirales que crecían hacia el cielo en lugar de hacerlo hacia los lados. Cada espectacular planta tenía escaparates de cuento de hadas y se conectaba con las demás a través de brumosas pasarelas que se entrecruzaban sobre sus cabezas en un laberinto de diseño maravilloso. El Norte la hacía pensar en su madre, por supuesto, pero se dio cuenta con una punzada de que era un lugar que le habría encantado explorar con su padre. Los pocos comercios cuyo interior podía ver eran exactamente el tipo de sitio donde él habría encontrado un montón de nuevas excentricidades para su tienda.

—¡*El Rumor del Día*! —voceó una muchacha con una bolsa de periódicos enrollados—. Tenéis que leerlo si vais a apostar sobre quién conseguirá la proposición del príncipe… ¡O si queréis saber quiénes serán vuestras competidoras!

—Deberíamos comprar uno —dijo Marisol, mirando los periódicos con curiosidad. Debido al desagrado de la joven por las publicaciones sensacionalistas, Evangeline no había esperado que le interesara, pero aquel era justo el espíritu aventurero que había esperado que el Norte instigara en su hermanastra.

Evangeline buscó en su monedero. La moneda era diferente, pero la generosa emperatriz les había proporcionado dinero norteño.

—¿Cuánto cuesta?

—Solo medio corso —dijo la chica de los periódicos—. Espera… —La muchacha la miró y levantó las cejas—. ¡Eres tú! Y de verdad tienes el pelo rosa. —Le entregó un periódico húmedo por la bruma y le guiñó el ojo—. A este invito yo. He apostado a que el príncipe Apollo te elige a ti.

Evangeline no supo cómo responder e insistió en pagar a la chica el doble de lo que costaba el periódico.

El Rumor del Día

QUE COMIENCEN LAS APUESTAS

Por Kristof Knightlinger

Mañana es la primera velada de la Nocte Eterna. La cancillería ha comenzado a aceptar apuestas, desde quiénes serán las elegidas para el baile a quién recibirá una proposición. Y como prometí, ¡aquí están mis predicciones!

Todos sabemos que el príncipe Apollo ha dicho que quizá no elija a nadie; cuando la Nocte Eterna comience, podría no llegar nunca a su fin. Pero yo no apostaría por ello. Sé de buena tinta que Apollo tiene los ojos puestos en varias damas, y he desarrollado algunas teorías excelentes sobre quiénes podrían ser esas jóvenes.

Mi primera favorita es Thessaly Fortuna, que estoy seguro de que no necesita presentación. Como procede de una de las Grandes Casas, no me sorprendería que Thessaly fuera la primera opción de Apollo para abrir el baile de esta noche.

No obstante, si nuestro príncipe heredero desea ganarse el favor de aquellos de nosotros que no descendemos de linajes importantes, podría conceder ese primer baile a la recientemente popular Ariel Lágrimas, «LaLa». La familia de LaLa es un misterio, lo que a menudo significa que es de lo más corriente, pero su belleza es casi mítica. Y todos sabemos cuánto valora el príncipe Apollo la belleza.

Por desgracia, no apostaría por un matrimonio con LaLa. He oído repetidas veces que el príncipe Apollo podría estar colado por la célebre princesa extranjera Serendipity Skystead, de las Islas Paraíso Helado. La pareja se conoce desde la infancia.

«Ella solía enviar cartas semanales al palacio», me ha revelado una fuente secreta.

Si vais a apostar sobre quién podría recibir la proposición del príncipe, la princesa Serendipity sería la opción más conservadora.

No obstante, si os gusta asumir riesgos tanto como a mí, quizá deberíais apostar vuestro dinero a otra extranjera: Evangeline Fox, del Imperio Meridional. Huérfana, hechizada por los Destinos y ahora favorita de la nueva emperatriz meridional; su historia parece uno de nuestros cuentos mágicos, y es difícil creer que los rumores sobre ella puedan ser ciertos.

Mi primo del sur me cuenta que Evangeline tiene el cabello de un resplandeciente oro rosa y una audaz vena aventurera. Una vez, rechazó a una cola de pretendientes tan larga como una calle para que su mano estuviera disponible si el príncipe Apollo deseaba reclamarla… y yo apostaría a que lo hará.

Evangeline se descubrió sonriendo mientras leía la página, y olvidándose de Luc un poquito más. Había intentado no alimentar demasiado su esperanza. Incluso cuando hablaba con Marisol de la Nocte Eterna, nunca mencionaba al príncipe; hablaba del baile, de moda y de a qué tipo de gente conocerían. Pero tenía que reconocerlo. Quería creer que tenía una oportunidad de ganarse el afecto del príncipe Apollo. Sabía que imaginarse casada con alguien a quien todavía no conocía no era lo más sensato del mundo, pero tampoco le parecía una locura.

Sus padres habían vivido un romance de cuento de hadas que le enseñó a creer en cosas como el *amor a primera vista*.

Su historia era diferente cada vez que se la contaban, como si fuera otro de los cuentos norteños de su madre. Siempre comenzaba cuando su padre se topaba con un pozo del que salía una hipnótica melodía mientras buscaba curiosidades en el Norte. El joven pensó que el pozo estaba encantado, así que intentó hablar con él. Y el pozo contestó. O, mejor dicho, fue la madre de Evangeline quien lo hizo. Ella oyó su voz saliendo del pozo de su familia y le gustó la idea de hacer creer a aquel forastero del sur que era una mágica criatura de agua. En algunas versiones de la historia, jugó con él durante semanas; en otras, el joven descubrió pronto que se trataba de una broma. Pero en todos los relatos se enamoraban.

«Amor a primer oído», solía decir su padre. Después, su madre le daba un beso en la mejilla y añadía: «Para mí, fue simplemente amor desde el principio».

A continuación, ambos se aseguraban de que Evangeline supiera que no todos los amores surgían de inmediato; algunos tardaban un tiempo en crecer, como las semillas, o eran como bulbos, latentes hasta que llegaba la estación apropiada. Pero Evangeline siempre había querido un amor inmediato; quería el amor de sus padres, el amor de las historias. Y leer aquel periódico la convenció un poco más de que podría encontrarlo allí, en la Nocte Eterna.

—¡Todo esto es muy emocionante! —exclamó Marisol. Fue un sonido animado, de pura alegría. Pero, un segundo después,

Evangeline vio una sombra de inquietud cruzando el pequeño rostro de su hermanastra—. Aunque esto dice que eres una opción arriesgada, tendrás que tener cuidado con el resto de las chicas. No hay duda de que lucharán con uñas y dientes.

Evangeline sabía que aquella reacción era sin duda influencia del veneno de Agnes, pero sintió una punzada de recelo. Tan pronto como Marisol dijo la palabra «dientes», las cicatrices con forma de corazón de su muñeca comenzaron a escocerle. Las había sentido a menudo desde que decidió ir al Norte. Normalmente ignoraba su punzante dolor y los pensamientos de Jacks que lo acompañaban, pero justo entonces no consiguió despojarse de la perturbadora idea de que no era del resto de las chicas de quienes tendría que preocuparse aquella noche, sino del Destino de ojos azules que le había dejado aquella marca.

La Nocte Eterna no comenzaría oficialmente hasta el día siguiente, pero aquella noche había una cena privada para dar la bienvenida a todos los embajadores extranjeros. A diferencia del baile oficial, en el que el príncipe solo bailaría con cinco damas, aquella noche podría reunirse en privado con cualquiera, incluida Evangeline.

—¡Damas! —exclamó Frangelica con una palmada—. Nada de eso importará si la señorita Fox no consigue llegar a la cena. —Les señaló un carruaje a la espera.

La ardiente sensación de la muñeca de Evangeline se disipó un poco, aunque no desapareció por completo, mientras su vehículo traqueteaba por una calle gris llena de baches bordeada de tabernas y posadas con nombres de distintas historias y figuras históricas del Norte. Pasaron junto al negocio de un vidente llamado Susurros del VÉspero y junto a una repiqueteante forja con el nombre de Armas de Wolfric. El Príncipe

Eterno parecía ser un bar muy popular, aunque Evangeline sentía más curiosidad por la serpenteante cola de gente que había delante de Aguas Maravillosamente Saborizadas de Fortuna. No reconocía el nombre, pues las historias de su madre no lo mencionaban, pero se preguntó si el establecimiento estaría relacionado con la chica apellidada Fortuna a la que el periódico aludía como potencial favorita.

Por fin se detuvieron al final de la alegre carretera ante La Sirena y las Perlas: posada para viajeros aventureros. Se rumoreaba que la habían construido con los restos de un barco hundido, y la posada estaba llena de suelos que crujían y de una ardiente calidez que derritió de inmediato la piel congelada de Evangeline.

Las paredes estaban forradas de páginas en color sepia cubiertas de dibujos de deslumbrados marineros y maliciosas sirenas. El tema continuaba en la habitación de Evangeline y Marisol. Las estructuras de sus camas simulaban ser cofres del tesoro abiertos, y los postes estaban formados con las perlas blancas más grandes que había visto nunca.

Según su madre, *La Sirena y las Perlas* era la historia de una sirena que engañaba a los marineros para que la dejaran convertirlos en perlas gigantes. Era una de las leyendas que siempre le había parecido más un cuento de hadas que una historia real. Pero solo por si acaso era más cierta que falsa, Evangeline evitó los postes de perlas mientras se vestía para aquella noche. Había intentado conseguir una invitación para Marisol, pero aquella cena era extremadamente exclusiva.

Todos los asistentes debían vestirse con algo que los representara, a ellos o al reino del que procedían, y el vestido que la emperatriz había preparado para Evangeline la representaba sin duda. En lugar de mangas, unos finos hilos plateados envolvían sus brazos y su escote y bajaban sobre su corpiño tan blanco como la nieve para ceñir su falda blanca como si fueran las vetas del mármol.

Parecía una estatua que hubiera cobrado vida.

Marisol palideció.

—Supongo que debo alegrarme de que no me hayan invitado a esta cena. Si hubieran tenido que representar mi vida con un vestido, seguramente tendría una calavera y unos huesos bordados en el pecho. —Marisol lo dijo de broma, pero su voz sonó demasiado aguda y demasiado ronca.

Y, en ese momento, Evangeline volvió a sentirse culpable.

—Aquí será diferente.

Tomó la mano de su hermanastra y la apretó. Una vez más, se sintió tentada a confesar la verdad, a contarle a Marisol que su supuesta maldición era en realidad culpa de ella.

—¡Señorita Fox! —exclamó Frangelica al otro lado de la puerta—. Es hora de partir, querida.

Evangeline cerró la boca y se tragó sus secretos. Confesar quizás aliviaría su culpa, pero arruinaría muchas otras cosas, y no solo para ella. Si le contaba la verdad a Marisol, la joven ya no se sentiría maldita, pero se sentiría traicionada.

Por ahora, mantendría la esperanza de que las cosas fueran realmente distintas allí… Y de que en el Norte hubiera suficiente magia para crear un final feliz para ambas.

12

Evangeline no sabía si era la luz de la luna o la inusual magia del Norte, pero la niebla se había convertido en una bruma iridiscente que iluminaba las calles y hacía brillar las puntas de las agujas de los árboles con tonos azules dorados y verdes hada mientras su carruaje avanzaba sobre cuestas y baches y carreteras desiguales que retorcían y revolvían sus entrañas. O quizá solo estuviera nerviosa.

Se dijo a sí misma que no había ninguna razón para sentirse ansiosa. Antes, cuando le ardieron las cicatrices de la muñeca, había temido ver a Jacks aquella noche. Pero, teniendo en cuenta lo exclusiva que era la cena, no había muchas posibilidades de que el Destino asistiera. Puede que Jacks no estuviera en aquella parte del Norte, o que ni siquiera quisiera asistir. La mayor parte de las damas estarían allí para conocer al príncipe Apollo y, si los Destinos eran tan envidiosos como decían las historias, suponía que a Jacks no le gustaría.

No, decidió. Jacks no estaría allí. El único príncipe al que vería aquella noche sería el príncipe Apollo.

Cuando el carruaje se detuvo por fin, el estómago se le revolvió de nuevo. Frangelica no se movió para salir, pero dijo con alegría:

—¡Buena suerte! Y no arranques ninguna hoja.

—No se me ocurriría —dijo Evangeline, sobre todo porque le pareció la respuesta correcta, mientras salía a la noche escarchada.

Había esperado llegar a un castillo con los torreones cubiertos de nieve o a un palacio de cuento de hadas, pero solo era un bosque de árboles alargados que goteaban hielo y rodeaban un arco construido con el mismo granito azul de la Gran Arcada de entrada al Norte.

Aquel arco no era ni por asomo tan grande como la arcada, pero las antorchas que tenía a cada lado iluminaban unas tallas igualmente intrincadas y mucho más tentadoras. Evangeline vio símbolos de un montón de cuentos y baladas norteñas: llaves con forma de estrella y libros rotos, caballeros con armaduras, una cabeza de lobo coronada, caballos con alas, partes de castillos, flechas y zorros, y las enredaderas entrelazadas de las flores de arlequín.

Le recordó un poco a los bordados de su madre. Siempre bordaba en los vestidos imágenes curiosas, como zorros y cerraduras. Evangeline deseó que su madre estuviera allí en aquel momento y que lo que ocurriera a continuación la hiciera sentirse orgullosa.

—¿Vas a quedarte aquí hasta que te congeles, o vas a entrar? —le preguntó una voz ahumada.

Al principio, Evangeline creyó que la voz venía del arco. Después lo vio.

El joven estaba junto al arco como un árbol en el bosque, como si siempre hubiera estado allí. No llevaba abrigo ni capa, solo una sinuosa armadura de cuero y un inusual casco de bronce. La parte superior casi parecía una corona, gruesa y ornada con símbolos que no conocía y que le rodeaban la frente. El casco dejaba casi la mayor parte de su ondulado cabello castaño al descubierto, pero escondía casi todo su rostro con una amplia curva de duro y puntiagudo metal que abrazaba cada lado de su cabeza y cubría su mandíbula hasta el puente de su nariz, dejando solo un par de ojos y un tajo de pómulos al descubierto.

Por instinto, Evangeline retrocedió un paso.

El soldado se rio, inesperadamente amable.

—No debes temer nada de mí, princesa.

—Yo no soy una princesa —lo corrigió.

—Pero quizá lo serás.

El soldado le guiñó el ojo y desapareció de la vista mientras ella atravesaba el arco y oía una voz ronca: *Nos alegra mucho que nos hayas encontrado*.

Otro paso, y el mundo se trasformó a su alrededor.

La calidez cubrió su piel como el sol de la tarde. Seguía estando en el exterior, pero la niebla, la bruma y el frío habían desaparecido. Allí todo era bronce bruñido, rojo y naranja, los colores de las hojas a punto de cambiar.

Estaba en otro claro del bosque, pero este estaba preparado para una fiesta en la que animados músicos tocaban laúdes y arpas, y los árboles estaban decorados con lazos de celebración. En el centro de todo ello, reinaba un regio árbol fénix, y la críptica advertencia de Frangelica cobró sentido de repente. Era la primera vez que Evangeline veía un árbol así, pero lo conocía por las historias de su madre. Un árbol fénix tarda un milenio en madurar, hasta que sus ramas se extienden, su tronco se engrosa y las hojas se vuelven de auténtico oro. Brillan como el tesoro de un dragón a la luz de las velas, tentando a la gente a arrancarlas. No obstante, según la leyenda, si se arranca una hoja de oro antes de que todas hayan cambiado, el árbol entero arderá en llamas.

Alrededor del árbol había todo tipo de gente de aspecto importante. Si los hombres del muelle le habían parecido capaces de talar un árbol de un solo golpe de hacha, aquellos parecían poder terminar con una vida con solo pronunciar un par de palabras o mover una pluma. La mayor parte vestía jubones de delicado terciopelo a juego con la cálida decoración, mientras que las damas exhibían una gran variedad de vestidos. Casi todas iban ataviadas a la moda del Norte, con sobrefaldas de pesado brocado, cinturones cubiertos de joyas y dramáticas mangas abiertas que colgaban más allá de la punta de sus dedos.

Por fortuna, Evangeline no vio al Príncipe de Corazones entre ellos. No había ningún joven con manzanas, nadie con el rostro cruel y la ropa hecha jirones.

Respiró un poco más tranquila y se concentró en buscar al príncipe Apollo entre los invitados que bebían despreocupadamente de sus copas de cristal, como si asistir a un evento en el cual un príncipe eligiera a su esposa fuera algo tan habitual para ellos como un almuerzo con la familia. Nadie llevaba corona, así que Evangeline supuso con decepción que el príncipe todavía no había llegado.

Podría haberle preguntado a alguien por él, pero a pesar de lo cómodos que estaban todos, nadie parecía dispuesto a incluir a una desconocida en sus conversaciones. Los círculos se cerraban y las bocas guardaban silencio cada vez que ella se acercaba.

Eso la hizo sentirse inusualmente tímida, y agradecida de que Marisol no hubiera sido invitada, ya que con toda seguridad habría creído que la gente la excluía debido a su *maldición*.

Un par de personas miraron en su dirección, probablemente preguntándose si, con su cabello de oro rosa, era la chica de la que hablaban los periódicos. Pero aquello no era suficiente para que le permitieran entrar en sus círculos.

La única otra joven que parecía intencionadamente ignorada tenía la edad de Evangeline y llevaba un impresionante vestido de escamas de dragón del color de los rubíes en llamas. Nadie hablaba con ella, aunque sin duda la veían. Seguramente era la joven más hermosa del lugar, y su vestido era de lejos el más llamativo. Carecía de las mangas largas al estilo norteño (de hecho, no tenía mangas de ningún tipo) y revelaba su suave piel bronceada y unas llamaradas de dragón pintadas que cubrían sus brazos como unos vibrantes guantes de tinta.

Evangeline tomó dos copas de cristal y se acercó a la dama, que se balanceaba un poco como si bailara consigo misma.

—¿Quieres una? —Evangeline le ofreció una de las bebidas.

La chica miró la copa con los ojos entornados y después a Evangeline.

—No te preocupes, no está envenenada. —Evangeline dio un sorbo de ambas copas antes de ofrecerle una de nuevo—. ¿Ves?

—A menos que una esté envenenada y la otra contenga el antídoto. Eso sería lo que yo haría.

La joven le dedicó una sonrisa sorprendentemente diabólica y Evangeline tuvo la repentina impresión de que aquella era la razón por la que la estaban excluyendo. Quizá no fuera una jovencita inofensiva. O quizá la advertencia de Marisol, sobre las garras y los dientes, la estuviera afectando.

—Soy Evangeline, por cierto.

—Lo sé —murmuró la chica. Evangeline esperaba que se presentara, pero solo dijo—: Te he reconocido por el cabello rosa. También te he visto buscando al príncipe, pero no mirabas a la altura adecuada.

La joven aceptó por fin una copa y la usó para señalar el árbol fénix real.

Evangeline no sabía cómo no lo había visto antes. Ahora que sabía qué buscar, le fue imposible no ver a Apollo y su inesperada pose. Estaba en la copa del árbol, en un balcón de madera, audazmente apoyado de costado sobre la barandilla.

El apuesto príncipe estaba vestido con tonos vino y madera y llevaba una corona dorada con forma de enmarañadas astas. Desde tan lejos no distinguía todos sus rasgos, pero Apollo miraba la fiesta en completa concentración, apoyado en la barandilla, como si buscara desesperadamente al amor de su vida. Casi parecía estar posando para un retrato. No…

¡*Estaba* posando para un retrato!

Evangeline atisbó otro balcón oculto entre los árboles al otro lado del claro. Allí, un pintor parecía estar capturando la dramática pose del príncipe con febriles pinceladas.

—Deberías verlo cuando hace calor —murmuró la chica a su lado—. Siempre posa sin camisa.

—¿Hace esto a menudo?

La joven asintió con energía.

—Era bastante más divertido cuando su hermano menor, Tiberius, se burlaba de él lanzándole flechas o soltándole encima un montón de gatitos.

—Creo que me habría gustado verlo.

—Era fantástico. Por desgracia, Tiberius no parece estar aquí. —La joven suspiró—. Los príncipes tuvieron una riña hace algunos meses. Tiberius desapareció durante semanas; nadie sabe a dónde fue, y desde que regresó ha evitado la mayoría de sus obligaciones.

—¿Qué…?

Un relámpago frío subió por la nuca de Evangeline, haciendo que olvidara por completo qué iba a decir a continuación para pensar en un nombre: *Jacks*.

No sabía por qué conocía el significado de aquella punzada de frío, pero habría apostado su vida a que el Príncipe de Corazones acababa de llegar a la fiesta.

13

No te gires.

No te gires.

No te…

Evangeline solo pretendía mirar un segundo. Solo para asegurarse de que estaba de verdad allí, de que el velo frío que le cubría la piel no estaba siendo provocado por un fantasma o por la brisa.

Sus ojos se dirigieron al arco de entrada. Jacks estaba justo allí, con la niebla del otro lado todavía aferrándose a las hebillas de sus botas tras cruzar el claro.

El hielo que Evangeline sentía en su nuca le rodeó el cuello hasta la garganta y el escote. *¿Qué estaba haciendo él allí?*

Desde la última vez que lo vio, Jacks se había tintado el cabello de un llamativo tono azul oscuro. Si su rostro afilado no fuera tan inconfundible, Evangeline no lo habría reconocido de inmediato. Pero su expresión parecía incluso más fría que antes. Sus labios eran dos tajos crueles, sus ojos eran de hielo y su piel de mármol parecía más perfecta de lo que la recordaba, pálida, suave e impenetrable.

En su iglesia, una pizca de retorcida diversión había atenuado sus implacables rasgos, pero ya no estaba allí. Había perdido algo desde la última vez que lo vio, como si antes hubiera sido un poco humano y ya no. Ahora era solo un Destino, y ella tenía que asegurarse de que no la descubriera.

—Ah, has visto a lord Jacks.

Evangeline se giró con rapidez hacia su nueva amiga.

—Es un amigo íntimo de Apollo —le contó la chica—, pero no te ayudará a ganarte al príncipe.

—Yo... Solo me pareció que me sonaba su cara —balbuceó Evangeline. E intentó, lo intentó de verdad, no volver a mirarlo.

La última vez que vio a Jacks, él se alejaba mientras ella se convertía en piedra. No quería saber a qué otra cosa podía condenarla si la veía, pero era como la marea, atraída por la insuperable fuerza de la luna. No era de extrañar que las olas estuvieran siempre rompiendo; debían odiar aquella atracción tanto como ella.

Cuando se giró, Jacks seguía avanzando entre los invitados, todo impasible elegancia y desinterés. En lugar de un jubón tradicional, llevaba una camisa amplia de lino gris, pantalones negro cuervo y unas resistentes botas de piel del mismo color oscuro que la media capa forrada de pelo que colgaba casualmente de uno de sus hombros rectos. No parecía vestido para una fiesta (ni siquiera se había cerrado todos los botones de la camisa), pero no solo atrapó la atención de Evangeline. La gente dejó de mirar a Apollo, reclinado sobre la barandilla del balcón, para mirar a Jacks, mientras este ignoraba con grosería a todos los que intentaban hablar con él.

Nadie parecía tenerle miedo, como debería. Nadie retrocedió, palideció o huyó. Evangeline no llegó a descubrir en qué problema se había metido Jacks durante la Semana del Terror, pero desde entonces parecía haber decidido esconder su verdadera identidad. Allí solo era un insolente joven aristócrata con expresión inflexible y el favor del príncipe.

Jacks caminó directamente hacia el árbol fénix y los guardias le dieron permiso de inmediato para que subiera las escaleras de espiral que lo rodeaban. Ni una sola vez apartó la mirada de su camino o se aventuró cerca de Evangeline. Eso era bueno. No quería que Jacks la viera.

—Lord Jacks, en realidad, no habla con nadie —continuó su nueva amiga—. Los rumores dicen que se está recuperando después de que le rompieran el corazón.

Evangeline contuvo una carcajada desprovista de humor. Jacks no le parecía abatido. Si acaso, parecía incluso más impasible que la última vez que lo vio.

Lo más seguro para ella sería huir, escapar a través del arco mientras Jacks no estaba a la vista. Pero, si se marchaba, decepcionaría a la emperatriz y perdería su mejor oportunidad para conocer al príncipe Apollo.

Volvió a mirar el balcón donde el príncipe seguía reclinado sobre la barandilla. Su pose era extravagante, pero también interesante y un poco como algo que Luc podría haber hecho si fuera príncipe. No porque Luc fuera presumido, pero disfrutaba llamando la atención. Siempre estaba bromeando y entreteniendo a los demás, y Evangeline se preguntó si Apollo también sería así. ¿Y si Apollo era en realidad su oportunidad de conseguir un *felices para siempre,* y se marchaba por miedo a un futuro distinto llamado Jacks?

Solo pensar en él hacía latir las cicatrices de su muñeca, aunque el Destino ni siquiera la había visto.

—¿Qué más sabes de lord Jacks? —le preguntó Evangeline—. ¿Sabes por qué está aquí? ¿Es algún tipo de embajador?

—Oh, no. —La otra chica se rio—. Estoy bastante segura de que Jacks sería un embajador terrible. En realidad, he oído que terminó exiliado aquí después de haberse buscado un lío feo con una princesa del sur.

Lo dijo como la mayor parte de la gente transmitía los rumores, de un modo ligero y tan áspero como el vino espumoso. Pero las palabras provocaron en Evangeline una sensación que estaba lejos de ser burbujeante. Recordó que la hermana de la emperatriz, Donatella, había dicho que ocasionaría una guerra si se topaba con alguien del Norte. ¿Era posible que se refiriera a Jacks? ¿Era esa la razón por la que Jacks se había marchado del sur, porque le había hecho algo horrible a la princesa Donatella?

—¿Sabes qué ocurrió exactamente?

—Es difícil saberlo con seguridad por cómo se deforman las historias aquí, pero creo que la princesa sureña fue quien le rompió el corazón.

Evangeline intentó esconder su escepticismo. La princesa Donatella era adorable y vivaracha. Le había caído muy bien. No obstante, era difícil creer que una chica humana hubiera conseguido romper alguna parte de Jacks.

—¡LaLa! ¡Evangeline! —las interrumpió una voz desde atrás—. Quería hablar con vosotras dos.

Evangeline echó un vistazo sobre su hombro.

Un hombre de aspecto casi idéntico al de Kutlass Knightlinger, vestido con el mismo cuero negro y la misma camisa de encaje, caminaba a zancadas hacia ellas.

—Kristof Knightlinger —le informó la otra chica, que debía ser la misma LaLa que mencionaba *El Rumor del Día*. Y parecía que ambas iban a ser mencionadas de nuevo.

A Evangeline se le revolvió el estómago. Aunque Kristof había sido amable con ella en su artículo, no quería conceder otra entrevista en la que retorcieran sus palabras para hacerla sonar como una pobre huérfana engatusando a un príncipe, o algo peor.

—¿Es demasiado tarde para huir? —susurró.

—Probablemente, pero siempre podría decirle que te asusté amenazándote con cortarte tu bonito cabello rosa si hablabas con Apollo esta noche.

Al principio, Evangeline creyó que la otra chica estaba bromeando, pero su diabólica sonrisa había regresado.

—No pongas esa cara de susto. Es solo que me gusta que hablen de mí en el periódico. —LaLa levantó su copa como si brindara consigo misma—. A pesar de lo que dice *El Rumor del Día*, yo sé que no tengo ninguna opción real de casarme con el príncipe, pero disfruto formando parte de la diversión. Y ahora márchate, para que pueda salvarte.

—Te debo una —le prometió Evangeline antes de alejarse con rapidez.

Su falda era demasiado ceñida para correr, y en realidad no estaba prestando atención a dónde iba. Estaba tan concentrada en la amenaza de Kristof que olvidó a su propio enemigo hasta que estuvo a punto de colisionar contra su pecho sólido.

Evangeline intentó infundir coraje a su columna mientras su corazón corría, presa del pánico.

Había visto a Jacks desde lejos, pero de cerca era diferente. Era un millar de espadas golpeando todas a la vez, una desolación compuesta de un cabello tan azul como las oscuras olas del océano y de unos labios tan afilados como las esquirlas del cristal.

¿Cómo era posible que nadie más supiera que era un Destino?

Evangeline podía sentir su mirada inhumana deslizándose sobre su piel, haciendo acelerarse su sangre mientras sus ojos rastrillaban los hilos plateados que envolvían sus caderas, su cintura y su pecho. Se detuvo… Y alejó la mirada antes de llegar a sus ojos, como si no mereciera la pena continuar.

—¿Qué estás haciendo aquí? —Lanzó al aire una manzana de oro bruñido—. Creí que ya te habrías casado con ese chico al que *amabas*.

Su voz sonaba incluso más despiadada que la última vez que Evangeline la oyó, cuando la dejó en el jardín mientras se convertía en piedra.

La joven intentó no contratacar. Tenía que alejarse de Jacks, no pelearse con él. Pero había algo en su falta de interés que hacía que ella se interesara aún más.

—¡Tú arruinaste cualquier posibilidad que pudiera tener con Luc cuando hiciste que lo atacara un lobo!

Jacks dejó de lanzar su manzana.

—Yo nunca haría que un lobo atacara a alguien. Lo dejaría todo hecho un desastre.

La examinó un instante, mirándola a los ojos por fin.

Antes, Evangeline habría jurado que sus ojos eran de un impresionante y brillante azul, pero aquella noche eran tan pálidos como el hielo y totalmente impersonales. Solo fue necesaria una mirada para que Evangeline sintiera frío por todas partes. Pensó en la afirmación de LaLa, que la princesa Donatella le había roto el corazón. Pero las siguientes palabras de Jacks acabaron con cualquier compasión que la joven pudiera haber sentido por él.

—Así que al final no estabas realmente enamorada de él. ¿Tiene cicatrices por todas partes, o solo conseguiste echarle un vistazo a su rostro mutilado antes de correr en la dirección contraria?

Evangeline frunció el ceño. Jacks pensaba lo peor de ella porque eso era probablemente lo que él habría hecho, pero no lo corrigió. Prefería que el Destino pensara mal de ella a que supiera que había tenido razón y que el verdadero motivo por el que no estaba con Luc era porque él había elegido a Marisol antes de desaparecer. Pero no iba a detenerse a pensar en eso. Había acudido al Norte para olvidar a Luc, para encontrar un nuevo final feliz, y planeaba hacer justo eso, con suerte con un príncipe muy distinto del que tenía delante.

—Preferiría no hablar de eso contigo, y creo que están llamando para la cena…

—Oh, no, Pequeño Zorrillo. Tenemos negocios sin terminar.

Jacks soltó la manzana y la tomó por el cuello, cubriendo su pulso con su palma fría.

—Jacks… —jadeó Evangeline—. ¿Qué estás haciendo?

¿Y cómo acababa de llamarla?

Jacks introdujo la otra mano en su cabello, desordenando sus rizos. La caricia era tan inapropiada e íntima como el apodo demasiado afectuoso que le había puesto. Podía sentir sus posibilidades de un *felices para siempre* escapándose mientras oía la charla de la fiesta convirtiéndose en susurros, un centenar de lenguas hablando de repente del modo escandaloso en el que Jacks la estaba abrazando, justo debajo del balcón del príncipe.

—Jacks, te dije que besaría a tres personas, no a ti.

—Entonces, ¿por qué no te alejas de mí? —se burló.

—No puedo oponerme a ti… Eres un Destino.

—Mentirosa. No te estoy haciendo daño, ni besando. —Movió la mano que tenía en su cuello para jugar con su pulso frenético, deslizando los dedos con suavidad sobre el arrebatado *pum-pum-pum* y haciéndolo latir más rápido—. Creo que esto te excita.

—¡Tú alucinas! —Evangeline se apartó. Su corazón latía con fuerza, pero estaba segura de que no era de excitación. Aunque quizá hubiera una pizca de ello, no imaginaba por qué.

Jacks se rio entre dientes.

—Relájate, Pequeño Zorrillo. No intento hacerte daño.

Le robó la muñeca y la acercó a él, como si fueran a bailar.

Ella retrocedió y él avanzó hasta que los muslos de Evangeline golpearon la dura mesa.

—¿Qué estás haciendo, Jacks?

—Intento hacerte más interesante. —Se acercó más. No la tocó en ningún sitio con excepción de la muñeca, pero alguien que los viera desde lejos habría pensado que estaban a punto de besarse, por el modo intencionado en el que él ladeaba su cuerpo e inclinaba su cabeza. Solo Evangeline podía ver que en sus ojos no había nada—. Antes eras solo una amenaza menor, una que la gente suponía que desaparecería si no te miraba. Ahora que yo me he fijado en ti, no desaparecerás.

—Eres demasiado creído —siseó Evangeline.

Pero la gente estaba mirándolos, sin duda. Al menos la mitad de los ojos de la fiesta estaban sobre ellos. Por el rabillo del ojo, podía ver que Kristof Knightlinger había sacado una pluma y que había comenzado a apuntar cosas en un cuaderno.

—Si tienes suerte —murmuró Jacks—, Apollo también estará mirando, y ya estará celoso.

—Yo no quiero ponerlo celoso.

—Deberías. Eso hará que tu trabajo sea mucho más fácil, ya que Apollo es la primera persona a la que quiero que beses.

Con uno de sus movimientos sobrenaturalmente rápidos, Jacks soltó su muñeca, sacó una daga enjoyada de su bota y se pinchó la punta del dedo anular. La oscura sangre roja resplandecía con imposibles motas doradas.

Evangeline intentó alejarse, pero él se movió más rápido. Le puso la mano en la boca y marcó el sello de sus labios con la sangre metálica y dulce, increíblemente dulce. Evangeline quería que su sabor le desagradara, pero era más una sensación que un sabor. Era el último momento perfecto antes de que un sueño termine, gotas de luz del sol cayendo como si fuera lluvia, deseos perdidos que han sido encontrados. Evangeline quería lamerla…

—No. —Jacks levantó la mano con rapidez y le cerró los labios con los dedos—. No la lamas; la sangre tiene que penetrar en tus labios o la magia no funcionará.

La euforia de Evangeline se convirtió en un frío y resbaladizo temor. Cuando hizo el trato con Jacks, la había puesto nerviosa la idea de besar a un desconocido… Nunca se le había ocurrido que el beso pudiera hacer daño, que Jacks fuera a pintarle los labios con sangre e infectarla con su magia.

—¿Qué has hecho? —le preguntó—. ¿Qué ocurrirá si beso al príncipe Apollo?

—Cuando —la corrigió Jacks sin ganas—. Si no besas al príncipe Apollo antes de que la fiesta de esta noche haya terminado, morirás. Lo que sería una pena, porque hay modos muchos mejores de irse.

Los ojos sin vida de Jacks bajaron hasta la boca que acababa de pintar con su sangre.

Después caminó de nuevo hacia la fiesta.

14

Evangeline no sabía si el tiempo era como la magia y funcionaba de un modo distinto en el Norte, pero apostaría su vida a que había comenzado a avanzar más rápido en el instante en el que Jacks se alejó.

La cena tuvo lugar en una elaborada mesa que rodeaba el árbol fénix. Estaba preparada con cálices de peltre y velas de cera de abeja con forma de castillo, y junto a cada plato había figurillas de madera de dragones diminutos con los nombres. El nombre de Jacks estaba junto al suyo. No apareció, pero su silla estuvo constantemente ocupada por nobles curiosos; el Príncipe de Corazones, al parecer, había estado en lo correcto cuando dijo que su atención haría milagros con su popularidad.

Todos eran amables, de un modo que parecía decir «solo estoy hablando contigo porque otra persona te ha hecho parecer importante». Evangeline oyó un montón de «qué bonito color de cabello, es justo como el de aquella princesa», aunque por supuesto nadie recordaba el nombre de *aquella princesa* o con qué príncipe se había casado, pero casi todos lo remarcaban. Evangeline hizo todo lo posible por ser atenta y educada, pero en lo único que podía pensar era en besar al príncipe Apollo.

Parte de ella se sentía ligeramente intrigada por la idea (¿quién no querría besar a un príncipe?), pero no había querido que fuera así. No quería obligarlo, y tampoco sabía por qué Jacks quería que lo hiciera. ¿Qué ganaría él con ello?

Quería pensar que Jacks había estado bromeando cuando dijo que se moriría si no besaba a Apollo aquella noche, pero el Destino parecía de esos que hablaban totalmente en serio incluso cuando parecían estar bromeando. Y teniendo en cuenta cómo la había abandonado cuando se convirtió en piedra, suponía que no le importaría que ahora se convirtiera en un cadáver. O…

Un sirviente del palacio le dio un golpecito en el hombro.

—Disculpe, señorita Fox. Ha llegado el momento de su muerte.

Evangeline se sobresaltó, pero de inmediato se dio cuenta de que no había sido eso lo que había dicho el sirviente. En realidad, dijo: «Ha llegado el momento de conocer al príncipe». No obstante, en ese momento le parecía lo mismo. Solo se le ocurría una teoría sobre por qué querría Jacks que besara al príncipe Apollo: quería matarlo. Jacks le había pintado los labios con su sangre, dándole parte de su magia, y su magia consistía en su beso mortal… Lo que seguramente significaba que su beso era ahora mortal.

Su respiración se aceleró mientras se acercaba a los peldaños que rodeaban el árbol fénix.

Jacks estaba apoyado en la barandilla de la escalera, con la cabeza echada hacia atrás y el cabello azul cayendo sobre un ojo, como si llevara esperándola media noche.

—¿Estás lista, niña?

Le ofreció el brazo como un caballero.

Evangeline ignoró su oferta, pero se acercó lo suficiente para susurrar, mientras comenzaban a subir los serpenteantes peldaños:

—¿Por qué quieres que bese al príncipe Apollo? ¿Esto va a matarlo?

Jacks la miró de soslayo.

—Aprecio tu gran imaginación, pero úsala cuando beses al príncipe y no al pensar en cuáles podrían ser las consecuencias.

—No voy a besarlo a menos que me digas por qué quieres que lo haga.

—Si quisiera que mataras al príncipe, no estaría subiendo estas escaleras contigo. —Jacks la rodeó con el brazo que ella acababa de rechazar. Tenía las mangas de la camisa azul enrolladas, de modo que pudo notar su piel, fría y tan sólida como la roca. El contacto le erizó la piel de un modo indeseado mientras él la acercaba a su lado—. No tiene sentido hacer que alguien cometa un asesinato si vas a estar en la misma habitación que ellos.

Evangeline quería seguir discutiendo, pero el argumento de Jacks era convincente, lo que fue un pequeño alivio. No quería morirse, pero tampoco besaría al príncipe a sabiendas de que eso lo dañaría.

—Si ese no es tu plan, ¿qué ocurrirá cuando lo bese?

—Depende de lo buena que seas. —La gélida mirada de Jacks se posó en sus labios—. Sabes besar, ¿verdad?

—¡Claro que sí!

Evangeline tiró de su brazo para liberarse.

Jacks frunció el ceño.

—¿Por qué estás tan enfadada? ¿Te parece feo el príncipe?

—Esto no tiene nada que ver con su aspecto. No quiero hacerle daño.

—No voy a pedirte que confíes en mí, porque esa sería una idea terrible. Pero puedes estar segura de que, si fueras a hacerle daño a Apollo, yo no me quedaría cerca.

Cuando llegaron al final de la escalera, el aire se llenó de los densos aromas del bálsamo y de la madera. Las hojas leonadas y doradas susurraban sobre sus cabezas, y Evangeline vislumbró al menos a media docena de guardias con túnicas del color de las hojas sentados sobre las ramas que formaban la techumbre de la suite abalconada del príncipe Apollo.

Echó a Jacks una mirada asustada.

—No te preocupes —susurró el Destino—. Nadie va a dispararte una flecha por besar al príncipe.

Pero algo ocurriría cuando lo besara. Tendría que haber intentado escapar. Pensó en hacerlo en aquel momento.

El príncipe Apollo estaba junto a la barandilla, de espaldas a ella, mirando la escena de abajo. Entonces se giró.

Era alto, pero no tan imposiblemente atractivo como Jacks.

El rostro de Apollo era más interesante que guapo, en un estilo clásico. Tenía una nariz aguileña y ligeramente torcida que habría dominado el rostro de cualquier otra persona, pero todos sus rasgos eran un poco intensos, desde sus pobladas cejas oscuras a su mirada profunda. Su piel era aceitunada, su cabello grueso y oscuro y muy corto, para mostrar mejor sus fuertes rasgos. Se había quitado la corona de astas, pero seguía teniendo el porte de un príncipe, imponente mientras apoyaba un codo en la barandilla del balcón y le dedicaba una sonrisa que decía: «Puede que no sea el más guapo, pero sabes que estás fascinada».

Evangeline no podía negar que lo estaba, aunque no estaba segura de si era porque era un príncipe o por el modo en el que la encendía al mirarla. Luc había intentado atraerla con la mirada, pero nunca consiguió dominarlo como Apollo: sus ojos eran de un profundo castaño y ámbar con diminutas motas de resplandeciente bronce.

—Estás babeando un poco —dijo Jacks, y ni siquiera tuvo la decencia de decirlo en voz baja.

Apollo se rio, oscuramente musical y totalmente mortificador.

Evangeline pensó en esconderse, pero el diván que había en el balcón estaba demasiado cerca del suelo como para meterse debajo, y el príncipe ya se estaba acercando.

—No te sientas mal, señorita Fox. —Apollo terminó de acortar la distancia entre ellos. A Evangeline le sorprendió que, a pesar de la intensidad de su rostro, parecía ser solo un par de años mayor que ella, diecinueve o veintiuno como mucho—. Creo que nuestro amigo está celoso. Lleva semanas hablándome de lo hermosa que eres pero, hasta ahora, creí que estaba exagerando.

—¿Jacks te ha hablado de mí? —Evangeline ni siquiera intentó esconder su asombro mientras miraba a Jacks.

Él ya había abandonado su lado para vagar por la pequeña estancia, y la miró con el mismo desinterés taciturno que había mostrado con todos los demás cuando llegó a la fiesta. Si las miradas pudieran hablar, aquella le habría dicho: «Que lo haya dicho no significa que lo crea».

Pero lo había dicho. A Evangeline no le importaba si lo creía de verdad o no. Jacks había actuado como si su aparición aquella noche fuera una sorpresa y nada estuviera planeado, aunque hacía semanas que sabía que acudiría. Había estado preparando aquel beso. ¿Por qué? ¿Qué quería? ¿Qué ocurriría cuando besara al príncipe?

A Evangeline no se le ocurrió ni una sola teoría nueva. Lo intentó, pero cada vez le era más difícil concentrarse. Algo parecía ir muy mal en su corazón. Había latido más rápido cuando se topó con Jacks, pero ahora era casi como si tuviera dos corazones: su pulso era frenético y latía dolorosamente en su pecho, como si fuera a quedarse pronto sin latidos.

Cuando volvió a mirar a Apollo, su corazón comenzó a latir: *Bésalo. Bésalo. Bésalo.*

No parecía tanto un deseo como una necesidad.

Apollo estaba tan cerca que solo tendría que dar un paso, ladear la cabeza y presionar los labios contra los suyos. Y, aun así, no podía hacerlo, no hasta que al menos intentara descubrir por qué había planeado Jacks todo aquello.

En lugar de eso, consiguió decir:

—¿Conoces bien a Jacks?

La sonrisa descarada del príncipe flaqueó.

—No estoy acostumbrado a que las damas suban aquí para preguntarme por otro joven.

—Por favor, no confundas mi pregunta con interés por Jacks. No estoy interesada en Jacks…

—Y, aun así, no dejas de pronunciar su nombre.

Las palabras de Apollo sonaron a burla, pero no la había en su mirada. La miraba como Evangeline suponía que los retratos miraban a la gente cuando les daba la espalda. Nada de sonrisas magnéticas. Nada de atractivos ojos castaños. Era la mirada equivalente a sacar un cuchillo e inclinarlo para que atrape la luz.

Parecía que la confianza de Apollo tenía sus límites, o quizá no estuviera tan seguro de sí mismo, después de todo. ¿Era posible que Jacks y él fueran más rivales que amigos? ¿Era posible que se tratara de algo así? Evangeline todavía no comprendía qué quería Jacks en realidad o qué haría aquel beso, pero no tenía tiempo para descubrirlo.

Ahora, su corazón no solo latía; le dolía, forzado. Jacks había dicho que moriría si no besaba al príncipe al final de la fiesta, y aunque esta todavía no había terminado, sabía que aquella reunión sí lo había hecho. La postura de Apollo estaba cambiando, a punto de despedirse de ella. Pronto se daría la vuelta y se alejaría sin decir otra palabra. Si iba a besarlo, aquella era su última oportunidad.

Evangeline levantó la mirada buscando sus labios, pero de algún modo sus ojos consiguieron viajar sobre el hombro amplio de Apollo hasta Jacks. Estaba apoyado en la barandilla del balcón jugando con una moneda plateada entre sus largos dedos.

La comisura de sus labios se movió muy ligeramente, y continuó girando la moneda mientras articulaba en silencio: *¿Lo besará? ¿Morirá? ¿Lo besará? ¿Morirá?*

Evangeline moriría, pero no sería aquella noche.

Concentró sus ojos en Apollo. Puntos danzaron en los límites de su visión, convirtiendo al príncipe en un borrón de pavor.

—Lo siento.

Le tomó la mejilla, se puso de puntillas y acercó sus labios.

Apollo no se movió.

El corazón de Evangeline se saltó un latido. Aquello no estaba funcionando. Apollo se apartaría y llamaría a los guardias, que sin duda dispararían, la arrestarían o la sacarían de la fiesta arrastrándola del pelo. Pero, en lugar de alejarla de un empujón, Apollo presionó los labios contra los suyos, como si fuera así como terminaba con frecuencia las conversaciones con sus invitadas femeninas y no le sorprendiera lo más mínimo que Evangeline quisiera un beso de despedida.

El joven le puso una mano cálida en la cadera, acercándola mientras su lengua se deslizaba en el interior de su boca, acariciándola como si fuera a darle un regalo de despedida.

Las mejillas de Evangeline se calentaron ante la idea de que Jacks estuviera observando el intercambio, pero no se apartó. La técnica de Apollo era mejor que la de Luc, que siempre parecía demasiado ansioso. Y, aun así, el modo en el que Apollo la tocaba parecía más practicado que apasionado.

Durante un instante fugaz se preguntó si había hecho que los pintores captaran cómo besaba, si esa era la razón por la que todo parecía una actuación.

Los dedos del príncipe le apretaron el costado, clavándose apenas lo suficiente para que sintiera una sacudida de asombro.

—Adiós, señorita Fox —murmuró contra su boca—. Conocerte me ha gustado más de lo que esperaba.

Comenzó a apartarse, pero entonces volvió a agarrarla con fuerza.

Y la besó de nuevo. Sus labios se inclinaron codiciosamente sobre los de Evangeline mientras deslizaba la otra mano en su cabello, destruyendo los rizos que Jacks ya había despeinado y saqueando su boca. Sabía a lujuria y a noche, y a algo perdido que debería haberse mantenido así.

El corazón de Evangeline se convirtió en un tambor que latía más fuerte y rápido cuanto más la abrazaba Apollo. Había capas de ropa entre ambos, pero podía sentir el calor que expelía su cuerpo, más calor del que había sentido nunca con Luc. Casi demasiado calor, demasiada ansia. Apollo ardía como un fuego que consumía en lugar de calentar. Y, aun así, había una parte de ella que quería ser abrasada, o al menos chamuscada.

Rodeó el cuello del príncipe con ambas manos.

La boca de Apollo abandonó sus labios y bajó hasta su garganta, posando beso tras beso hasta su…

Una mano fría se apoyó en su hombro y la apartó del abrazo del príncipe.

—Creo que es hora de irnos.

Jacks la dirigió hacia las escaleras del balcón con una ligereza sobrenatural. En un momento, Apollo era todo lo que Evangeline podía sentir, y después se vio apresada bajo el brazo duro de Jacks, presionada contra su frío costado mientras la conducía hacia los peldaños.

—Sigue moviéndote —le ordenó. Sus ojos habían cambiado del hielo sin alma al azul más afilado—. No mires atrás.

Pero, por supuesto, tenía que mirar atrás. Tenía que saber qué había hecho.

Apollo seguía paralizado en el sitio (muy vivo, por fortuna), pero no parecía estar bien. Estaba en el centro de la estancia, concentrado, mientras se recorría los labios con el dedo, tocándolos una y otra vez como si ese acto pudiera revelarle lo que acababa de pasar, por qué había perdido el control con una chica a quien había decidido rechazar.

Evangeline se preguntaba lo mismo.

Apollo la miró a los ojos. Todavía quedaban rescoldos de calor en su mirada, pero la joven no sabía si eran de pasión o de ira.

—Jacks, ¿qué has hecho? —susurró.

—No es lo que yo he hecho, Pequeño Zorrillo. Es lo que has hecho tú. Y mañana por la noche tendrás que hacer incluso más.

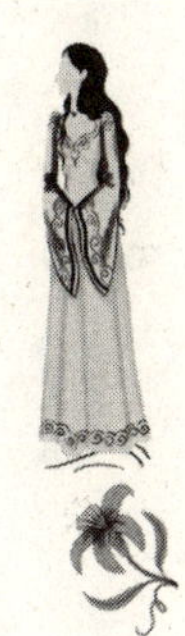

15

El Rumor del Día

(viene de la página 1)

¡Evangeline Fox ha hecho honor a su reputación de carta sorpresa!

Mientras la mayoría de las damas presentes en la cena de anoche se acicalaban para el príncipe Apollo, Evangeline Fox fue vista compartiendo un libidinoso abrazo con uno de los mejores amigos del príncipe.

No sé si Evangeline oyó los rumores de que Apollo podría no elegir a nadie y ha puesto sus ojos en otra persona, o si solo esperaba poner celoso a Apollo, pero parece que yo tenía razón cuando dije que era una apuesta arriesgada.

16

Evangeline intentó ignorar los susurros cercanos y el pozo sempiterno en su estómago. Estaba en el Glorioso Norte, hogar de los cuentos de hadas de su madre, rodeada de vistas fantásticas y a punto de disfrutar de una manzana asada por un dragón. Pero los murmullos eran como los villanos al final de una historia: no morían.

—Es ella, te apuesto un dragón.

—He leído que anoche besó a uno de los amigos del príncipe…

—Ignóralos —dijo Marisol, lanzando una mirada feroz a la hilera de gente que susurraba a su espalda—. Ya deberían saber que no hay que creer todo lo que se lee en la prensa sensacionalista —añadió en voz alta.

Y Evangeline la quiso un poquito más entonces, aunque gran parte de lo que Kristof había escrito sobre ella en la edición de aquella mañana era preciso. La habían visto en una situación escandalosa con Jacks, él la había abrazado como si quisiera besarla, la había hecho retroceder hasta una mesa y después le había pintado los labios con su sangre. Se le cerraba el estómago solo con pensarlo.

Marisol había creído que todo era mentira tan pronto como leyó el periódico, y Evangeline no la había corregido. Intentó olvidarse de ello aprovechando su visita al Norte para salir a explorar los chapiteles comerciales. Su hermanastra buscaba recetas del Norte e ingredientes extraños, y ella quería encontrar todas las cosas imposibles que se mencionaban en las historias de su madre, como las pegajosas manzanas asadas por dragones que estaban esperando en ese momento.

Su madre solía decir que el fuego de dragón hacía que todo fuera más dulce. Las manzanas asadas por dragones se suponía que sabían a amor verdadero. La cola para conseguir la golosina era tan larga que Evangeline y Marisol llevaban esperando casi media hora, todo mientras los locales charlaban sobre su supuesto beso con el amigo de Apollo.

Parte de Evangeline se sentía aliviada de que aquel fuera el cotilleo del día. Podría ser mucho peor. Se había marchado de la fiesta la noche anterior temiendo que el beso que le había dado a Apollo lo hubiera hechizado. La aterraba la idea de abrir el periódico aquella mañana y descubrir que algo horrible le había ocurrido al príncipe. Pero lo único que había cambiado era su reputación, y las cosas que la gente decía de ella ni siquiera eran tan malas. Aun así, eso la desquiciaba.

Volvió a preguntarse qué pretendía Jacks en realidad. Había sentido rivalidad entre Jacks y Apollo, pero no comprendía cómo encajaba ella. Jacks quería conseguir algo con ese beso, pero ¿qué?

Se frotó la muñeca. Solo le quedaban dos cicatrices con forma de corazón partido, pues la tercera había desaparecido después del beso de la noche anterior. Jacks había insinuado que se cobraría otro beso aquella noche, pero para eso primero tendría que encontrarla, y aquella noche no planeaba que eso ocurriera.

Evitar la primera noche de la Nocte Eterna no era una opción. Los rumores de la mañana habían disminuido sus posibilidades con Apollo, pero no creía que las hubieran aniquilado. Algo había ocurrido entre ellos cuando se besaron. La única pregunta era: ¿la pasión del beso había sido parte del plan de Jacks, o algo que no había esperado? Evangeline no conocía la respuesta, pero deseaba encontrarse con Apollo aquella noche y descubrirla antes de que Jacks diera con ella.

—¡Sal! ¡Compren sus sales y condimentos! —gritó un vendedor, empujando una pesada carreta por la calle adoquinada—. Importadas de las minas del Norte Glacial. Las tengo dulces, las tengo saladas…

—Evangeline, ¿me odiarías si te dejara sola? —Marisol echó una mirada de anhelo a la carreta de sal—. Me encantaría llevarme a casa algunas especias glaciales.

—Adelante —le dijo Evangeline—. Te compraré una manzana.

—No pasa nada. En realidad, no quiero una. —Marisol ya estaba retrocediendo.

Evangeline tenía la sensación de que, aunque su hermanastra estaba disfrutando del Norte, no había llegado a superar su miedo a los pequeños dragones.

—Todavía estoy llena, después de las tartaletas de goblin que compramos antes —le dijo Marisol—. ¡Pero tú cómete una! Me reuniré contigo en la posada.

Antes de que Evangeline pudiera discutir, llegó su turno en la cola y Marisol se alejó para hacer realidad sus sueños de sales importadas.

—Aquí tiene, señorita. —El vendedor le entregó una humeante manzana en un palo, todavía chispeando fuego de dragón.

El exterior de la manzana era de un caramelizado color dorado y, cuando por fin se enfrió lo suficiente para que pudiera morderla, le supo a una caliente y abrasadora dulzura y a Jacks…

Evangeline cerró los ojos y murmuró una maldición.

De repente, ya no quería la manzana.

Una pareja de dragones azules callejeros voló alrededor de sus manos y la joven les entregó el dulce mientras comenzaba a subir el chapitel comercial.

Se acercaba el atardecer. El cielo era una bruma de luz violeta y nubes grises que le decía que seguramente había llegado el momento de regresar a su habitación en *La Sirena y las Perlas* y de vestirse para la Nocte Eterna. Pero todavía no estaba preparada.

Marisol y ella habían visitado al menos cincuenta tiendas aquel día, y había una que estaba ansiosa por visitar de nuevo: Historias Perdidas y Encontradas & Otros Discernibles. La fachada de la tienda era poco interesante, pintada de un tono descolorido, pero cuando miró a través del polvoriento escaparate, vio un libro que nunca había encontrado el camino hasta un estante fuera del Norte: *La balada del arquero y el zorro*.

Era la historia que su madre solía contarle, la historia cuyo verdadero final nunca había oído. Había sido muy emocionante ver el libro hasta que también vio el letrero:

He salido a almorzar.
Regresaré en algún momento.

Por desgracia, parecía que ese algún momento no había llegado aún. Evangeline descubrió que el letrero seguía apoyado contra la puerta arañada. Llamó, por si el propietario había regresado y se había olvidado de quitar el cartel, de abrir la puerta y encender las lámparas.

—¿Hola?

—La puerta no va a contestar.

Evangeline se sobresaltó al girarse, dándose cuenta de cuán oscuros estaban los chapiteles, de cómo la noche había cubierto el crepúsculo más rápido de lo que debería. El soldado que se alzaba ante ella parecía más sombra que hombre. Habría echado a correr si no hubiera reconocido el estricto casco de bronce que lo escondía todo excepto sus ojos, su cabello ondulado y sus imponentes pómulos. Era el soldado que había protegido el arco la noche anterior. Había bromeado, llamándola «princesa», y la había cautivado solo un poquito. Pero aquella noche no parecía tan encantador.

—¿Me estás siguiendo? —le preguntó.

—¿Por qué iba a seguirte? ¿Planeas robar cuentos de hadas?

Lo dijo como si fuera una broma, pero había una chispa depredadora iluminando sus ojos, como si deseara que estuviera allí para robar algo y huir, lo que le daría la oportunidad de perseguirla.

Con disimulo, Evangeline echó una mirada a la espalda del soldado para ver si había alguien más cerca.

El soldado chasqueó la lengua con suavidad.

—Si buscas a alguien que te ayude, no lo encontrarás. Y tú tampoco deberías estar aquí. —Su tono sonó inesperadamente preocupado, pero su presencia seguía incomodándola. Levantó la cabeza para mirar los peldaños que ahora terminaban en errantes bancos de niebla y los estrechos puentes que desaparecían en la oscuridad en lugar de en las fachadas de otras tiendas—. Los chapiteles no son seguros de noche. Los que se pierden aquí, jamás son encontrados. —Señaló la puerta detrás de Evangeline.

Por instinto, se giró. Estaba casi demasiado oscuro para leer el letrero, pero le pareció que estaba ajado y viejo, y en ese momento pensó que llevaba apoyado en la puerta más de un día.

Cuando volvió a girarse, el misterioso soldado había desaparecido. Y no esperó a ver si regresaba. Bajó rápidamente el tramo de escaleras más cercano, tropezando con su propia falda más de una vez.

Habría jurado que llevaba en el chapitel menos de una hora, pero debió pasar más tiempo. Las lámparas de gas estaban encendidas y los carruajes abarrotaban las calles, llevando a la gente a la Nocte Eterna.

Cuando Evangeline llegó por fin a su habitación en la posada, Marisol ya se había vestido.

Como a la chica le encantaba la repostería, la emperatriz le había enviado un vestido con volantes de tul, un escote barco festoneado y una falda doble en la que una capa parecía hecha de miel y la otra de azúcar rosa.

—Parece que has nacido para asistir a bailes —le dijo Evangeline.

Marisol sonrió de oreja a oreja, más radiante que nunca en el sur.

—He dejado tu vestido sobre la cama.

—Gracias. —Evangeline habría abrazado a su hermanastra, pero no quería arrugarle el vestido—. Solo tardaré un minuto.

Intentó darse prisa. No tenía tiempo para rizarse el cabello con tenacillas, pero consiguió hacerse una trenza en cascada que decoró con las flores de seda que había comprado aquella mañana.

Su vestido de aquella noche había sido diseñado para imitar las celosías floridas del jardín de su madre, donde salvó a los invitados a la boda de Marisol. Pero nadie que la mirara pensaría en ello. La base de su corpiño era de una seda beige que hacía que pareciera que no la cubría nada más que los lazos de terciopelo crema que bajaban entrecruzados hasta sus caderas. Allí, las flores pastel comenzaban a aparecer, creciendo en número hasta que cada centímetro de falda estuvo cubierto de un resplandeciente enfrentamiento de sedosas violetas, peonías de pedrería, lirios de tul, espirales de enredadera y ramilletes de ondulado cachemir dorado.

—Estoy lista…

Evangeline se detuvo cuando llegó a la sala de estar, donde Marisol estaba inmóvil como una estatua con un pliego de periódico blanco y negro entre las manos.

—Alguien lo metió debajo de la puerta —dijo Marisol con voz aguda, arrugando el borde de la página con sus dedos pálidos hasta que Evangeline consiguió arrancársela.

17

El Rumor del Día

CUIDADO CON LA NOVIA MALDITA

Por Kristof Knightlinger

He oído un rumor de que la famosa y encantadora salvadora de Valenda, Evangeline Fox, no es la única celebridad del sur que nos visita. Parece que la infame Novia Maldita de Valenda, Marisol Tourmaline, está aquí para arruinar la Nocte Eterna.

Las posibilidades de Evangeline de ganarse al príncipe podrían estar en terreno pedregoso después de la demostración de anoche. Pero parece que la Novia Maldita está tan celosa de ella que ha decidido terminar con cualquier oportunidad que la señorita Fox tenga de casarse con el príncipe y convertirse en nuestra nueva reina. Según mis fuentes, la señorita Tourmaline ha sido vista hoy en distintas tiendas de hechizos, buscando un modo de convertir a Evangeline de nuevo en piedra.

La Novia Maldita sin duda estará en la celebración de esta noche. Si la veis, tened cuidado...

(continúa en la página 3 ¾)

Evangeline hizo una bola con la página.

¿Por qué les habrían enviado aquello? No podía creer que alguien fuera tan cruel como para meter algo así bajo la puerta, y la decepcionaba que las mentiras sobre Marisol las hubieran seguido hasta allí.

Marisol se había marchado sola aquel día. Si entró en una tienda de hechizos, como Kristof afirmaba, debió ser por accidente, seguramente pensando que era una tienda de recetas exóticas. Marisol temía tanto la magia que ni siquiera entraba en la tienda de curiosidades.

—No puedo ir.

Se derrumbó en una butaca con respaldo de caracola y comenzó a tirar de los botones de sus largos guantes de seda.

—Para. —Evangeline tomó una de sus manos antes de que destrozara por completo los guantes—. Todo el mundo sabe que lo que dicen esas revistas de chismes no es verdad. Tú misma lo dijiste antes. La gente las lee para entretenerse, no para informarse.

—Pero aun así se lo creen —gimió Marisol—. Siempre hay un poco de verdad en esas páginas, lo suficiente para hacer que las mentiras parezcan reales. Si aparezco esta noche, como dice el periódico, les parecerá una prueba de que el resto también es verdad.

—Entonces les demostraremos que se equivocan. *Cuando* aparezcas esta noche y yo no termine convertida en piedra, todos sabrán que tu intención no era hechizarme.

—¿Y si ocurre algo terrible y me culpan por ello?

Evangeline quería decirle que en la Nocte Eterna no tenía que preocuparse por las desgracias, pero no podía hacerle aquella promesa, sobre todo porque Jacks estaría allí.

—En el caso improbable de que esta noche suceda una catástrofe, es mucho más fácil que te culpen por ella si no estás presente. Es fácil convertir a una sombra en villana, pero todos los que te conozcan descubrirán lo considerada, amable y gentil que eres.

—Creo que tienes demasiada fe en mí. —Marisol se sorbió los mocos—. Deja que me quede aquí. Con ese vestido pareces una princesa, y si me llevas contigo, terminaré con tus posibilidades de convertirte en una. Nadie quiere a una cuñada maldita.

—No estás maldita. Y no me preocupa lo que ocurra con el príncipe.

Evangeline se sintió tentada a decir que, después de lo que habían publicado sobre ella aquella mañana, sus posibilidades con Apollo eran escasas. Pero en realidad no lo pensaba. Creía que todavía tenía una oportunidad con Apollo, o que la esperaba algún otro y maravilloso *felices para siempre,* y creía lo mismo para Marisol. Su hermanastra no era lo que decían los rumores y mentiras que habían publicado sobre ella. Y, si aparecían juntas aquella noche, sonriendo, felices y sin miedo, la gente descubriría la verdad y dejaría de creer en mentiras.

—Una de las razones por las que acepté hacer este viaje fue porque quería que tú me acompañaras. Pensé que, si venías conmigo, recuperarías la confianza y podrías comenzar de nuevo. La Nocte Eterna no es solo un baile: es una oportunidad para adentrarte en un cuento de hadas, para cambiar el curso de tu vida y encontrar un camino que algunas personas buscan durante toda su existencia. Es una noche para reinventarte, para deslumbrar a todo el que te vea y para demostrarle a cualquiera lo bastante tonto como para creer los rumores que no me tienes envidia ni planeas convertirme en piedra.

—Dicho así, suena bastante poderoso.

Marisol se sorbió la nariz de nuevo, pero esta vez estaba más cerca de reírse.

Empezaba a cambiar de idea. Su voz sonaba más ligera, y sus mejillas se habían coloreado de rosa.

—Iré contigo al baile, pero solo porque es una tontería pensar que yo podría terminar con tus posibilidades cuando estás tan preciosa. Apuesto a que recibirás cinco propuestas de matrimonio antes de que el príncipe elija a su primera pareja de baile esta noche.

Marisol tocó con un dedo enguantado una de los cientos de flores de seda cosidas a la falda de Evangeline.

—¡Oh, no! —La tela violeta que Marisol tenía entre los dedos se soltó del vestido—. Lo siento mucho…

—No pasa nada —le dijo Evangeline—. No se nota.

Había tantas flores en el vestido que habría que mirarlo con mucha atención para darse cuenta de que faltaba una violeta. Y, aun así, sus ojos se posaron en el trozo de falda donde había estado la flor. Había cinco hilos púrpuras allí, hilos gruesos que no deberían haberse roto con tanta facilidad.

¿Era posible que Marisol hubiera arrancado la flor a propósito?

Evangeline intentó ignorar el mezquino pensamiento tan pronto como se le ocurrió. Aquello era sin duda culpa del artículo de Kristof, que estaba alimentando algunas de las sospechas que había intentado dejar atrás en el sur. Marisol no era su enemiga. Ella nunca le haría daño intencionadamente, ni estropearía su vestido.

Pero la duda era como la sal: no se necesitaba demasiada para alterar el gusto de los pensamientos. Recordó cómo se había ensombrecido el rostro de Marisol el día anterior, después de leer el artículo que afirmaba que Evangeline era una de las favoritas. Y se había marchado sola aquel día. Todavía quería creer que, si había entrado en una tienda de hechizos, había sido por accidente, pero ¿y si su hermanastra estaba un poco celosa? ¿Y si esos celos la habían empujado a entrar en una tienda de hechizos a pesar de su miedo a la magia?

—Señoritas, espero que ambas estéis listas. ¡Es hora de irse! —La amistosa voz de Frangelica acompañó los dos alegres golpes en su puerta.

Un minuto después, salieron de la posada y caminaron hasta un carruaje tirado por cuatro caballos negros tan sombríos como la duda que aún acompañaba a Evangeline. No quería pensar mal de su hermanastra, pero la verdad era que las observaciones de Kristof sobre ella misma habían sido ciertas, así que era posible que también hubiera escrito la verdad sobre Marisol.

—Lo siento mucho. —Evangeline se detuvo antes de subir al carruaje. Si Kristof estaba en lo cierto sobre Marisol, tenía que saberlo antes de llegar al baile—. Parece que me he dejado los guantes en la habitación. Ahora mismo vuelvo.

La muchacha corrió de vuelta a la posada y subió las escaleras en un borrón de faldas floreadas que no estaban pensadas para correr. Tenía que darse prisa, y asegurarse de que su hermanastra no la siguiera. Si se equivocaba con Marisol (y estaba casi segura de que se equivocaba), no quería que la pillara registrando su habitación en busca de libros de hechizos. Si su hermanastra descubría que Evangeline se había sentido tentada a creer lo que Kristof Knightlinger había escrito, la destrozaría.

Cuando llegó a sus habitaciones, dejó atrás la mesa de la sala de estar donde había olvidado intencionadamente sus guantes y entró en el dormitorio de Marisol. El fuego seguía ardiendo en la chimenea, proyectando su luz cálida en la estancia. Era una réplica exacta de la suya, excepto por el aroma a vainilla y a crema que siempre acompañaba a su hermanastra.

Había libros, pero no parecían de naturaleza mágica. Formaban un bonito montón de recetarios de cocina rosas sobre la mesita de noche.

Recetas del Norte Antiguo. Traducidas por primera vez en quinientos años
Hornear como un goblin pastelero
Sal dulce: el ingrediente secreto de todo

—Evangeline...

El tiempo se detuvo cuando oyó la voz de Marisol.

Evangeline se giró para descubrir a su hermanastra de pie en la puerta redondeada.

Parecía que aquel día todo el mundo la acechaba. No, se corrigió rápidamente. Marisol no la había seguido a hurtadillas; ella había estado demasiado concentrada en sus sospechas de brujería para oírla entrar.

—¿Qué estás haciendo en mi dormitorio? —Una diminuta arruga de confusión apareció como una coma entre las cejas de Marisol.

—Lo siento... Yo... —Evangeline echó una mirada frenética a la habitación mientras buscaba algo que decir—. ¿Por casualidad no habrás visto mis guantes?

—¿Son estos los que buscas? —Marisol tenía un par de guantes crema en las manos—. Estaban sobre la mesa de la sala de estar.

—Qué tonta.

Evangeline se rio, pero el sonido debió ser tan poco convincente como la sonrisa anterior de Marisol.

La coma entre las cejas de la joven se convirtió en algo parecido a un signo de interrogación. Ahora era ella quien tenía dudas. La expresión no duró demasiado, pero fue suficiente para recordarle a Evangeline que ella no solo le estaba ocultando sus razones para entrar en el dormitorio. A diferencia de su hermanastra, Evangeline tenía otros secretos que esconder. Y, si Marisol los descubría alguna vez, le harían más daño que cualquiera de las fugaces dudas de Evangeline... y eso la destruiría por completo.

18

La noche anterior, cuando Evangeline salió de su carruaje, solo encontró niebla y el arco. En ese momento, cuando llegó con Marisol a la primera celebración de la Nocte Eterna, apenas consiguió ver el nuevo arco entre los musculosos malabaristas que lanzaban hachas al aire y los acróbatas que hacían volteretas sobre los lomos de sus caballos con armadura.

La música de los juglares, con sus mangas abullonadas, flotaba alrededor de los hombres de cabello blanco vestidos de hechiceros, con largas túnicas plateadas y enormes calderos llenos de todo tipo de cosas, desde colorida sidra de arándano a espumoso ponche de la suerte. No obstante, la gente parecía sentirse más atraída por la mujer que vendía las Aguas Maravillosamente Saborizadas de Fortuna en botellas que brillaban como joyas.

Evangeline ni siquiera había entrado en el salón de baile y ya se sentía como la protagonista de un cuento de hadas norteño. Todo era justo un poco más de lo que debería haber sido. La alegría parecía tangible, la magia en el aire era paladeable y el cielo parecía estar un poco más cerca de la tierra. Si tuviera una daga, podría haber atravesado la noche con ella como si fuera un pastel, para cortar un trozo y dar un bocado a la asombrosa oscuridad.

A pesar de algunos escalofríos ante un par de cosas ligeramente mágicas, Marisol parecía estar disfrutando también. La cautela y la duda de antes habían desaparecido, y Evangeline esperaba que aquella noche no ocurriera nada que las trajera de vuelta.

Echó un vistazo rápido a su alrededor, buscando a Jacks, y se sintió aliviada al descubrir que no estaba entre el gentío que esperaba para atravesar el arco. Tampoco era que pudiera imaginar al Destino haciendo cola para algo. Si Jacks estaba allí, seguramente habría entrado ya y estaría apoyado, indolente, contra un árbol, lanzando corazones de manzana al suelo de la pista de baile.

Las mariposas que dormían en su interior comenzaron a agitarse. Esperaba ver a Apollo aquella noche antes de que Jacks la viera a ella.

Solo había dos personas más por delante de Marisol y de ella. Eran dos muchachas, vestidas con corpiños de piel formados por lomos de libros y faldas cosidas con páginas de historias de amor.

Evangeline oyó reírse a la primera amante de los libros mientras se acercaba a la entrada. Era un arco distinto del que había cruzado la noche anterior. Las palabras QUE ENCUENTRES TU PARA SIEMPRE estaban grabadas en la parte superior, y en lugar de símbolos, había dos figuras talladas a cada lado: una pareja de novios. El rostro fuerte del novio era el del príncipe Apollo, pero la talla de la novia cambiaba para parecerse a la joven que fuera a atravesar el arco en ese momento.

Evangeline vio expresiones de puro deleite en los rostros de las muchachas que entraron antes que ellas. Estaban llenas de esperanza, tan clara como una luz filtrándose a través del cristal, ya que sin duda imaginaban que el príncipe Apollo podía elegir a una de ellas.

Quizá fuera la auténtica magia de la Nocte Eterna; no los juglares ni los magos, sino la increíble esperanza que daba a todo el mundo. Había algo fantástico y fascinante en la idea de que el destino de una persona pudiera cambiar en una única y maravillosa noche. Y Evangeline sintió ese poder mientras atravesaba el arco.

Un viento cálido y ondeante le acarició la piel y oyó un susurro ronco: *Hemos estado esperándote...*

Otro paso y el aire se especió con el aroma de la sidra caliente y de las posibilidades. Se tensó cuando captó el olor de las manzanas, pero no le molestaban las dos cicatrices de su muñeca ni veía a ningún joven dolorosamente guapo con ondas de cabello azul oscuro.

Aquella noche estaba en la sala de baile de un viejo castillo de piedra. Evangeline no había visto nunca tanto asombro en tantos rostros. La mayor parte de las damas (y varios caballeros) miraba hacia arriba, hacia los tapices y balcones decorativos, buscando al príncipe heredero, pero otros tantos parecían estar perdiéndose en la fiesta, literalmente.

Alrededor del gran salón había altas puertas con palabras como *Azar*, *Misterio* o *Aventura* grabadas en su centro. Evangeline vio a un par de hombres jóvenes que, tomados de la mano, atravesaron la puerta etiquetada *Amor*. Justo más allá, una chica con el cabello dorado como la paja y una corona de papel tomó aire trémulamente mientras se adentraba en un gigantesco tablero con cuadros blancos y negros. Había otros jóvenes sobre el tablero, todos con capas de obispo sobre sus jubones de colores, guantes de peón o algún otro identificador, y parecían estar jugando a un tipo de ajedrez en el que las piezas humanas se besaban unas a otras en lugar de expulsarse del tablero.

Evangeline se ruborizó al ver a un peón posando los labios sobre los de un caballero vestido de cuero negro.

—Ese juego es realmente divertido —dijo LaLa, que apareció a su lado en un destello de resplandeciente rojo y dorado. Su vestido sin tirantes iba a juego con los tatuajes de fuego de dragón de sus brazos morenos, y la abertura de su falda se agitaba sobre su pierna expuesta como si estuviera en llamas.

—¡Estás maravillosa! —exclamó Evangeline—. Las velas de todo el mundo deben sentir envidia de ti esta noche.

—¡Gracias! Siempre he querido que el fuego me tuviera celos. —LaLa hizo una pequeña reverencia—. Ahora, volviendo al juego —continuó, asintiendo hacia el tablero de ajedrez en el que la joven de la corona de papel se había puesto de puntillas para besar a un muchacho alto con capa negra de obispo. A la chica le temblaban las manos, pero tenía las mejillas sonrosadas por la excitación y él parecía casi igual de nervioso. Se quedó totalmente quieto. Evangeline no sabía si temía el beso o que la chica cambiara de idea.

Se preguntó si a Marisol le gustaría aquel juego, si le vendría bien para ganar confianza, pero parecía que su hermanastra todavía no había atravesado el arco.

—¿Le darás una oportunidad? —le preguntó LaLa.

—Ni siquiera estoy segura de saber cómo funciona —replicó Evangeline.

—No hay muchas reglas en el ajedrez del beso. Hay un jugador a cada lado, que mueve sus piezas humanas y las empareja con las piezas del contrario hasta que una pareja decide que prefiere no besar a nadie más.

—¿Alguien gana, o es solo una excusa para que la gente se bese? —le preguntó Evangeline.

—¿Eso importa? Se trata de besos… —LaLa terminó con un suspiro.

—¿Por qué no juegas tú? —le preguntó Evangeline.

—Lo haría, pero voy a probar suerte con el príncipe Apollo. No puedo evitarlo. —Alzó la mirada hasta un balcón interior que estaba vacío y fingió una expresión de anhelo.

Evangeline se tomó un momento para mirar el baile, buscando a un príncipe diferente. Le habría sido fácil dejarse arrastrar por la fiesta, pero tenía que mantener la vigilancia. Las cicatrices de su muñeca no le molestaban, pero le resultaba difícil creer que Jacks no estuviera allí. Todos parecían estar presentes. El castillo se estaba llenando de gente más rápido de lo que el agua entraría en un barco al zozobrar.

Solo tenía que seguir buscando. Sus ojos pasaron de caballero en caballero, atravesando el bullicioso salón de baile hasta que… *Jacks*.

Su corazón se saltó un latido.

Estaba en el límite de la pista de baile, acomodado en una butaca de respaldo alto y lanzando al aire una manzana negra.

Parecía una mala decisión que alguna persona sin suerte estaba a punto de tomar. Su cabello azul medianoche estaba despeinado y llevaba una media capa azabache desenfadadamente torcida, colgando de un hombro y revelando un jubón gris humo parcialmente abotonado.

Jacks dejó caer la manzana, se levantó de la butaca y se acercó a una chica con un vestido de volantes rosa chicle. A una chica que se parecía inquietantemente a Marisol.

Evangeline parpadeó, como si la visión ante ella pudiera cambiar y Jacks estuviera en realidad conversando con la fuente rosa del ponche. Pero la joven era sin duda Marisol, y sonreía con tanta alegría que Evangeline podía ver su resplandor desde el otro extremo de la sala de baile.

¿Cuándo ha entrado en la fiesta?

Evangeline había supuesto que el arco había dejado a su hermanastra en el mismo punto que a ella, pero o no lo había hecho, o Marisol se había adentrado en el salón sin verla y se había topado con Jacks, como un conejito inocente saltando en el camino de un cazador.

Evangeline observó, horrorizada, la timidez con la que sonreía Marisol. Jacks frunció la boca en un tentador mohín e hizo una elegante reverencia. La noche anterior, el Destino había ignorado a todo el mundo excepto a Apollo y a Evangeline, pero ahora parecía estar pidiéndole un baile a Marisol.

Algo rodeó de un modo desagradable la caja torácica de Evangeline. De todos los jóvenes que su hermanastra podría haber conocido en la Nocte Eterna, ¿por qué tenía que ser Jacks? Dudaba de que fuera solo una coincidencia. Todavía no tenía ni idea de a qué tipo de juego estaba jugando Jacks, pero no dejaría que arrastrara a la pobre Marisol. Ya había pasado por suficientes cosas.

Aunque tenía que mantenerse alejada de Jacks, no podía permitir que le hiciera daño a su hermanastra.

Se giró hacia LaLa, a punto de excusarse para abandonar su conversación, cuando todo el castillo comenzó a temblar y retumbar. Los balcones de piedra se llenaron de trompetistas con impecables chaquetas de color cobre.

Todas las cabezas se alzaron. Después, todas las cabezas se giraron hacia una puerta donde ponía *Majestad*, y el príncipe heredero Apollo Acadian entró en la sala de baile a lomos de un enorme caballo dorado.

—¡Alteza!

—¡Príncipe Apollo!

—¡Te quiero!

La gente gritaba como si no pudiera contenerse.

Apollo parecía menos refinado que la noche anterior. No llevaba corona, y ni siquiera jubón. Aquella noche iba vestido como un cazador, con unas botas recias, pantalones marrones como la madera, una camisa de cuello amplio y un chaleco de piel decorado con correas de cuero cruzadas, con las que sostenía un arco dorado y un carcaj con flechas.

Podría haber sido el arquero del cuento norteño favorito de Evangeline, *La balada del arquero y el zorro*. El príncipe examinó la sala de baile, sus ojos ardían con el mismo nivel de intensidad que cuando la vio marcharse del balcón la noche anterior.

—¡Creo que te está buscando! —LaLa entrelazó el brazo con el de Evangeline, acercándola mientras chillaba—: Tú debes ser su zorro.

—¿Eso es bueno o malo? —murmuró Evangeline—. Todavía no sé cómo termina esa historia.

—Nadie recuerda cómo termina, pero eso no importa. No está intentando recrear el cuento. ¡Está haciendo un gesto romántico!

Evangeline se quedó sin palabras. El beso de la noche anterior debió afectar de verdad a Apollo.

Se sintió tentada a mirar al Príncipe de Corazones para descubrir qué pensaba de aquello, pero no consiguió apartar los ojos del príncipe del Glorioso Norte mientras su corcel dorado bajaba los peldaños hasta detenerse en el centro de la sala de baile.

—Buenas noches —anunció Apollo, y su voz profunda acalló el sonido de sus súbditos—. Sé que se supone que debo pedir un baile a cinco damas, pero esta noche no podré cumplir la tradición. —Se detuvo, con una expresión fugaz de desolación—. Esta noche solo deseo bailar con una joven.

Sus ojos se clavaron por fin en los de Evangeline. Y eran voraces.

Las piernas de Evangeline se convirtieron en un flan.

Las damas de la sala de baile suspiraron.

—Lo sabía —se jactó LaLa.

—Estás justo a mi lado. Podría estar mirándote a ti —susurró Evangeline.

—Ambas sabemos que no es así.

Se oyeron más suspiros.

Apollo desmontó de su caballo y caminó en su dirección con descarada confianza, como solo se movería alguien que nunca hubiera sido rechazado.

Evangeline soltó el brazo de LaLa y dio un paso hacia delante para inclinarse en una reverencia.

Pero Apollo se detuvo a algunos metros y extendió el brazo ante otra chica, una muchacha muy guapa con un vestido champán y una brillante cortina de liso cabello negro coronada con una fina diadema dorada.

Evangeline podría haberse convertido de nuevo en piedra.

LaLa tomó su brazo de nuevo y tiró de ella hacia la multitud, pero no antes de que varias carcajadas y burlas llegaran hasta sus oídos.

—¿La has visto?

—Creía que el príncipe se refería a ella.

—Ignóralos —dijo LaLa—. Yo también pensaba que iba a pedírtelo a ti.

—Supongo que lo tengo bien merecido, por hacer caso a los chismes de los periódicos —bromeó Evangeline, intentando contener las lágrimas de vergüenza.

La amable LaLa se rio, pero el resto de voces ahogaron rápidamente el sonido. La chica guapa a la que Apollo había elegido era la favorita, la princesa Serendipity Skystead, y parecía que todos los demás lo esperaban.

—Lo sabía.

—Es tan sofisticada… Y habla veintisiete idiomas.

—Viene de muy buena familia. En realidad, no había otra opción.

Con cada comentario, Evangeline se sentía más pequeña. Se encogió entre la multitud mientras intentaba ahogar las voces y acallar su creciente humillación.

Era una tontería. Ni siquiera lo conocía. No debería sentirse tan rechazada, pero era duro pensar que así era como terminaba su aventura en el Norte, antes de que hubiera comenzado de verdad. Y una parte de ella realmente había pensado que el beso lo había marcado, aunque quizá solo la había marcado a ella.

Evangeline se soltó del brazo de LaLa.

—Creo que voy a por un poco de ponche.

Quizá lo suficiente como para ahogarse.

La autocompasión no te sienta bien, Pequeño Zorrillo.

Evangeline se detuvo en seco.

La voz grave de su cabeza sonaba muy parecida a la de Jacks, aunque nunca antes había oído su voz así. Ni siquiera estaba segura de que fuera Jacks de verdad (podría haber sido su imaginación), pero eso hizo que se acordara de Marisol, a la que todavía tenía que rescatar.

Examinó la sala de baile, buscando a su hermanastra y a Jacks, pero no los encontró. Había demasiada gente.

—Disculpa —dijo una voz profunda justo a su espalda. Era muy parecida a la del príncipe Apollo, pero Evangeline no pensaba dejarse llevar por otra mortificante ilusión y creer que él había ido a buscarla al lugar donde se escondía, junto a la fuente del ponche—. Evangeline… —repitió, un poco más alto, y le rozó el hombro desnudo con la piel suave de sus guantes—. ¿Te importaría girarte? Por bonita que sea tu espalda, preferiría verte la cara.

Evangeline se atrevió a echar una mirada cauta sobre su hombro.

El príncipe Apollo estaba justo a su espalda. Juraría que era más alto de lo que recordaba, y la miraba con una sonrisa un poco más tímida que la que había mostrado en la sala de baile. Apenas era una sutil elevación de sus labios.

—Hola de nuevo. —Su voz se volvió ronca y suave—. Pareces un sueño hecho realidad.

Algo se derritió en el interior de Evangeline. Pero, después de su confusión anterior, no se atrevió a imaginar por qué estaba allí Apollo, mirándola como si lo que acababa de decir fuera cierto.

Una pequeña multitud comenzó a reunirse a su alrededor, y nadie fingió siquiera no estar observándolos.

Evangeline intentó ignorarlos, terminó de girarse e hizo una firme reverencia ante el príncipe.

—Es un placer verte de nuevo, alteza.

—Esperaba que, después de lo de anoche, me llamaras Apollo.

Se llevó la mano de Evangeline hasta sus labios y posó en sus nudillos un beso cuidadoso y casi reverente.

La caricia envió un suave escalofrío por la piel de Evangeline, pero fue la expresión de sus ardientes ojos color bronce lo que le robó el aliento. Podía sentir sus piernas, quedándose sin huesos de nuevo, y su esperanza imaginando cosas que no debía.

Esperaba que dijera algo más, pero el príncipe solo tragó saliva. Varias veces. Su manzana de Adán subió y bajó. Parecía haberse quedado sin palabras. *Nervioso*. Estaba poniendo nervioso al príncipe que la noche anterior se había exhibido tan tranquilo en un balcón.

Eso le dio la valentía para hablar.

—Creí que esta noche pedirías un baile a una sola chica.

—No habría hecho ni siquiera eso, pero hay una desafortunada ley que dice que tengo que pedírselo al menos a una. —Tragó saliva de nuevo y su voz se volvió un poco más profunda—. Te lo habría pedido a ti, pero sabía que, si te tenía en mis brazos, no habría aguantado una canción entera antes de hacer esto.

Apollo se apoyó sobre una rodilla.

Evangeline se olvidó de respirar.

No podía estar haciendo lo que creía que estaba haciendo. Ni siquiera quería pensar en lo que creía que estaba haciendo; no después de cómo había quedado en ridículo antes.

Pero toda la gente a la que estaba tratando de ignorar debía estar pensando justo en eso en lo que ella intentaba no pensar. Los susurros se elevaron de nuevo y la multitud que los rodeaba creció, atrapando a Evangeline y a Apollo en un círculo de vestidos de baile, jubones de seda y rostros estupefactos. Podía ver a Marisol entre ellos, sonriendo de oreja a oreja. No veía a Jacks, pero se preguntó qué pensaría de todo eso. Todavía no sabía qué quería Jacks, pero si era el rival de Apollo, no creía que hubiera planeado aquello.

Apollo le tomó ambas manos con calidez.

—Te quiero, Evangeline Fox. Quiero escribir baladas sobre ti en las paredes de Wolf Hall y tallar tu nombre en mi corazón con espadas. Quiero que seas mi esposa, mi princesa y mi reina. Cásate conmigo, Evangeline, y deja que te lo dé todo.

El joven volvió a llevarse a los labios la mano de Evangeline y, esta vez, cuando la miró, fue como si el resto de la fiesta no existiera. Sus ojos decían un millar de palabras exquisitas, pero la palabra que más sentía era *deseo*. Apollo la deseaba más que a ningún otro ser de la sala de baile.

Nadie la había mirado así antes; ni siquiera Luc. De hecho, ya ni siquiera podía imaginarse a Luc. Lo único que podía ver era el anhelo, la esperanza y el atisbo de miedo que se arremolinaban en la expresión de Apollo, como si ella pudiera decir que *no*. Pero ¿cómo podría?

Por primera vez en meses, sentía el corazón a punto de estallar.

Y por eso, cuando abrió la boca, dijo justo lo que diría cualquier otra chica si un príncipe se le declarara en mitad de un baile mágico.

—Sí.

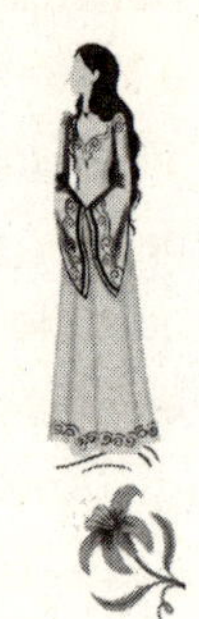

19

Tan pronto como Evangeline pronunció su agudo *sí*, los trompetistas liberaron un vítor metálico, toda la sala de baile explotó en aplausos y Apollo la levantó con gallardía en sus brazos.

Su sonrisa era pura alegría. Podría haberla besado entonces. Estaba cerrando los párpados, y su boca estaba descendiendo. Y…

Evangeline intentó dejarse llevar.

Estaba en mitad de un cuento de hadas, flotando en el centro de un castillo encantado, en los brazos de un príncipe que acababa de elegirla entre todas las jóvenes que estaban allí.

Pero el modo en el que se inclinó para besarla la hizo pensar en otro beso. En su beso anterior, un beso que Jacks había orquestado por razones que ella todavía no comprendía. ¿Y si *aquella* era la razón? Evangeline no quería pensar que aquella propuesta fuera obra de Jacks. Él no podía haber sabido que un solo beso provocaría aquello… Y, aun así, no se le ocurría por qué quería Jacks aquel compromiso. Era mucho más sencillo y más agradable imaginar que aquella no había sido la intención de Jacks.

¿No se suponía que los Destinos eran celosos?

—¿Estás bien? —La mano cálida de Apollo trepó por su columna, frotándola suavemente como si la estuviera sacando de un mal sueño—. No has cambiado de idea, ¿verdad?

Evangeline inhaló, timorata.

Todavía no veía a Jacks entre la gente, pero parecía que todo el reino la estaba mirando. Los asistentes se habían reunido en la sala de baile, rodeándolos con expresiones que iban de la devoción a la envidia.

—Estás abrumada. —Los dedos de Apollo encontraron su barbilla y la elevaron—. Lo siento, mi amor. Me habría gustado que fuera más íntimo, pero en el futuro tendremos momentos a solas de sobra. —Bajó la cabeza, preparándose una vez más para besarla.

Evangeline solo tenía que cerrar los ojos y devolverle el beso. Aquella era su oportunidad de obtener un final feliz. Y, cuando dejara a un lado sus dudas, se sentiría feliz. Aquello era lo que había estado esperando, la razón por la que había viajado al Norte. Había querido una historia de amor como la de sus padres. Había deseado sentir amor a primera vista y tener una oportunidad con el príncipe, y ahora era suya.

Levantó la cabeza hacia la de Apollo.

La boca del príncipe se encontró con la suya antes de que pudiera cerrar los ojos. La noche anterior había dudado, al principio, pero en ese momento la tomó con la confianza de un príncipe al que nunca le han negado nada. Sus labios eran suaves, pero el beso hizo caer las flores de su vestido y provocó los suspiros asombrados de la gente cuando la levantó y la hizo girar a su alrededor y la besó y la besó y la besó. Era el tipo de beso febril del que estaban hechos los sueños, un borrón de apabullante calor y caricias, y esta vez Jacks no lo interrumpió.

Evangeline no sintió su mano fría sobre su hombro ni oyó su voz en su cabeza diciéndole que había cometido un error. Lo único que oyó fueron los susurros de Apollo, prometiéndole que todo lo que había deseado estaba a punto de ser suyo.

20

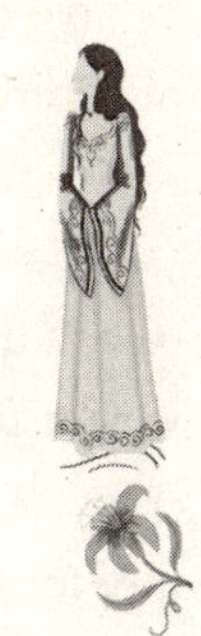

Después de la muerte de su padre, Evangeline había tenido sueños en los que sus padres estaban aún vivos. En sus sueños, estaba en la tienda de curiosidades, de pie junto a la puerta o mirando por la ventana y esperando que llegaran. Los veía bajando por la calle, caminando de la mano, y justo cuando estaban a punto de llegar a la puerta (justo cuando estaba a punto de oír sus voces y sentir sus brazos rodeándola), se despertaba. Siempre intentaba desesperadamente volver a quedarse dormida para soñar, aunque solo fuera un minuto más.

Aquellos sueños habían sido la mejor parte de su día. Pero ahora, despertar era como soñar, algo un poco irreal y un poco asombroso. Evangeline, al principio, no se atrevió a abrir los ojos. Durante mucho tiempo, su esperanza había sido tan frágil como las burbujas de jabón, y todavía temía que pudiera estallar. Estaba nerviosa, por si se descubría sola de nuevo en el interior de su abarrotada habitación en Valenda.

Pero Valenda estaba a medio mundo de distancia, y pronto no volvería a estar sola jamás.

Cuando abrió los ojos seguía en Valorfell, en su cama con forma de cofre del tesoro de *La Sirena y las Perlas*, ¡y estaba comprometida con un príncipe!

No pudo contener la sonrisa que se extendió por su rostro ni la carcajada que irrumpió en su pecho.

—¡Oh, bien! Por fin estás despierta.

Marisol asomó la cabeza en la puerta, trayendo consigo una oleada de la calidez del fuego de la estancia contigua. Debía llevar un tiempo levantada. Ya estaba vestida, con un vestido del color de los melocotones y la crema; se había trenzado pulcramente el cabello castaño y tenía en las manos dos tazas de té humeante que llenaron el frío dormitorio de Evangeline con el aroma de las bayas de invierno y de la menta blanca. Ambas muchachas estaban agotadas cuando se marcharon del baile, y prácticamente se desmayaron en el carruaje para dormir todo el trayecto hasta la posada.

—Eres un ángel.

Evangeline se sentó y aceptó con gratitud la taza de té caliente.

—No me puedo creer que hayas conseguido dormir después de todo lo que ocurrió anoche —dijo Marisol, entusiasmada, pero su voz sonó artificialmente aguda y los dedos le temblaban mientras sostenía el té.

Evangeline suponía que, aunque su hermanastra parecía contenta, aquello no debía ser fácil para ella, verla encontrar su final feliz mientras la gente seguía llamándola la Novia Maldita.

Por culpa de Evangeline.

Y ahora tenía incluso más que perder, si le contaba a Marisol la verdad sobre su trato con Jacks.

El té le supo de repente a lágrimas y a sal.

—La proposición del príncipe Apollo fue lo más romántico que he visto nunca —continuó Marisol—. En realidad, podría ser lo más romántico que ha ocurrido jamás. ¡Vas a ser una novia preciosa!

—Gracias —dijo Evangeline en voz baja—. Pero no tenemos que seguir hablando de esto.

Marisol frunció el ceño.

—Evangeline, no tienes que esconder tu felicidad para hacerme sentir mejor. Vas a ser princesa. Nadie se lo merece más que tú. Y anoche tenías razón: ni una sola persona me reconoció como la Novia Maldita. Un joven incluso me pidió un baile. ¿Lo viste? —Marisol se mordió el labio y sonrió—. Creo que era el más guapo del baile… Después del príncipe Apollo, por supuesto. Tenía el cabello azul oscuro, los ojos azules y muy brillantes y la sonrisa más misteriosa. Se llama Jacks, y espero…

—¡No!

Marisol retrocedió como si la hubiera abofeteado.

Evangeline hizo una mueca. No pretendía sonar tan brusca, pero tenía que protegerla de Jacks.

—Lo siento, es solo que he oído cosas peligrosas sobre él.

Marisol apretó los labios con fuerza.

—Sé que las páginas de sociedad han sido amables contigo, pero aun así habría esperado que supieras que no hay que creer en las palabras desagradables que se susurran a la espalda de los demás.

—Tienes razón, no debería creer en los rumores, pero estos no son solo rumores. —Evangeline intentó decirlo de un modo más amable esta vez—. Conozco a Jacks. Estaba en la fiesta de la primera noche y… No creo que sea bueno para ti.

Marisol resopló.

—No todas podemos casarnos con un príncipe, Evangeline. Algunas tenemos suerte si conseguimos captar la atención de alguien, sea quien fuere.

—Marisol, yo…

—No, perdóname —se apresuró a decir Marisol, perdiendo el color del rostro—. No debería haber dicho eso. Eso ha sido mi madre… No yo.

—No pasa nada —dijo Evangeline.

—Sí, sí pasa.

Marisol miró la mancha del té que acababa de derramarse en la falda y sus ojos se llenaron de lágrimas. Pero Evangeline sabía que, en realidad, no lloraba por la falda. Nunca era por la falda.

La joven se sentó en el borde de la cama, todavía mirando la mancha de su vestido, y su voz sonó muy lejana.

—¿Alguna vez jugaste a ese juego de niña? Ese en el que hay un círculo de sillas, y cuando la música se detiene tienes que encontrar una en la que sentarte. Nunca hay sillas suficientes para todos, así que siempre hay alguien que se queda sin asiento y que es apartado del juego. Así es como me siento, como si hubiera perdido mi oportunidad de encontrar una silla y ahora me estuvieran apartando del juego.

Marisol tomó aliento temblorosamente y Evangeline lo sintió en su propio pecho.

Siempre había sido un desafío para ella conectar con Marisol. Nunca habían parecido tener demasiado en común, excepto Luc, que era algo terrible que compartir. Pero eso empezaba a parecer lo menos importante que tenían en común.

Mirar a Marisol la hizo recordar los meses que había pasado trabajando en la librería, en los que comenzó a sentirse como una de las novelas olvidadas en los viejos estantes del fondo, ignorada y sola. Pero ella siempre había tenido la esperanza de que las cosas cambiaran. Había perdido a sus padres, pero tenía sus recuerdos a los que aferrarse, sus historias y sus palabras de ánimo. Sin embargo, lo único que Marisol tenía era a su madre, que la había demolido en lugar de reforzarla.

Evangeline dejó a un lado su té, se deslizó sobre su cama y abrazó a Marisol con fuerza. No estaba segura de si alguna vez sería lo bastante valiente para hablarle de Luc o confesarle lo que había ocurrido realmente el día de su boda, pero seguiría intentando encontrar un modo de compensarlo, sobre todo ahora que Apollo la estaba poniendo en una posición ideal para hacerlo.

Su hermanastra se apoyó en ella, sorbiéndose los mocos.

—Siento estar estropeando tu felicidad.

—No me has estropeado nada, y no te han apartado de ningún juego. En el Norte, ni siquiera juegan a eso de las sillas. He oído que lo prohibieron y que lo reemplazaron con el ajedrez de los besos.

Cuando lo dijo, Evangeline se imaginó preparando una partida para su hermanastra con todos los jóvenes casaderos del país. Quizá le pediría ayuda a Apollo.

Eso no lo remediaría todo, pero sería un comienzo. Evangeline estaba a punto de sugerir la idea cuando llamaron a la puerta.

Ambas chicas se levantaron rápidamente de la cama, derramando más té, esta vez sobre la alfombra. La única persona que llamaba a su puerta era Frangelica, pero lo hacía con suavidad. Aquellos golpes sonaban casi enfadados.

Evangeline solo perdió un segundo en ponerse una bata de lana antes de correr a la puerta. La madera se sacudió mientras se acercaba.

—¡Evangeline! —La voz de Apollo resonó al otro lado—. Evangeline, ¿estás ahí?

—¡Abre! —la urgió Marisol. *Es el príncipe*, murmuró, como si el título restara alarma a sus actos.

—Evangeline, si estás ahí, déjame entrar, por favor —le suplicó Apollo. En su voz había una sombra de miedo y desesperación.

La joven quitó el cerrojo.

—Apollo, ¿qué…?

Se detuvo en seco cuando la puerta se abrió y Apollo entró en sus aposentos junto a una docena de soldados reales.

—¡Mi amor, estás a salvo! —La tomó en sus brazos. La respiración hacía subir y bajar su pecho, y tenía los ojos ojerosos—. Estaba muy preocupado. No debí dejar que te marcharas anoche.

—¿Qué pasa? —le preguntó.

El soldado que estaba más cerca le entregó una página de periódico para que la leyera mientras Apollo la soltaba.

El Rumor del Día

¡PROMETIDOS!

Por Kristof Knightlinger

En el pasado, la Nocte Eterna duraba semanas, a veces meses. Pero anoche, apenas unos minutos después de llegar al baile, el príncipe heredero Apollo Acadian se le declaró a nuestra carta sorpresa sureña favorita, Evangeline Fox.

Apollo selló su compromiso con un beso que hizo llorar a la mitad de las damas, aunque un sinfín de jóvenes parecían más enfadadas que tristes. Después de que el príncipe abandonara a la princesa Serendipity Skystead en mitad de la pista de baile para declararse a su nueva novia, aquella parecía a punto de matar a alguien. La Novia Maldita no consiguió dañar a Evangeline, pero mientras observaba la declaración de amor de Apollo, parecía querer convertir a la pareja en piedra. Y una de mis fuentes de buen oído también escuchó a la matriarca de la casa Fortuna murmurando a su nieta, Thessaly, que el príncipe debería haberla elegido a ella, aunque no era demasiado tarde para cambiarlo.

El príncipe Apollo y la señorita Evangeline Fox se casarán dentro de una semana… Si nadie lo impide, claro.

Evangeline dejó de leer.

—¿Qué dice? —le preguntó Marisol.

—Solo intenta retorcer la verdad —replicó Evangeline. Le quitó el periódico al guardia y lo lanzó al fuego antes de que Marisol pudiera leer las palabras escritas sobre ella—. Kristof pretende vender periódicos diciendo que estoy en peligro. Nadie ha intentado dañarme —aseguró a Apollo—. Después de que nos separáramos anoche, Marisol y yo regresamos aquí y he dormido hasta hace poco.

Apollo apretó la mandíbula y se giró hacia Marisol como si acabara de reparar en su presencia.

Marisol se tensó. Había dejado de llorar, pero todavía parecía pequeña y frágil. Y Evangeline supo que tenía que intervenir antes de que se cometieran más errores.

—Mi hermanastra nunca me haría daño. De hecho, ¿podríamos evitar que el señor Knightlinger y *El Rumor del Día* siguieran publicando mentiras desagradables sobre ella?

Apollo parecía querer objetar; sin duda creía en los rumores. Pero, cuanto más lo miraba Evangeline, más parecía ablandarse. Las arrugas que rodeaban sus ojos desaparecieron y la postura tensa de sus hombros amplios se relajó.

—¿Eso te haría feliz?

—Sí.

—Entonces me aseguraré de que se haga. Pero tengo que pedirte un favor. —Apollo colocó las manos en las mejillas de Evangeline.

Todavía no estaba acostumbrada a que la tocara. Sus manos eran más grandes que las de Luc, pero sus caricias eran más tiernas. Y, aun así, la expresión de sus ojos profundos era de total devoción.

—Quiero que te mudes conmigo a Wolf Hall. Allí estarás a salvo de cualquier amenaza.

21

El Rumor del Día

¡QUEDAN SEIS DÍAS!

Por Kristof Knightlinger

Nadie sabe exactamente lo antigua que es Wolf Hall, pero la leyenda dice que Wolfric Valor construyó cada una de sus torres en espiral, cada gran salón abovedado, cada torturadora mazmorra, cada romántico patio y cada pasadizo secreto del castillo como regalo de bodas para su prometida, Honora.

No sé qué planea obsequiarle Apollo a la señorita Evangeline Fox como regalo de bodas, pero he oído el rumor de que ya le ha pedido que se mude a Wolf Hall junto a su hermanastra, Marisol Tourmaline, que según me aseguran mis fuentes no está maldita ni tiene planes de embrujar a nadie. De hecho, se ha confirmado que la señorita Tourmaline seguirá aquí, como parte de la corte real, después de la boda.

(continúa en la página 7)

22

Al día siguiente llegó el vestido de novia. Evangeline lo encontró extendido sobre su cama de princesa en el interior de Wolf Hall. El vestido era blanco y dorado y venía acompañado de un par de alas emplumadas que rozaban el suelo.

Mi querida Evangeline:

Vi este vestido y pensé en ti, porque eres un ángel.

Siempre tu verdadero amor,
Apollo.

23

Al día siguiente, Evangeline despertó para encontrar su bañera llena de lo que parecía un resplandeciente tesoro pirata.

Mi querida Evangeline:

Mereces bañarte en joyas.

Siempre tu verdadero amor,
Apollo

24

Después fue un establo entero lleno de caballos. Los corceles eran de un destellante color blanco y estaban adornados con sillas de oro rosa, el mismo color del cabello de Evangeline.

—Para que cabalguemos juntos hasta el atardecer —dijo Apollo, mirándola con adoración mientras le tomaba las manos.

Los dedos de Evangeline parecían pequeños entre las manos cálidas de él, pero empezaban a encajar.

—No tienes que hacerme tantos regalos —le dijo.

—Te entregaría el mundo, si pudiera, la luna, las estrellas y todos los soles del universo. Cualquier cosa por ti, mi amor.

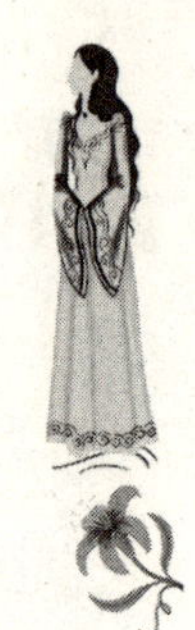

25

Era más de lo que Evangeline podría haber soñado o deseado. Los últimos días habían sido un remolino de asombro. Su suite real estaba llena de coloridos vestidos, flores y regalos. Incluso la emperatriz Scarlett le había enviado un pequeño regalo, aunque no tenía ni idea de cómo había llegado tan rápido.

Debería haber estado nerviosa. Debería haberse sentido entusiasmada, enamorada y amada. Apollo era generoso, atento y tremendamente amable con ella. Y sin duda sentía algo por él que nunca habría esperado, pero por desgracia no eran mariposas. Era más parecido a la sensación de inquietud que la embargó tras hacer el trato con Jacks, o a la indignación que sintió cuando descubrió que Luc se había comprometido con Marisol.

Algo no era como debería ser.

Se sentó en el amplio escalón frente a su chimenea, soltó la pequeña caja roja que la emperatriz Scarlett le había enviado y después tomó la página de sociedad de aquella mañana.

El Rumor del Día

¡QUEDAN TRES DÍAS!

Por Kristof Knightlinger

Evangeline Fox y el príncipe Apollo Acadian se prometieron hace menos de una semana, y la gente ya está escribiendo canciones sobre ellos y diciendo que la suya es la mayor historia de amor que el Glorioso Norte ha conocido. Los rumores que los rodean son extravagantes (sobre todo para un príncipe que decía que no elegiría a ninguna dama), y me emociona anunciar que he conseguido entrevistar al príncipe heredero para descubrir cuáles de estas historias son reales.

Kristof: Todos hablan de tu relación con Evangeline Fox. La gente dice que os ha cautivado por completo. He oído que cada noche acudes al patio bajo su ventana para cantarle serenatas, que has ordenado que su cumpleaños sea festivo y que vas a rehacer ciento veintidós retratos para que la incluyan. ¿Hay algo de verdad en estos rumores?

Príncipe Apollo: He hecho mucho más que eso, señor Knightlinger. (Con una sonrisa orgullosa, el príncipe se desabotona la mitad de la camisa y se la aparta para revelar un llamativo tatuaje en el que dos espadas curvadas forman un corazón alrededor de un nombre: Evangeline).

Kristof: Es impresionante, alteza.

Príncipe Apollo: Lo sé.

Kristof: Nadie que os haya visto juntos dudaría de que estáis enamorados, pero he oído rumores de que el Consejo de Grandes Casas no ve con buenos ojos, no solo que hayas elegido a una novia extranjera, sino una cuya familia no es importante. La gente dice que quieren que se anule la boda y que por eso habéis fijado la fecha con tanta prisa.

Príncipe Apollo: Eso es mentira. Pero, aunque hubiera algo de verdad en ello, nada podría alejarme del amor de mi vida.

Kristof: ¿Y vuestro hermano, el príncipe Tiberius? Se rumorea que esta semana habéis tenido otro desencuentro. Dicen que respalda la objeción de las Grandes Casas a vuestra elección de esposa porque quiere evitar vuestro matrimonio y la coronación.

Príncipe Apollo: Eso es totalmente falso. Mi hermano se alegra mucho por mí.

Kristof: Entonces, ¿por qué dicen algunos que ha desaparecido de nuevo?

Príncipe Apollo: Algunos olvidan que Tiberius es también príncipe y que tiene sus propios deberes reales.

El príncipe Apollo no me dijo si el príncipe Tiberius asistirá a la boda, pero nuestra entrevista confirma los rumores de que el heredero está totalmente fascinado por su futura esposa. Nunca he visto a nadie tan hechizado por una joven como el príncipe Apollo.

Ojalá Evangeline pudiera creer que Apollo estaba realmente enamorado. Pero, por desgracia, temía que Kristof tenía razón al decir que su prometido estaba *hechizado*.

Ella creía en el amor a primera vista, creía en un amor como el de sus padres, en un amor como el de los cuentos. Era el amor que había esperado encontrar en el Norte. Sin embargo, los actos y sentimientos de Apollo eran tan extremos que no parecían amor. Parecían una obsesión, ansiosa e intolerable, y si era totalmente sincera, un poco perturbadora. Como si fuera obra de un hechizo o de una maldición… O de un Destino.

Como Jacks.

Cuando Apollo se le declaró, Evangeline se había precipitado al pensar que Jacks no querría aquel matrimonio. En aquel momento, no podía evitar preguntarse: ¿era Jacks la razón de aquel compromiso? ¿Y si la sangre con la que Jacks le había pintado los labios había infundido una magia a su beso que había hecho que Apollo se enamorara de ella?

No quería pensar en eso. No quería pensar en Jacks. Pero, si Jacks le había hecho algo a Apollo, eso explicaría su comportamiento exagerado.

Aunque ¿por qué?

A Evangeline no se le ocurría ninguna razón por la que Jacks podría querer que se casara con Apollo, lo que le daba esperanza de que su teoría estuviera equivocada y de que el príncipe de verdad hubiera experimentado un dramático amor a primera vista.

Deseaba con todas sus fuerzas creer que iban a tener una historia de amor de cuento de hadas. Quería que todo fuera real. No quería regresar a casa de Agnes ni volver a Valenda, donde la mejor parte del día era cuando sonaba la campana de la puerta de la librería.

Y después estaba Marisol. Su hermanastra había empezado allí con mal pie, pero Apollo había conseguido que los periódicos no volvieran a decir otra palabra mala sobre ella, y después de la boda, podría ayudarla aún más.

Pero si Apollo estaba bajo el hechizo de Jacks, nada de eso importaría. Nada de aquello sería real.

Evangeline enrolló lentamente el periódico, sabiendo lo que tenía que hacer, pero temiéndolo de todos modos.

No quería volver a ver a Jacks, pero si le había hecho algo a Apollo, tenía que convencerlo de que lo deshiciera.

Dudaba de que el Príncipe de Corazones le fuera a quitar una maldición a Apollo solo por la bondad de su corazón, ya que todas las historias decían que el corazón de Jacks ni siquiera latía. Pero Evangeline no necesitaba confiar en la bondad de Jacks. Si este quería que se casara con el príncipe, eso le daba una ventaja, y planeaba usarla para que arreglara la situación y para descubrir después cuáles eran sus verdaderas intenciones.

Querido Jacks:

Esperaba que tú y yo tuviéramos la oportunidad de hablar sobre un asunto importante que requiere tu atención inmediata. Si no tienes otros compromisos, me alegraría mucho encontrarme contigo mañana durante mi paseo matutino por el bosque cercano a Wolf Hall.

Cordialmente,
Evangeline Fox.

26

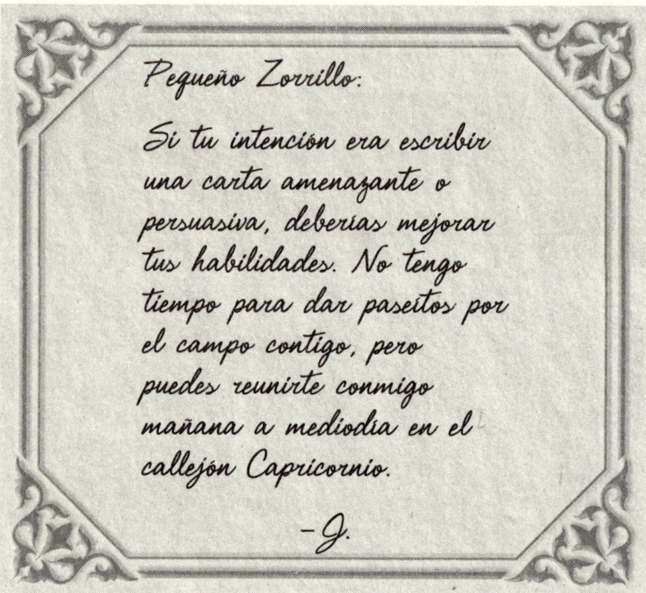

Pequeño Zorrillo:

Si tu intención era escribir una carta amenazante o persuasiva, deberías mejorar tus habilidades. No tengo tiempo para dar paseítos por el campo contigo, pero puedes reunirte conmigo mañana a mediodía en el callejón Capricornio.

—J.

Querido Jacks:

Solo intentaba ser educada. Es una pena que estés tan acostumbrado al engaño y la confabulación que ni siquiera puedas reconocer la cortesía. No todos recurrimos a la manipulación para conseguir lo que queremos.

Atentamente,
Evangeline Fox.

Evangeline no podía enviarle ese mensaje, por supuesto, pero le sentó bien escribirlo antes de escabullirse para reunirse con Jacks al día siguiente.

Le había preocupado un poco cómo manejar la situación. Después del incendiario artículo sobre su seguridad, Apollo le había cedido un par de guardias para asegurarse de que nadie le hiciera daño. Pero también le había dado total libertad para hacer lo que deseara, y ella había usado esa libertad para conseguir información sobre los pasadizos secretos de Wolf Hall. Había uno convenientemente ubicado en su habitación al que solía recurrir para escabullirse.

No sabía si alguien había reparado en su ausencia, pero esperaba que no la hubieran seguido hasta la estrecha franja de niebla y oscuridad que era el callejón Capricornio.

Se ciñó su capa forrada de pelo y se frotó las manos, deseando haberse puesto unos guantes más gruesos. Lejos de los muelles y las tiendas, aquel callejón parecía el tipo de sitio que solo podías encontrar si te perdías. La nieve había caído sobre Valorfell durante la noche, pero parecía haber esquivado aquel punto poco hospitalario, dejando intactas sus sombrías piedras grises. La única puerta que había tenía un círculo de calaveras iluminadas que la hizo pensar que el negocio del interior no era del tipo agradable.

Un carruaje negro lacado sin insignias se acercó.

Su corazón marcó varios latidos extra. No estaba haciendo nada ilegal o malo; de hecho, intentaba hacer algo bueno, algo noble. Pero su corazón debía sentir una amenaza, porque siguió galopando cuando la puerta se abrió y ella subió al carruaje.

Jacks parecía un depravado mozo de cuadra que ha robado el carruaje de su señor. Estaba acomodado en un lado del vehículo, con una arañada bota de cuero apoyada descuidadamente sobre los cojines. Su arrugado jubón gris humo estaba en el asiento de cuero, a su lado; solo llevaba una camisa de lino, remangada y a medio abotonar. Evangeline captó un atisbo de una fea cicatriz en su pecho, justo cuando Jacks acercó su daga de piedras preciosas a una manzana plateada para empezar a pelarla.

Jacks levantó la mirada. Sus vívidos ojos azules se toparon con los de Evangeline.

—¿Miras así a todo el mundo, o solo a mí?

Aquella pregunta no debería haber acelerado su sangre como lo hizo. Ni siquiera la miró con atención; fue apenas un vistazo breve antes de seguir pelando la piel metálica de su manzana, lo que llenaba el aire de una fresca dulzura.

Evangeline decidió ir directa al grano.

—Necesito que deshagas lo que sea que le has hecho al príncipe Apollo.

—¿Qué pasa? —Jacks siguió pelando su fruta—. ¿Te ha hecho daño?

—No, no creo que Apollo me hiciera daño. Prácticamente me adora; ese es el problema. Soy lo único en lo que piensa. Me regala bañeras de joyas y me dice que soy lo único que necesita.

—No entiendo por qué eso te parece un problema. —La boca adusta de Jacks se detuvo en algún punto entre una expresión preocupada y una carcajada—. Cuando viniste a mi iglesia, habías perdido a tu enamorado. Yo te he dado uno nuevo.

—Entonces, ¿esto es obra tuya?

Jacks la miró a los ojos con una expresión que volvía a ser de hielo.

—Márchate, Pequeño Zorrillo. Vuelve con tu príncipe y sed felices por siempre. Y no vuelvas a hacerme esa pregunta.

En otras palabras: *sí*.

Una a una, las diminutas burbujas de esperanza estallaron en el interior de Evangeline. *Pop. Pop. Pop.*

Había sabido que era demasiado bueno para ser verdad. Había sentido que estaba viviendo una ilusión y que, si miraba con atención, descubriría que lo que le parecía polvo de estrellas eran en realidad las brasas encendidas de un hechizo maléfico. Apollo no la amaba; por lo que sabía, puede que ni siquiera le gustara. Él le había dicho que era un sueño hecho realidad, pero en realidad era una maldición.

—No voy a bajarme de este carruaje hasta que deshagas lo que le has hecho a Apollo.

—¿Quieres que deje de estar enamorado de ti?

—En realidad no me quiere. Lo que siente no es real.

—Es real para él —dijo Jacks, arrastrando las palabras—. Seguramente nunca había sido tan feliz en su vida.

—¡Pero la vida no es solo felicidad, Jacks! —No había querido gritar, pero el Destino la sacaba de quicio—. No finjas que no has hecho nada malo.

—El mal y el bien son muy subjetivos. —Jacks suspiró—. Dices que lo que le he hecho a Apollo está mal. Yo digo que le he hecho un favor, y que también te lo estoy haciendo a ti. Te sugiero que lo aceptes: cásate con el príncipe y deja que te convierta en princesa, y después en reina.

—No —dijo Evangeline. Aquello no era tan malo como cuando Jacks convirtió en piedra a todos los invitados a una boda, pero no podría vivir dejando a Apollo en aquella condición. Ella quería ser el gran amor de alguien, no su maldición. Y, si Apollo supiera lo que le había hecho, suponía que él tampoco querría vivir así.

Además, no creía ni por un segundo que aquello fuera alguna especie de favor. Jacks quería que aquella boda se celebrara. Todavía no sabía por qué, pero se había tomado un montón de molestias para que ocurriera.

—Cura a Apollo o anularé la boda.

Jacks sonrió.

—No vas a romper un compromiso con un príncipe.

—Ponme a prueba. Tampoco me creías capaz de beber del cáliz de Veneno, pero lo hice.

Jacks apretó la mandíbula.

Ella sonrió, triunfante.

Entonces el carruaje comenzó a traquetear.

Evangeline se agarró a los cojines para evitar caerse sobre el regazo de Jacks.

—Espera… ¿A dónde vamos?

—A tu siguiente tarea.

La mirada de Jacks se posó en su muñeca y las cicatrices de los restantes corazones rotos comenzaron a escocerle. Ardían como si unos dientes calientes se clavaran en su piel.

Evangeline se agarró a los cojines con más fuerza, sintiéndose mareada de repente. Todavía estaba lidiando con las consecuencias de su último beso; no estaba lista para otro. Y estaba prometida, al menos por ahora.

Los ojos azules de Jacks titilaron, como si su preocupación le resultara divertida.

—No temas, Pequeño Zorrillo. Este será un beso distinto. No voy a pedirte que hagas algo que ponga en peligro la boda.

—Ya te lo he dicho: no habrá boda a menos que cures a Apollo.

—Si curo a Apollo, tampoco habrá boda.

—Entonces supongo que anularé mi compromiso.

—Hazlo y serás tú quien lo destruya, no yo. —Jacks apuñaló la manzana con el cuchillo—. Si no te casas con Apollo, le romperás el corazón más de lo que puedas imaginar. Y no sanará con el tiempo: la herida crecerá y se infectará. A menos que yo lo quiera, Apollo jamás superará su amor no correspondido por ti. Se pasará el resto de su vida consumido por él, hasta que al final lo destruya.

Jacks terminó con una sonrisa que bordeaba la alegría, como si la idea de dejar a alguien con el corazón roto para siempre lo pusiera de mejor humor.

Era *terrible.* No había otra palabra para describirlo, excepto quizá *desalmado*, *depravado* o *corrupto*. El modo en el que Jacks parecía disfrutar del dolor era abrumador. La manzana que tenía en la mano seguramente poseía más empatía que él. Aquel no era el mismo joven de su iglesia, que prácticamente exudaba tristeza. Algo se había roto en su interior.

LaLa le había dicho que se rumoreaba que la hermana menor de la emperatriz le había roto el corazón a Jacks. Evangeline, al principio, no lo había creído. Jacks no le pareció triste aquella primera noche en Valorfell, solo cruel y frío. Pero ¿era posible que el mal de amores afectara así a los Destinos? Quizá no los hiriera, ni los volviera solitarios y terriblemente infelices. Puede que el desamor solo los hiciera aún más inhumanos. ¿Era eso lo que le había pasado a Jacks?

—¿Me tienes pena? —Jacks se rio, brusco y burlón—. No lo hagas, Pequeño Zorrillo. Sería un error que te convencieras de que no soy un monstruo. Soy un Destino, y para mí tú no eres más que una herramienta.

Acercó la punta de la daga a su boca y jugó con sus labios hasta que extrajo varias gotas de sangre.

—Si estás intentando asustarme…

—Cuidado con las amenazas.

Jacks se abalanzó sobre ella desde el otro lado del carruaje y presionó la punta ensangrentada de la daga contra el centro de la boca de Evangeline.

La joven habría gritado si no hubiera temido que introdujera la hoja entre sus labios. Sus ojos azules volvieron a brillar mientras la amenazaba con la daga, presionándola contra su boca cerrada hasta que pudo notar la perturbadora dulzura de su sangre.

—La única razón por la que estoy manteniendo esta conversación es que, por si no te has dado cuenta, necesito que te cases con Apollo. Así que te haré un regalo de bodas. Te prometo que volveré al príncipe a la normalidad y borraré sus sentimientos artificiales después de que te cases con él.

El carruaje se detuvo de repente, pero Jacks no se movió y tampoco lo hizo Evangeline. La joven ni siquiera miró por la ventana para saber dónde se habían detenido. Mantuvo su mirada fija en él.

Jacks la estaba poniendo entre la espada y la pared. Tenía que casarse con Apollo para salvarlo. Y, si lo salvaba (si Jacks borraba sus sentimientos por ella *después* de la boda), el príncipe seguramente la odiaría con mayor intensidad de lo que creía amarla ahora.

La única persona que saldría ganando sería Jacks.

Con cautela, retrocedió hasta que el cuchillo de Jacks abandonó sus labios. Pero todavía podía notar la brusquedad de su hoja, el frío del metal y el dulzor de su sangre manchando sus labios. Se sentía como si fuera a saborearla para siempre.

—Al menos dime por qué quieres que nos casemos.

—Solo acepta el regalo. Lo que yo quiero no va a dañar a nadie.

Evangeline miró la daga enjoyada que acababa de presionar contra sus labios.

—No creo que tu definición de «daño» sea la misma que la mía.

—Da las gracias por ello, Pequeño Zorrillo. —Jacks le dedicó una sonrisa llena de bordes afilados. Una gota de sangre cayó de la comisura de su boca y algo infernal atravesó su expresión—. El dolor es lo que me da forma.

27

La madre de Evangeline le había contado una vez que en el Norte había cinco tipos de castillos: el castillo fortaleza, el castillo de ensueño, el castillo encantado, el castillo en ruinas y el castillo de cuento de hadas. Evangeline todavía no los había visto todos, pero pensó en las palabras *castillo de cuento de hadas* en cuanto salió del carruaje de Jacks y vio la adorable estructura que tenía delante.

Suponía que aquel era el lugar donde se formaban los cuentos de hadas, con sus resplandecientes ladrillos púrpura, el tejado azul a dos aguas y sus ventanas bordeadas de rosa que despedían una luz dorada. Deseaba equivocarse, ya que Jacks echaría a perder lo que hubiera en su interior.

—¿Me has traído aquí para destruir el final feliz de alguien más? —le preguntó.

Jacks miró el castillo con unos ojos como dagas mientras comenzaba a caminar por el camino adoquinado.

—Aquí no encontrarás finales felices. La matriarca de la casa Fortuna vive en el interior de estas absurdas paredes. Le gusta fingir que es una adorable abuelita de cuento, pero es casi tan dulce como el veneno. Si quieres sobrevivir a esta visita, cuando conozcas a la matriarca, le besarás la mejilla o la mano tan rápidamente como te sea posible.

—¿Por qué? —le preguntó Evangeline—. ¿Qué quieres de ella?

Jacks le echó una mirada de incredulidad, como si dudara de que ella pensara que le iba a contestar.

No lo pensaba, por supuesto, pero tenía que intentarlo.

—¿Esto le hará daño? —insistió.

Jacks exhaló un suspiro frustrado.

—Cuando hayas conocido a la matriarca, no te preocupará hacerle daño.

—Pero…

—Pequeño Zorrillo. —Jacks le puso un dedo frío sobre los labios, acallando sus protestas con más suavidad de la que había usado en el carruaje, como si pudiera engañarla con ella—. Saltémonos la parte en la que discutimos sobre esto. Sé que no quieres hacerlo. Sé que no quieres hacerle daño a nadie y que tu sensible corazón humano intenta hacerte sentir culpable. Pero seguirás con esto para pagar la deuda que tienes conmigo y, si no lo haces, morirás.

—Si me muero, no podré casarme con el príncipe Apollo.

—Entonces buscaré a otra persona para que lo haga. Nadie es irremplazable.

Le acarició el labio inferior una vez más antes de apartarse y dirigirse despreocupadamente a la casa por el camino de adoquines.

A Evangeline le habría encantado darse la vuelta e ir en la dirección contraria. No se creía del todo que fuera reemplazable, pero tampoco podía olvidar cómo se había alejado de ella Jacks cuando se convirtió en piedra. Aunque no fuera reemplazable, estaba segura de que Jacks permitiría que sufriera, o algo peor, para conseguir lo que quería.

—Ahora comprendo por qué ignoras a todo el mundo en las fiestas —resopló Evangeline, que casi tuvo que correr para alcanzarlo—. Si alguien hablara contigo, dejarían de susurrar sobre lo misterioso que eres para empezar a quejarse de lo insoportable que resultas.

Jacks la miró de soslayo.

—La maldad no te sienta bien, Pequeño Zorrillo. Y yo no ignoro a todo el mundo. La otra noche tuve una agradable conversación con tu hermanastra.

—Mantente alejado de ella —le advirtió Evangeline.

—Es curioso. Estaba a punto de decirte lo mismo.

Los labios de Jacks se curvaron como una daga, esperando que picara el anzuelo, que le preguntara por qué le decía eso. Tenía la pregunta en la punta de la lengua, pero no quería volver a dudar de su hermanastra. No fue Marisol quien convirtió una boda entera en piedra ni quien encantó a un príncipe para que la amara. Tenía una reputación que no se merecía, y era exactamente lo que habría sido ella si la hubiera criado Agnes en lugar de sus padres.

—Supongo que me ignoras porque ya sabes que te tiene envidia.

—Para —le pidió Evangeline—. No voy a dejar que siembres la discordia entre nosotras.

—La discordia ya está ahí. Esa chica no es tu amiga. Es posible que intente convencerse de que desea serlo, pero desea lo que tú tienes incluso más.

—¡Eso no es cierto! —le espetó Evangeline. Y habría seguido discutiendo. Habría seguido riñendo con Jacks hasta el final de los tiempos. Por suerte para los tiempos, el camino de entrada de la mansión Fortuna era corto y ya habían llegado a la puerta. Era del suave color púrpura de las ciruelas escarchadas y tenía un llamador con forma de querubín enterrado en su centro.

Jacks levantó el aro del querubín y tocó dos veces rápidas.

Evangeline habría jurado que el llamador fruncía el ceño, y comprendió cómo se sentía.

Ella tampoco querría que Jacks la tocara. No otra vez. Todavía sentía un hormigueo en los labios, allí donde él la había rozado, y si se los lamiera, sabía que volvería a encontrar en ellos el sabor de su sangre. La había marcado, y ahora planeaba usarla.

Los nervios se retorcieron en su interior cuando la puerta se abrió. Se preguntó una vez más qué quería realmente Jacks de ella y qué haría su beso a la matriarca Fortuna.

Mientras un criado los conducía al interior, intentó descubrir cuál podría ser su objetivo. Le quedó claro de inmediato que los Fortuna eran muy ricos. En su castillo de cuento de hadas todo era el doble de grande que en el interior de la casa donde ella había crecido. Hasta las alfombras eran más gruesas, y se tragaban los tacones de sus botas con cada paso. Pero dudaba de que a Jacks le interesara la riqueza.

Lo observó con atención, sobre todo sus ojos, para ver si se posaban en algún objeto concreto. El criado los condujo junto a una hilera de retratos de gente con el cabello rubio casi blanco y sonrisas forzadas antes de dejarlos por fin en una cálida sala de estar, junto a dos crepitantes chimeneas de mármol, un pulido piano de cuarzo y un enorme ventanal. Había una encantadora vista de un jardín cubierto de nieve, donde un esponjoso gato de las nieves saltaba tras un alegre dragón azul lanzando chispas divertidas.

Jacks no miró la escena ni ninguna de las cosas preciosas de la habitación. Se detuvo junto a una de las chimeneas, apoyó un codo en la repisa y la miró con descarada atención.

No te preocupes, Pequeño Zorrillo. Puede que incluso lo disfrutes.

Antes de que Evangeline pudiera preguntarse cómo había vuelto a meterse en su cabeza la voz perezosa de Jacks, la puerta del despacho se abrió.

—Os daré un minuto para salir de aquí antes de que Júpiter y Hades os ataquen. —La anciana, que debía ser la matriarca Fortuna, entró en la estancia flanqueada por un par de perros grises que le llegaban hasta la cintura—. No es la hora de su cena todavía, pero siempre tienen hambre de la carne de mis enemigos.

—Tabitha. —Jacks suspiró, tan dramático como su pose—. No hay necesidad de amenazas exageradas.

—Te aseguro que mis amenazas son genuinas. —Acarició con una mano arrugada al perro de su izquierda y este mostró unos dientes brillantes—. Os quedan cuarenta y dos segundos. Cuando dije que mataría a esa pequeña trepa si alguna vez se cruzaba en mi camino, lo dije en serio.

La mirada de la matriarca se deslizó hasta Evangeline. La anciana llevaba un vestido lavanda oscuro con una cadena dorada como cinturón y dos círculos de colorete pintados en sus mejillas. Parecía una muñeca muy cara, de esas con las que la gente tiene pesadillas en las que cobran vida y los matan mientras duermen.

—Está claro que los periódicos exageraban tu aspecto —le dijo—. No me puedo creer que Apollo te eligiera por encima de mi Thessaly. Aunque, cuando hayas desaparecido de escena, me aseguraré de que eso se arregle.

Evangeline quería pensar que la mujer estaba bromeando. Tenía que estar bromeando. La gente que vivía en brillantes castillos púrpura no amenazaba con lanzarles sus invitados a los perros.

Echó una mirada incómoda a Jacks. Él miró el reloj de pie de la esquina, cuyas manecillas no se detenían.

Entonces no estaba bromeando.

—Tenéis ocho segundos —dijo la matriarca.

Los perros gruñeron y retrajeron los labios sobre sus caninos mientras su ama jugaba con el pelo corto de sus cabezas grises.

A Evangeline se le aceleró la respiración.

Se dijo a sí misma que solo eran perros, y que no tenía que besarles el hocico. Solo tenía que dar un beso a la mujer que los acariciaba.

—Qué animales tan bonitos tienes —dijo Evangeline, y su corazón se aceleró con cada palabra. Se acercó como si fuera a acariciar a las bestias, pero en lugar de eso agarró los hombros de la mujer y presionó un beso contra su mejilla arrugada.

La matriarca Fortuna se tensó y chilló:

—¿Cómo te atreves…?

Los ladridos de sus perros la interrumpieron y ambos canes saltaron. Sus fuertes patas golpearon el torso de Evangeline. Ella intentó retroceder, pero los animales…

¿…estaban lamiéndola?

Una lengua húmeda posó un descuidado beso de perro en su mejilla mientras el otro le lamía el cuello con cariño.

La matriarca Fortuna mostraba una leve sonrisa en su rostro arrugado, tan dulce de repente como su bonito castillo púrpura.

—¡Júpiter! ¡Hades! —ordenó—. Abajo, mis amores. Dejad en paz a nuestra querida invitada.

Los perros obedecieron de inmediato y volvieron a ponerse a cuatro patas.

Entonces, la matriarca dio a Evangeline un abrazo tan cálido como las galletas recién horneadas y las mantas de punto. Y, por primera vez, Evangeline agradeció de verdad la magia de Jacks, porque aquello era sin duda obra de él. El beso había convertido a la Muñeca Asesina de la matriarca en una Abuelita Consentidora.

—Perdona a Júpiter y a Hades, solo hacen estas travesuras cuando se alegran mucho de ver a alguien. Tendrás que perdonar también mi deplorable comportamiento. Ojalá hubiera sabido que ibas a visitarnos hoy. Habría hecho que el chef te cocinara unos caramelos de duende.

Jacks se rio y lo disimuló con una tos que sonó muy parecido a *caramelo de duende.*

—El caramelo es el dulce favorito de mi Thessaly —continuó la matriarca—. ¿La has conocido ya? Creíamos que el príncipe Apollo iba a pedirle matrimonio y, aunque le molestó bastante que no lo hiciera, creo que las dos seréis buenas amigas. Enviaré un carruaje para que venga de inmediato.

—Eso no será necesario, Tabitha. —Jacks se apartó de la chimenea y se acercó a Evangeline con desenfadada gracia—. Creo que lo que encantaría a la señorita Fox es ver la cripta de los Fortuna.

—No. —La anciana negó con su cabeza plateada, rígida pero insistente, como si no quisiera decir que no pero la obligara algo más fuerte que la magia de Jacks—. No dejo que nadie entre en la cámara. Lo… lo siento.

Encorvó los hombros y las arrugas de su rostro se acentuaron mientras se dirigía de nuevo a Evangeline.

La expresión le recordó a Apollo, y eso la incomodó. Siempre que el príncipe creía que no era feliz, parecía que su corazón se olvidaba de latir y que el resto de su ser empezaba a colapsarse.

—Esto no me gusta —murmuró Evangeline a Jacks.

—Entonces ayúdame a ponerle fin —susurró él—. Cuanto antes consiga lo que quiero, antes recuperará su horrible carácter.

—Hay otros lugares a los que podría llevarte —continuó la matriarca—. ¿Qué te parece si te enseño la casa y te muestro los retratos de todos mis nietos favoritos?

—Aunque eso suena interesante, Jacks tiene razón.

Evangeline sintió una punzada de culpabilidad por ayudar a Jacks, pero aquello no terminaría hasta que él no consiguiera su objetivo. También era su oportunidad de descubrir qué quería, y por qué necesitaba que se casara con Apollo.

—Me gustaría ver la cripta.

La matriarca Fortuna se mordió el labio y apretó la llave con forma de esqueleto roto que colgaba de su cuello. No quería hacerlo, ni por asomo. Debía haber algo muy valioso (o peligroso) en aquella cripta. Pero, como era Evangeline quien se lo pedía, la mujer hechizada parecía incapaz de negarse. Volvió a ser como una muñeca, y sus labios formaron una sonrisa alegre que no encajaba con sus labios temblorosos antes de girarse y conducirlos a la cripta.

28

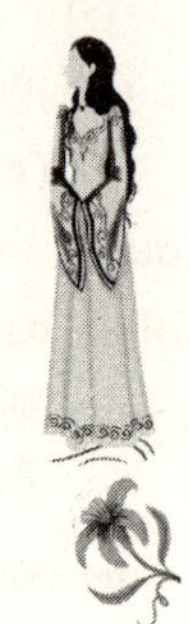

Un giro en los estrechos pasillos.

Un puñado de puertas cerradas.

Un pasadizo oculto en un tocador.

Un largo tramo de escaleras de hierro.

Un millar de latidos demasiado rápidos.

Y casi habían llegado. Profundamente bajo tierra, en las entrañas de un castillo de cuento de hadas.

Era el tipo de sitio que hacía que Evangeline quisiera rodearse el pecho con los brazos. Las húmedas paredes de granito estaban cubiertas de apliques manchados de hollín, pero solo un par estaban encendidos y sus llamas eran demasiado débiles para ahuyentar las sombras de las esquinas. Apenas había luz suficiente para revelar el arco solitario en el centro de la cripta.

Evangeline se rodeó el pecho con los brazos.

Desde que llegó al Norte, había visto otros tres arcos: la Gran Arcada de entrada al Norte, el arco cubierto de símbolos de la primera fiesta de Apollo y el arco de la novia cambiante que había conducido a la Nocte Eterna.

Aquel arco era mucho más sencillo, aunque vibraba con un poder similar al de los demás. Cubierto de musgo seco y de telarañas sepia, parecía más gris que azul y la hacía pensar en algo que se había ido a dormir hacía mucho tiempo y al que habían dejado en paz intencionadamente.

—Parece que no soy el único que se ha estado portando mal. —Jacks levantó una ceja arrogante mientras su mirada pasaba del arco musgoso a la temblorosa matriarca Fortuna.

—¡No puedes decírselo a nadie! —gritó la anciana, agitando los brazos antes de bajar las manos para acariciar a los perros que habían dejado de seguirla en algún punto de su trayecto—. Evangeline, por favor, no pienses mal de mí por tener esto aquí.

—¿Por qué iba a pensar mal de ti?

—Porque se suponía que este arco había sido destruido.

Jacks se detuvo delante de la estructura y se quedó totalmente inmóvil. Evangeline dudaba de que fuera consciente de ello. No; seguramente no se daba cuenta. Si lo hiciera, habría ocultado su expresión mucho antes de lo que lo hizo. Unos mechones de cabello azul caían sobre su frente pero no ocultaban sus ojos, grandes y brillantes como la luz de una estrella rota, y llenos de algo que se parecía un poco a la esperanza.

Evangeline tenía la sensación de que no debía mirarlo tan descaradamente, pero no podía dejar de contemplarlo. La expresión en los ojos de Jacks había suavizado algunos de sus afilados bordes, haciendo que se pareciera más al Príncipe de Corazones que había imaginado antes de conocerlo, trágicamente atractivo y desconsolado.

Se estaban acercando a lo que él quería. Evangeline solo quería descubrir qué era.

Examinó el arco dormido de nuevo, preguntándose qué lo hacía distinto de los demás. Tardó varios minutos y tuvo que entornar los ojos para ver a través de la suciedad, pero descubrió un grupo de palabras extranjeras grabadas en pequeñas letras en la parte superior. Una sacudida de entusiasmo corrió por su columna. No entendía las palabras, pero de algún modo reconocía el idioma.

—¿Es esa la antigua lengua de los Valor? —preguntó, recordando las estatuas decapitadas que habían susurrado cuando cruzó el mar para entrar en aquella parte del mundo.

Jacks ladeó la cabeza, sorprendido.

—¿Qué sabes sobre los Valor?

—Mi madre solía hablarme de ellos. —Por supuesto, cuando intentó recordar qué le había dicho su madre, no consiguió acordarse de mucho. Lo único que tenía eran imágenes borrosas de una antigua familia real a la que habían decapitado—. Son el equivalente norteño a los Destinos.

—No...

—En absoluto...

Tanto Tabitha como Jacks respondieron a la vez.

—Los Valor eran simples humanos —la corrigió Jacks.

—No había nada *simple* en ellos —replicó la matriarca. Irguió la espalda, lo que la hizo parecerse un poco más a la formidable mujer que Evangeline había conocido al llegar—. Honora y Wolfric Valor fueron los primeros reyes del Norte, y unos gobernantes extraordinarios.

Los ojos de la matriarca asumieron una expresión lejana y vidriosa. Evangeline temió que no dijera más, que, como muchas otras historias norteñas, aquella estuviera maldita y la gente no consiguiera recordarla, pero la mujer continuó:

—Wolfric Valor fue un guerrero sin igual en la batalla, y Honora Valor era una hábil sanadora que podía curar a casi cualquiera a quien le quedara algo de vida. Todos sus hijos poseían también habilidades. Su hija Vesper era vidente y su hijo podía cambiar de forma. Cuando varios Valor combinaban sus poderes, se decía que podían infundir magia en lugares y en objetos inanimados.

—Por supuesto —la interrumpió Jacks con suavidad—, como todos los gobernantes dotados, los Valor se volvieron demasiado poderosos y sus súbditos se alzaron contra ellos. Les cortaron las cabezas y después declararon la guerra a lo que quedaba de su magia.

—No fue así como ocurrió —replicó la matriarca. Sus palabras sonaron rápidas y seguras, pero entonces se quedó boquiabierta, como si no pudiera decir nada más. Parecía que, después de todo, la historia estaba maldita.

Jacks sonrió mientras la matriarca se esforzaba por hablar, hasta que por fin miró a Evangeline y encontró las palabras de nuevo. Pero comenzó a contar una parte distinta de la historia.

—Los arcos fueron una de las cosas más maravillosas que crearon los Valor. Son portales hacia lugares lejanos e inalcanzables, y puertas impenetrables. Una vez cerrado, un arco solo puede abrirse con el tipo adecuado de llave. Si un arco sellado es destruido, no hay modo de descubrir qué había al otro lado.

—No obstante —añadió Jacks—, la razón principal por la que los Valor construyeron los arcos fue que podían usarlos para viajar a cualquier parte del Norte. Algunos, como este, podrían haber sido regalos. Pero incluso estos tienen puertas traseras secretas levantadas en su interior que solo los Valor podían utilizar y que les daban acceso a cualquier otro sitio donde hubiera un arco.

—Eso es mentira. —La matriarca resopló—. La gente se inventó esas historias para arrebatar el poder a las Grandes Casas. Prohibieron los arcos y exigieron que todos excepto los de la realeza fueran destruidos, porque los Valor desaparecieron y no van a regresar. Como verás, Evangeline, es totalmente inofensivo. —La matriarca se acercó al arco y extendió una mano hacia Jacks—. Si no te importa, joven.

—En absoluto.

Jacks sacó la daga decorada con piedras preciosas que había usado en el carruaje y la dejó en la palma de la mujer.

—Por mi sangre dotada, solicito entrada para mis amigos y para mí.

La matriarca presionó la piedra con la mano ensangrentada y esta latió como un corazón. *Pum, pum, pum*. La piedra cobró vida ante los ojos de Evangeline, volviéndose de un destellante azul salpicado de verde mientras el musgo seco se refrescaba y goteaba rocío.

—¿Ves, querida? —La matriarca bajó su mano ensangrentada y una reluciente puerta de roble que olía a madera recién cortada y a magia antigua apareció en el centro del arco—. Solo puede abrirse con sangre entregada libremente, directamente de la mano del líder de la Casa Fortuna.

—Lo que hace imposible que la asalten —se burló Jacks, justo mientras abría la puerta recién aparecida.

Evangeline se acercó y, tal como había ocurrido en el resto de arcos, la piedra emitió un susurro jadeante: *Tú también podrías haberme abierto.*

Evangeline se sobresaltó al escuchar las palabras. Después se quedó inmóvil, sorprendida e inquieta al ver que Jacks estaba mirándola en lugar de observar la cripta que tan desesperado había estado por encontrar.

—¿Qué pasa, Pequeño Zorrillo? —le preguntó con voz amistosa. A Evangeline no le gustó, ni hizo que confiara en él. Jacks era muchas cosas, pero no era amistoso.

—Nada.

Ni siquiera estaba segura de que fuera una mentira. Los arcos seguramente le susurraban a todo el mundo, y si no lo hacían, no iba a contárselo a Jacks.

En silencio, se adentraron en la cripta. Había esperado que escondiera algo ilegal u horrible pero, al principio, solo le pareció una cocina extraña llena de calderos, frascos y cucharas de madera etiquetadas con instrucciones como *Agitar solo en el sentido horario* o *No usar nunca después de que oscurezca*.

—Aquí guardo mi colección familiar de recetas para nuestras Aguas Maravillosamente Saborizadas —anunció la matriarca, señalando un muro de gruesos tomos asegurados con lazos, cuerdas y algunas cadenas.

Evangeline observó a Jacks para descubrir si algo llamaba su atención. Esperaba que se mostrara al menos ligeramente intrigado por los tomos encadenados, pero no les echó más que un vistazo fugaz. Aunque no creía que estuviera buscando un libro de recetas.

Siguió escudriñando sus movimientos, pero nada junto a lo que pasaban parecía impresionarlo. Tenía las manos en los bolsillos y, si miraba algo, siempre era un instante.

Cuando llegaron a una alacena de cálices con gemas incrustadas, Evangeline creyó sentir sus ojos sobre ella, observándola con más atención que a los objetos. Sin embargo, cuando se giró para comprobarlo, Jacks tenía la vista al frente.

El Príncipe de Corazones se puso serio cuando la matriarca le señaló a Evangeline un estante de antiguos huevos de dragón.

Después le mostró la vitrina de los latentes corazones de goblin, que la hicieron sentirse muy agradecida de que el cocinero no hubiera hecho caramelos con ellos.

Los artículos se volvieron más aleatorios después de eso. Vieron algunos espejos posiblemente mágicos, túnicas ornamentadas y una serie de retratos enmarcados, inquietantes pero atractivos. Aunque, como el resto de artículos, nada parecía interesar a Jacks.

—¿No te diviertes? —lo provocó Evangeline.

—Me siento como si estuviera detrás del escenario de un mal espectáculo de magia —gruñó Jacks.

Evangeline debería haberse alegrado de que Jacks no encontrara lo que quería, pero eso significaba que ella tampoco descubriría qué era.

—Deja que te ayude —susurró, esperando sacarle por fin una respuesta—. Si me dices qué estás buscando, te ayudaré a encontrarlo.

Jacks ni siquiera rechazó su oferta. Ignorándola, levantó un cráneo de esmeralda y lo lanzó al aire como si fuera una manzana, elegante y rápido y un poco violento, como si quisiera que algo sufriera.

Jacks era demasiado orgulloso para aceptar su ayuda o no quería que supiera qué buscaba. No obstante, estaba claro que se estaba cansando de la cripta. Y podría ser solo su imaginación, pero parecía que la magia de su beso también se estaba disipando. La sonrisa de la matriarca flaqueó, sus hombros se encorvaron y dejó de presumir de sus cosas favoritas. Ni siquiera se molestó en reñir a Jacks por lanzar la calavera.

Si quería saber qué buscaba Jacks, tendría que hacer algo.

—Cobarde —murmuró entre toses.

Dos ojos afilados se deslizaron en su dirección.

—¿Qué has dicho?

—Nada —susurró—. Aunque… ahora que lo pienso, es bastante decepcionante que tu plan siniestro sea tan endeble que contarme un fragmento diminuto pueda estropearlo.

—Muy bien, Pequeño Zorrillo. —Jacks siguió lanzando la calavera con la brusca elegancia de un joven que podría atraparla con la misma facilidad que dejarla caer—. Si quieres ayudarme, pregúntale a tu amiga la matriarca si puedes ver su colección de piedras.

—¿Estás buscando *piedras*? —le preguntó Evangeline.

Jacks negó con la cabeza, como si ya hubiera dicho demasiado.

Estaba jugando con ella. No obstante, había empezado a creer que Jacks iba en serio incluso cuando jugaba con ella.

—Lady Fortuna —la llamó. La mujer estaba unos pasos por delante, lo bastante lejos como para que tuviera que llamarla por segunda vez—. ¡Señora Fortuna!

—¿Sí, querida? —La mujer se giró por fin—. ¿Hay algo que quieras que te enseñe?

—He oído que tienes una colección de piedras, y me encantaría verla.

—Oh, no, querida, me temo que no tengo ninguna… piedra. —El semblante de la mujer cambió cuando dijo la última palabra. Su boca comenzó a temblar, quebrando lo que quedaba de su adorable expresión hasta que la fachada de abuela desapareció y regresó la muñeca asesina—. Tú… Eres tú…

—Pequeño Zorrillo. —Jacks bajó inquietantemente la voz—. Creo que ha llegado el momento de que salgas corriendo.

—¿Cómo no me di cuenta? —jadeó la anciana, mirando a Evangeline como si fuera lo más peligroso de aquella cripta—. Tú eres la que abrirá el Arco Valory.

—Jacks… —siseó Evangeline. Porque, a pesar de la charla de la matriarca sobre lo maravillosos que eran los arcos, de repente parecía aterrada—. ¿De qué está hablando? ¿Qué es el Arco Valory?

—¿Por qué sigues aquí? —Jacks tomó a Evangeline por el brazo y la puso a su espalda.

Pero él no se marchó, y tampoco iba a hacerlo ella.

—*La reconocerás porque estará coronada en oro rosa* —recitó la mujer—. *Será sierva y princesa.*

—Está loca —gruñó Jacks—. Tienes que salir de aquí ya.

El corazón de Evangeline latía con fuerza, urgiéndola a hacer eso mismo. *Vete. Vete. Vete.* Pero se quedó clavada al suelo, escuchando la salmodia de la matriarca.

La reconocerás porque estará coronada en oro rosa. Será sierva y princesa.

Evangeline no creía que aquella mujer estuviera loca. Sus palabras sonaban casi proféticas.

—¡No puedes casarte con el príncipe! ¡El Arco Valory no debe abrirse jamás! —gritó la matriarca. Hubo un destello metálico en sus manos, y después se lanzó hacia delante con algo que parecía un cuchillo.

Evangeline echó mano al objeto más cercano: una pintura enmarcada de un gato.

—¿Qué vas a hacer con eso?

Jacks murmuró una maldición, tomó el cráneo esmeralda y golpeó la cabeza de la matriarca.

La anciana se derrumbó en el suelo, en un montón de arrugada lavanda.

Evangeline, boquiabierta, tardó varios segundos en formar algunas palabras.

—¿Tú...? ¿Tú sabías que esto iba a ocurrir?

—¿Crees que quería que ella intentara matarte?

Jacks sonó más ofendido de lo que Evangeline habría esperado. Soltó el cráneo, dejándolo caer al suelo, donde aterrizó junto a la matriarca con un sonido fuerte. El pecho de la mujer subía y bajaba con un ritmo lento e inestable. Seguía respirando, pero a duras penas.

—Ahora ya no nos dirá nada.

Jacks se agachó y se acercó a la anciana, apretando los labios.

Algo se retorció en el estómago de Evangeline. Iba a besar a aquella mujer... *y a matarla*.

—¡Jacks, para!

Lo agarró por los hombros y, de algún modo, consiguió hacerlo retroceder, probablemente debido a su tono furioso más que a la fuerza de sus manos temblorosas. No comprendía del todo qué acababa de pasar, pero no iba a dejar que Jacks lo empeorara.

—Si la besas, habremos terminado —le advirtió—. No dejaré que me involucres en un asesinato.

—No podemos dejarla así —dijo Jacks, con voz razonable y fría. Matar a aquella mujer no lo perturbaría—. Tan pronto como despierte, irá a por ti.

—¿Por qué, Jacks? ¿Qué es el Arco Valory? ¿Y quién cree ella que soy?

Jacks apretó los labios y se echó hacia atrás en sus talones, lo que parecía respuesta suficiente: aquellas palabras se referían a ella. La habitación comenzó a dar vueltas y todas las baratijas y artículos insólitos se emborronaron a su alrededor mientras intentaba encontrar sentido a aquel último descubrimiento.

La reconocerás porque estará coronada en oro rosa.

Será sierva y princesa.

Evangeline tenía el cabello de color oro rosa y era del pueblo, aunque dentro de dos días se convertiría en princesa al casarse con el príncipe Apollo.

Aquella debía ser la razón por la que Jacks había querido que se casara con Apollo. Jacks había organizado todo aquello para que ella se convirtiera en la joven de la que hablaba la profecía de la matriarca Fortuna, la que, según decía, abriría el Arco Valory.

—¿Qué es el Arco Valory? —le preguntó de nuevo—. ¿Y por qué teme que lo abra? ¿Qué hay dentro?

Jacks se levantó con lentitud.

—No tienes que preocuparte por el Arco Valory. Lo único que tienes que hacer es casarte con el príncipe Apollo.

—Yo…

Jacks le tomó la mejilla, silenciándola con una mano helada.

—Si deseas romper el hechizo de Apollo, tu única opción es casarte con él. ¿O tengo que recordarte la desesperación en la que te sume el desamor, que duele tanto que te empuja a hacer un trato con un demonio como yo? ¿De verdad quieres anular la boda y dejar a Apollo así, enamorado para siempre de alguien que jamás sentirá lo mismo? —le preguntó, con la misma expresión perturbadora y demoníaca que tenía en el carruaje—. No hace tanto tiempo acudiste a mi iglesia dispuesta a prometerme casi cualquier cosa para detener el dolor. ¿Era mentira? ¿O ya has olvidado que el mal de amores te rasga el alma, que te convierte en masoquista y hace que anheles lo que te eviscera hasta que no queda nada de ti que pueda ser destruido?

Sus dedos fríos se clavaron en su mejilla.

Evangeline irguió los hombros y se apartó.

—¿Todavía estás hablando de mi desamor, o del tuyo?

Jacks se rio y le dedicó una sonrisa tan afilada que podría haber cortado un diamante.

—Ser cruel cada vez se te da mejor, Pequeño Zorrillo, pero tú tienes un corazón latiente que puede romperse. Yo no. Yo podría mantener a Apollo bajo mi hechizo una eternidad. Así que, o te casas con él y lo salvas de una vida miserable, o intentas evitar una vieja y polvorienta profecía que ni siquiera comprendes.

29

Evangeline mantuvo la cabeza girada hacia la ventana, observando el gélido cristal mientras el carruaje traqueteaba de vuelta a Wolf Hall. Actuaba como si Jacks no estuviera allí, aunque no dejaba de pensar en sus últimas palabras: *Una vieja y polvorienta profecía que ni siquiera comprendes.*

No podía pensar en nada más. Sabía que la mayoría de las historias del Norte no eran totalmente fiables, pero ¿una profecía se podía considerar una historia?

Su madre nunca le había hablado de profecías. ¿Eran uno de esos fragmentos de magia que no podían abandonar el Norte? Las profecías parecían contener su propio tipo de magia, a diferencia de las historias. Cualquier suceso podía convertirse en una historia pero, por definición, para que una profecía fuera auténtica, cada una de sus partes debía tener el potencial de cumplirse.

Evangeline le habría preguntado a Jacks, pero no quería interactuar con él. De todos modos, no creía que fuera a darle ninguna respuesta.

Jacks había actuado como si Evangeline no tuviera alternativa, como si su única opción fuera casarse con Apollo. Pero Evangeline rara vez creía que hubiera una sola posibilidad.

Creía en lo que su madre le había enseñado, que todas las historias tienen potencial para infinitos finales.

Aunque Evangeline no podía imaginarse anulando el compromiso y dejando a Apollo con el corazón roto para siempre.

Pero ¿y si era de verdad la joven del cabello de oro rosa que mencionaba aquella profecía? ¿Y si casarse con Apollo iniciaba una cadena de sucesos que abría el Arco Valory y liberaba al mundo algo terrible? No sabía qué contenía el arco en realidad, pero la matriarca Fortuna la había hecho pensar que no era algo bueno.

Evangeline se cruzó de brazos y siguió mirando las calles congeladas del Norte por la ventanilla.

Cuando la emperatriz la invitó a ir allí, creyó que aquella sería su oportunidad de adentrarse en un cuento de hadas, de encontrar un nuevo amor y un nuevo final feliz. Pero en ese momento se preguntó si en realidad no habría sido el destino, manipulando su camino. Le habría gustado hablar con Marisol, pero ni siquiera se lo planteaba.

Intentó imaginar qué dirían su padre o su madre si siguieran con vida. Seguramente le asegurarían que su futuro lo determinaban sus decisiones, no su destino. Le dirían que ella no formaba parte de ninguna profecía calamitosa. Pero, como eran del tipo de gente que cree en profecías y esas cosas, habrían indagado en ello en secreto sin que ella se enterara. Y eso era exactamente lo que Evangeline planeaba hacer.

Wolf Hall era más parecido a una fortaleza que a un castillo de cuento de hadas, con recias piedras gris pizarra, torres altas y murallas almenadas.

Evangeline tomó aliento y fingió que no estaba haciendo nada malo mientras volvía a entrar por el mismo pasadizo secreto que había usado antes. Alguien habría notado ya su ausencia, pero planeaba decir que se había perdido en la amplitud del castillo. Era bastante fácil hacerlo.

Wolf Hall era enorme, lleno de extensos pasillos y cámaras de altos techos donde las chimeneas siempre estaban encendidas para mantener el calor. Cuando Apollo se las mostró, las estancias le habían parecido todas iguales: llenas de madera y peltre y alfombras mullidas en suntuosos tonos tierra que la hacían pensar en bosques húmedos y encantados jardines norteños.

Afortunadamente, el castillo estaba también lleno de prácticos letreritos con alegres flechas señalando la ubicación de todo.

Evangeline siguió un letrero hasta el Ala del Erudito y la Biblioteca Real. Allí hacía más frío que en ningún otro sitio, pues estaba desprovista de ventanas que dejaran entrar la luz que podía dañar a los libros.

La joven suavizó sus pasos al entrar, esperando pasar desapercibida mientras caminaba junto a los bibliotecarios de largas túnicas blancas y a los eruditos que escribían en pergaminos.

Apollo le había dicho que podía visitar cualquier parte de Wolf Hall, pero no quería que nadie supiera qué estaba buscando, por si eso provocaba una reacción como la de la matriarca Fortuna.

¡No puedes casarte con el príncipe! El Arco Valory no debe abrirse jamás.

Evangeline tomó aliento trémulamente mientras examinaba los estantes buscando algún libro sobre los arcos, sobre los Valor o sobre profecías. En realidad no esperaba encontrar ningún volumen que listara las profecías, y teniendo en cuenta lo que la matriarca le había contado sobre la destrucción de los arcos, tampoco le sorprendió que no hubiera ningún *Arcos del Norte*, o *Un arco con un secreto letal*. Pero le pareció peculiar no encontrar un solo tomo sobre los Valor, los creadores de los arcos.

Evangeline encontró libros sobre botánica, marionetas, subastas, forja y casi cualquier otra cosa, pero ni uno solo de ellos mencionaba a los Valor.

No tenía sentido. Los Valor eran la famosa primera familia real. Había estatuas enormes de ellos ante el puerto. La capital, Valorfell, recibía su nombre. Debía existir al menos un libro que los nombrara.

La luz se atenuó y el aire se llenó del aroma del polvo mientras se aventuraba al fondo de la biblioteca, donde los estantes estaban más cerca unos de otros y los tomos parecían más afectados por el tiempo.

—¿Hay algo en lo que pueda ayudarte, señorita Fox?

La voz ronca sorprendió a Evangeline, que se giró para encontrar a un diminuto bibliotecario que parecía tan viejo como el Tiempo.

—Perdóname por asustarte. Me llamo Nicodemus y no he podido evitar notar que pareces estar buscando algo.

La sonrisa que le dedicó estaba encuadrada por una larga barba plateada con hilos de oro a juego con el borde de su túnica blanca.

—Gracias, solo estoy un poco perdida —replicó Evangeline, y casi lo dejó así. Pero, si se marchaba de la biblioteca en ese momento, lo haría con más preguntas de las que la habían acompañado al entrar. Todavía no creía que fuera prudente preguntar por el Arco Valory, pero quizá podría acercarse al tema sin levantar alarmas que provocaran otro ataque contra su vida.

—En realidad estaba buscando libros sobre vuestros Valor, pero no he conseguido encontrar ninguno.

—Me temo que eso es porque estás buscando en el lugar equivocado.

Para ser tan viejo, Nicodemus se movía con rapidez y desapareció raudo por un pasillo cercano, dándole apenas un momento para decidirse a seguirlo.

No tenía ninguna razón para dudar, pero estaba claro que no había superado su reciente experiencia con la matriarca. Era la primera vez que alguien intentaba matarla, y seguía teniendo la sensación de que la muerte estaba demasiado cerca.

Tuvo que contenerse varias veces para no darse la vuelta mientras Nicodemus la conducía a las profundidades de la biblioteca, dejando atrás las estanterías y algún ocasional y llamativo retrato de Apollo. Después, el suelo de baldosas dio paso a uno de vieja piedra verde y las estanterías de libros desaparecieron en favor de una serie de curiosas puertas con símbolos de armas, estrellas y algunas otras figuras que no conseguía distinguir.

Nicodemus se detuvo por fin ante una hornacina que albergaba una puerta redondeada marcada con la cabeza de un lobo vistiendo una corona.

—Se cree que todas las historias sobre los Valor están al otro lado de esta puerta —le dijo—. Por desgracia, nadie ha conseguido abrirla desde la Era de los Valor.

30

El coro de campanilleros llegó al gran patio de Wolf Hall el día después de que Apollo se declarara a Evangeline. Aparecieron justo a mediodía, envueltos en pesadas capas rojas para un mayor contraste con la nieve que seguramente caería pronto. El coro estaba formado por ciento cuarenta y cuatro miembros, uno por cada hora que faltaba hasta la boda. Y, en cada hora, uno de ellos se marchaba en silencio.

Aquella noche solo quedaban doce campanilleros (faltaban doce horas para la boda del día siguiente), y entonces fue cuando el príncipe hechizado se les unió.

Inhalando profundamente, Evangeline abrió un par de ventanas gemelas. El frío la acarició cuando salió al balcón para dejarse rodear por el suave tintineo de las campanas y el profundo sonido de la serenata de Apollo.

—¡Mi amor! —gritó—. ¿Qué quieres que cante para ti esta noche?

—Hace demasiado frío ahí fuera —le contestó—. Si sigues con esto, te vas a congelar.

—De buena gana me congelaría por ti, amor mío.

Evangeline cerró los ojos. Era lo mismo que le decía cada noche, y cada noche se quedaba allí mirándolo y escuchando hasta que las puntas de su cabello se llenaban de escarcha y su aliento se volvía helado. Congelarse con Apollo le parecía una penitencia por haber ayudado a Jacks a embrujarlo. Era tentador hacer lo mismo aquella noche, quedarse allí y olvidar todo lo que había ocurrido en la cripta de los Fortuna, casarse con Apollo, romper el hechizo y esperar que pudieran empezar de cero. Que él hubiera sido hechizado no significaba que su relación estuviera condenada.

Pero, por mucho que quisiera, no podía olvidar la profecía y no podía casarse con Apollo sin saber algo más sobre el Arco Valory y lo que ocurriría si lo abría.

Tomó aliento de nuevo y, antes de poder cambiar de idea, gritó:

—¡Apollo, no quiero que te resfríes antes de la boda! ¿Por qué no subes?

Estaba oscuro, pero Evangeline habría jurado que veía cómo se iluminaba su rostro. Entonces comenzó a trepar por la fachada.

—¡Apollo! Espera… ¿Qué estás haciendo?

El joven se detuvo, ya a cierta distancia del suelo, agarrándose a las gruesas piedras que debían estar resbaladizas por el hielo, para decir:

—Me has dicho que subiera.

—Creí que usarías las escaleras. Vas a matarte.

—Tienes poca fe en tu príncipe, amada mía. —Siguió escalando el muro y solo se detuvo cuando su guardia personal intentó seguirlo—. Estaré bien solo, Havelock.

Apollo llegó al balcón un par de ágiles movimientos después y saltó sobre la barandilla con destreza.

—Es casi deprimente saber que, después de esta noche, no tendré que demostrarte hasta dónde iría para estar contigo, mi amor.

Los ojos del príncipe llamearon al mirarla.

Evangeline no se había puesto el camisón. Como planeaba invitarlo a subir, seguía vestida con un vestido de lana de manga larga y una bata bordeada en piel. Pero, por el deseo con el que Apollo la miraba, podría haber estado desnuda y envuelta en un lazo de regalo.

En un elegante movimiento, el joven tomó a Evangeline en sus brazos y la llevó al interior.

El dormitorio había sido diseñado para una princesa. Las alfombras rosas y crema eran tan mullidas como almohadas, la ardiente chimenea era de roca cristalina y la cama de flores era de elegante roble blanco con postes que iban hasta el techo y un cabecero tallado tan ancho como la pared.

Evangeline se olvidó de respirar por un instante mientras Apollo la llevaba a la enorme cama y la dejaba en el centro de sus colchas satinadas, tumbándola como un sacrificio.

—Me siento como si llevara siglos esperando esto.

—Apollo… ¡Espera! —La muchacha extendió una mano para detenerlo antes de que él pudiera unirse a ella en la cama.

—¿Qué pasa, corazón? —Se formó una arruga entre sus cejas, pero sus ojos oscuros seguían en llamas—. ¿No era para esto para lo que querías que subiera?

Evangeline tomó aliento profundamente. No había esperado aquella respuesta. Lo único que ella quería era hablar.

El día anterior, probó su mano para abrir la puerta de la biblioteca que contenía los libros sobre los Valor, pero como todos los que lo habían intentado antes que ella, fracasó. La puerta estaba cerrada por la misma maldición que retorcía las historias del Norte hasta convertirlas en cuentos de hadas.

Aquel día, temprano, volvió a la biblioteca, pero no encontró nada ni remotamente relacionado con el Arco Valory y estaba demasiado nerviosa como para preguntarle a alguien.

También la inquietaba preguntarle a Apollo sobre el Arco Valory o sobre la profecía relacionada con él. No debería estar preocupada. Si sus preguntas rompían el encantamiento de Jacks, como había ocurrido con la matriarca Fortuna, sería bueno para Apollo: él sería libre y ella no tendría que seguir preocupada por si cumplía con una peligrosa profecía al casarse con él.

Pero, si era sincera, una parte de ella quería casarse con él. Quería la oportunidad de tener un cuento de hadas... Quería otra oportunidad en el amor.

Pero sabía que aquello no era amor de verdad. Tan pronto como se casara con Apollo, él ya no sería *aquel* príncipe. Sería el príncipe que había conocido la primera noche en Valorfell, mucho más proclive a echarla que a escalar un muro para verla.

Evangeline se sentó en el borde de la enorme cama para mirar a su prometido como a un igual en lugar de tumbarse como una ofrenda.

—Siento la confusión. Quería que vinieras porque necesitaba preguntarte algo en privado.

—Puedes preguntarme cualquier cosa. —Apollo cayó de rodillas, se sacudió la humedad del cabello y la miró con completa adoración. En sus ojos había llamas castañas y bronces—. Si estás nerviosa por nuestra noche de bodas, te prometo que seré cuidadoso.

—No, no es eso. —Aunque, ahora que lo mencionaba, de repente se sintió inquieta también por eso. Pero aquel no era el momento, ya que todavía no había decidido si se casaría con él al día siguiente—. He intentado aprender algunas cosas sobre tu país, prepararme para ser tu esposa…

—¡Esa es una idea maravillosa, amor mío! Vas a ser una reina excelente —exclamó Apollo, prácticamente empezando a cantar de nuevo.

Evangeline se sintió tentada a terminar allí la conversación. Sería un crimen dejarlo así para siempre, pero no podía ignorar la profecía.

Tomó aliento profundamente y se preparó, agarrándose al borde mullido de la cama.

—¿Alguna vez has oído hablar del Arco Valory?

La sonrisa de Apollo se volvió infantil.

—Creí que ibas a hacerme alguna pregunta peligrosa.

Pensaba que lo había hecho.

—El Arco Valory es lo que podríamos llamar un cuento de hadas.

Evangeline frunció el ceño.

—Donde yo vengo, llamamos cuentos de hadas a todas vuestras historias.

—Lo sé.

Sus ojos oscuros destellaron con malicia y, por un momento, no pareció tan hechizado. Solo parecía un muchacho intentando tomarle el pelo a una chica.

—Nuestra historia está maldita, pero hay algunos cuentos en los que creemos más que en otros. Todo el mundo cree que ciertas cosas sucedieron de verdad, como la existencia de los Valor. Pero algunas de las historias sobre ellos se han deformado tanto con el paso del tiempo que se las considera lo que tú llamarías cuentos de hadas. Entre ellas está la leyenda del Arco

Valory. —Su voz se volvió más grave y dramática mientras se sentaba en la cama a su lado, cerca pero no lo suficiente para tocarla—. Las historias sobre el Arco Valory están entre nuestros relatos malditos. Las historias sobre los Valor solo pueden transmitirse oralmente, y en el caso del Arco Valory, hay dos versiones distintas del cuento. Por suerte para ti, yo conozco ambas.

Le dedicó una sonrisa orgullosa y Evangeline sintió que la tensión se enroscaba en su interior.

—Se cree que el Arco Valory es la entrada al Valory. En una versión de la historia, el Valory fue una prisión mágica construida por los Valor. Como la magia no puede ser destruida, los Valor crearon el Valory para encerrar los objetos mágicos peligrosos, o a los prisioneros extranjeros con habilidades mágicas. Se dice que el Valory fue construido para proteger el Norte de las fuerzas que deseaban destruirlo, pero…

Apollo se detuvo como si buscara sus siguientes palabras mientras se acercaba con disimulo hasta que sus piernas se rozaron.

El corazón de Evangeline se saltó un latido.

—¿Esto está bien? —le preguntó él, con su voz grave de repente amable y sincera. Se apartaría si Evangeline se lo pedía, pero eso destruiría la frágil esperanza que estaba intentando esconder tras su sonrisa tímida.

—Es agradable —le dijo, y le sorprendió descubrir que lo decía de verdad. Desde que comenzó a sospechar que Apollo estaba bajo el influjo de Jacks, todo lo que el príncipe hacía le parecía demasiado forzado y demasiado irreal. Pero aquello, que le contara una historia mientras intentaba rozarla tímidamente, parecía que podía ser real, como podrían haber sido las cosas si Apollo sintiera algo por ella. Y era agradable sentirse cuidada.

Se recordó que aquello no era real, que era la magia de Jacks lo que hacía que Apollo se comportara así, pero había pasado demasiado tiempo desde la última vez que se sintió tan importante para alguien. Y Apollo no sabía que estaba hechizado; lo único que sabía era lo que sentía por ella.

Evangeline le puso una mano con cuidado sobre la rodilla y Apollo sonrió como si acabara de regalarle el sol.

—Por desgracia —continuó el príncipe—, los Valor mintieron. No construyeron el Valory para proteger el Norte de sus enemigos; lo construyeron para encerrar a una abominación que habían creado. Nadie sabe qué hicieron exactamente, pero era tan terrible que todas las Grandes Casas se volvieron contra ellos y los decapitaron. Por desgracia, lo hicieron antes de que los Valor hubieran encerrado a su terrible creación, así que las Grandes Casas tuvieron que encarcelar a la abominación en el Valory y sellar el arco que conducía a él. Normalmente, los arcos se cierran con sangre, pero nadie quería arriesgarse a que ese arco se abriera, así que se creó un tipo distinto de seguro. Una profecía.

Evangeline luchó contra la tentación de entrar en pánico. Aquella era solo una versión de una historia que estaba maldita y que por tanto no era de fiar. Aun así, le preguntó:

—¿Cómo es posible cerrar algo con una profecía?

—Siempre según lo que he oído contar, las distintas partes de una profecía funcionan como las crestas y muescas de una llave. Un adivino hilvana varias frases proféticas que después se tallan en una puerta o, en este caso, en un arco. De este modo, el arco seguirá cerrado hasta que cada parte de la profecía se haya cumplido, creando la llave que permitirá que el arco se abra de nuevo. Es bastante ingenioso. Si se hace bien, una profecía puede asegurar que algo permanezca cerrado durante siglos.

—¿Sabes qué decía esa profecía?

Apollo parecía estar divirtiéndose, como si no creyera que la profecía era real, pero le siguió la corriente.

—Esta versión del cuento dice que el arco que contiene la profecía se rompió en pedazos que fueron enviados al Protectorado, una sociedad secreta que prometió que jamás dejaría que el arco volviera a abrirse. Pero nadie ha encontrado nunca los fragmentos del arco. Y casi todo el mundo, en el Norte, los ha buscado en algún momento.

Ante la expresión sorprendida de Evangeline, le explicó:

—La segunda versión del cuento es totalmente distinta. Esta afirma que el Valory no era una cárcel para una magia terrible sino un cofre del tesoro que contenía los objetos mágicos más poderosos de los Valor. Algunos creen que esta fue en realidad la razón por la que los asesinaron, porque las Grandes Casas querían robarles su magia y sus tesoros. En esta versión del relato, los Guardianes, aquellos que se mantuvieron leales a los Valor incluso después de su muerte, cerraron el arco con la profecía para evitar que el poder y los tesoros de los Valor cayeran en las manos equivocadas.

En manos como las de Jacks.

Sin duda podía imaginar a Jacks interesado en un tesoro encantado. Por desgracia, también podía imaginarlo interesado en el horror mágico de la primera versión de la historia.

Intentó recordar qué había dicho Jacks sobre los Valor para ver si conseguía descubrir qué versión del cuento creía él. Pero lo único que sabía con seguridad era que, fuera lo que fuere lo que estuviera encerrado, Jacks lo quería desesperadamente. La expresión de su rostro cuando se detuvieron ante el arco de los Fortuna fue de completa esperanza. Pero ¿por qué? ¿Por qué creía en una historia que Apollo sin duda pensaba que era un cuento de hadas?

¿Esperaba Jacks encontrar el mayor tesoro de los Valor, o liberar su mayor terror?

—Cuando era pequeño —continuó Apollo—, mi hermano Tiberius y yo solíamos salir a buscar el Valory. Era uno de nuestros juegos favoritos... —Apollo se detuvo, con la voz cargada de nostalgia, perdido en el recuerdo de un hermano al que rara vez mencionaba.

Cuando Evangeline se trasladó a Wolf Hall, un criado parlanchín le contó que la habitación de Tiberius estaba junto a la suya, aunque se negó a responder más preguntas. Apollo seguía negando el rumor de que su hermano y él habían tenido otra rencilla después de su compromiso con Evangeline, pero ella todavía no había visto a Tiberius en el interior del castillo y, cada vez que le preguntaba a Apollo dónde estaba su hermano o por qué se había marchado, este le decía que Tiberius le encantaría cuando lo conociera antes de cambiar bruscamente de tema.

Evangeline se sintió tentada a preguntarle de nuevo por su hermano, antes de que llegara el día siguiente y todo cambiara. Porque, al día siguiente a aquella hora, nada sería lo mismo entre ellos. Después de la boda, Jacks le quitaría la maldición y Apollo no volvería a mirarla como lo estaba haciendo aquella noche.

No sabía si aquello era lo correcto. Solo sabía que, después de aquella noche, era lo que quería hacer.

Mantener a Apollo bajo aquel hechizo era muy parecido a dejar que Marisol y Luc siguieran siendo estatuas de piedra; sería menos doloroso para ella, pero no podía hacerlo. No podía condenar a Apollo a vivir bajo un encantamiento.

La profecía todavía la ponía nerviosa, pero había tantas cosas que desconocía del Arco Valory que decidió que lo haría lo mejor posible con lo que sabía. Y sabía que el único modo de salvar a Apollo de aquella maldición era casarse con él, a pesar de las consecuencias.

—Evangeline, mi amor, ¿estás bien? ¿Por qué tiemblas?

Ella se miró las manos. ¿Cuándo había comenzado a temblar?

—Tengo... Tengo... —No sabía qué decir—. Frío. ¿Tú no tienes frío?

Apollo frunció el ceño; sin duda no creía que tuviera frío con su grueso abrigo y el fuego rugiendo en la chimenea a su espalda.

—Esto ha sido muy repentino y sé que te he apremiado demasiado, pero te juro que cuidaré bien de ti.

Ella empezó a temblar más fuerte.

El rostro de Apollo se derrumbó por completo.

—Solo tenemos que darnos tiempo. Sé que tú no sientes exactamente lo mismo...

—No es eso... —La joven se detuvo sin saber qué decir, deseando que hubiera alguna palabra mágica que protegiera sus sentimientos y aun así lo mantuviera a distancia. En su estado haría cualquier cosa por ella, pero no quería aprovecharse. No quería hacerle daño, ni terminar sufriendo al intimar o al comprar la ilusión de que aquello era real—. Has sido muy dulce conmigo.

Las arrugas que rodeaban la boca del príncipe se profundizaron.

—Lo dices como si mañana fueran a cambiar las cosas.

—Por supuesto que cambiarán —le dijo—. ¿No es por eso por lo que lo hacemos?

Y, por un momento, se sintió tentada a apoyarse en él. La pierna que presionaba la suya estaba caliente, incluso a través de las capas de ropa, e imaginaba que sus brazos también lo estarían, que serían cálidos, consoladores y sólidos. Apollo la había abrazado y besado, pero nadie la había rodeado con el brazo, sin más, desde que había perdido a Luc. Lo echaba de menos, no solo recibir el apoyo de Luc sino de cualquiera. Desde la muerte de sus padres, todas aquellas pequeñas caricias cariñosas y consoladoras se habían vuelto mucho más valiosas para ella. Echaba de menos el modo en el que su padre la abrazaba, cómo su madre solía consolarla y…

Apollo deslizó un brazo alrededor de su hombro, más tierno y cálido de lo que había imaginado, y nada habría podido evitar que se apoyara en él. Lo haría solo durante algunos instantes, y después se apartaría.

—Si quieres, puedo quedarme… —Apollo dijo cada palabra como si estuviera conteniendo el aliento—. No tenemos que hacer nada. Dormiré con la ropa puesta. Solo quiero abrazarte.

Evangeline no confiaba en sus propias palabras.

Podría haber dicho que no. En realidad, debería haberlo dicho.

Apollo no era él mismo; de haberlo sido, no le estaría ofreciendo aquello. Ni siquiera estaría en su dormitorio. Pero estaba en su dormitorio y la miraba como si lo único que quisiera en el mundo fuera que ella dijera que sí.

—Por favor, Evangeline, deja que me quede.

La rodeó con el otro brazo y la sostuvo como una promesa que pretendía mantener, tocándola de un modo suave y reverente y cargado del consuelo que tanto había extrañado.

Aun así, debería haber dicho que no, pero algo había cambiado entre ellos desde que subió a su dormitorio. Sabía que eso cambiaría de nuevo al día siguiente, pero quizá no estaría tan mal aprovecharse de ello durante una noche.

—Eso sería agradable.

Y lo fue. Fue muy agradable.

Probablemente la última cosa agradable que hubo entre ellos.

31

El Rumor del Día

EL DÍA QUE TODOS HEMOS ESTADO ESPERANDO

Por Kristof Knightlinger

Casi me entristece que el príncipe Apollo vaya a casarse hoy con la que pronto será la princesa Evangeline Fox. Me lo he pasado tan bien que odio que termine. Aunque, si la mitad de los rumores que he oído sobre la boda son ciertos, será un día espectacular.

Por desgracia, parece que en la celebración real faltará al menos una persona importante. Tabitha Fortuna, de la casa Fortuna, sufrió una caída terrible hace varios días. Es difícil creer que alguien tan formidable haya sido derrotado por un tramo de escalera, pero al parecer la caída fue tan mala que ha dañado de algún modo su mente. He oído a algunas personas murmurar las palabras *sedada*, *loca* y *maldiciones mágicas*, haciendo que parezca que podría haber sido algo más que una caída. ¿O podría ser que alguien está intentando robar la luz del sol a nuestra hermosa Evangeline Fox?

32

Meses antes, un día húmedo y ventoso en el que las nubes de lluvia batallaron con el sol y salieron victoriosas, Evangeline Fox planeó su boda con Luc Navarro.

No había pensado planear una boda. Antes de aquella tarde de tormenta, ni siquiera había pensado casarse con Luc. Tenía dieciséis años; solo era una chica, y no estaba lista para convertirse en esposa. Pero la poderosa lluvia había alejado a todo el mundo de la tienda aquel día, dejándola sola con un nuevo cargamento de curiosidades que incluía una pluma con una curiosa etiqueta: *Para encontrar sueños que todavía no existen.*

Evangeline había sido incapaz de resistirse a probarla y, tan pronto como lo hizo, un sueño incipiente tomó forma. No sabía cuánto tiempo pasó dibujando, solo que, cuando su obra estuvo terminada, era la ilustración de una promesa. Evangeline y su enamorado estaban al final de una dársena cubierta de velas que hacían que el océano destellara como si fuera un mar de estrellas caídas. Solo la noche y su luna eran testigos. No había nadie más allí, solo Evangeline y su prometido. Tenían las frentes unidas… Y no habría sabido qué estaban haciendo exactamente de no ser por las palabras que su pluma había garabateado en el cielo: *Y entonces escribirán sus votos en sus manos y las colocarán en el pecho de su pareja, para que se graben en sus corazones, donde se quedarán guardadas para siempre.*

Habría sido una ceremonia que sus padres habrían aprobado. Habría sido una boda sencilla llena de promesas y amor, y de esperanzas de un futuro juntos. Habría sido justo lo contrario a lo que ocurriría aquel día.

Las enormes alas unidas a su vestido de novia se arrastraron por su dormitorio mientras miraba por una ventana bordeada de telarañas de escarcha.

Había palomas enjauladas en las torres de cada esquina de Wolf Hall, listas para ser liberadas después de que Apollo y Evangeline intercambiaran sus votos bajo un arco de hielo moteado de oro que destellaba bajo el sol de la mañana. La noche y su luna no verían aquella ceremonia, pero parecía que todo el reino estaría allí. Los ciudadanos ya estaban esperando, envueltos en sus mejores pieles y joyas. Estarían allí cuando Apollo besara a su prometida, y después, cuando se desenamorara de ella.

A Evangeline se le revolvió el estómago.

No habría ningún final feliz después de aquella boda.

La noche anterior se había sentido bien sobre su decisión, pero hoy le rompía un poquito el corazón. No debería haber dejado que Apollo pasara la noche con ella. No debió dejar que la abrazara. No debió permitir que le recordara todo lo que no tenía y que podría no volver a tener después de aquel día.

No quería que Apollo se desenamorara de ella.

Desde que le propuso matrimonio, Apollo había sido dulce, amable y considerado con ella, aunque un poco extremo en sus manifestaciones. Pero ¿cómo sería cuando el hechizo de Jacks se rompiera? ¿Todavía sería el tierno Apollo que la había abrazado durante toda la noche? ¿Sería el príncipe arrogante que la descartó tan pronto como la conoció? ¿U ocurriría otra cosa, algo incluso peor?

Evangeline intentó no pensar en la profecía del Arco Valory. Aunque había decidido que no podía confiar en nada de lo que había oído sobre el arco, no conseguía librarse del todo de sus preocupaciones. Si ella formaba parte de aquella profecía, ¿qué ocurriría cuando se cumpliera?

—¿Por qué pareces tan nerviosa? —le preguntó Marisol, acercándose a ella. Llevaba un vestido melocotón confitado con una azucarada enagua crema y un grueso cinturón de perlas, y estaba preciosa. Ahora que ya nadie la llamaba la Novia Maldita, Marisol había pasado los últimos días tomando té, probándose vestidos y disfrutando de los placeres de Wolf Hall. Parecía contenta y renovada, pero al ver la extravagancia del vestido de novia de Evangeline, sus ojos se llenaron de asombro.

A pesar de que las alas de puntas doradas eran excesivas, a Evangeline le gustaba bastante su vestido. El escote corazón era favorecedor para su pecho, más bien pequeño, y la falda era muy divertida, con infinitas capas de tela blanca imposiblemente delicada y una amplia cola de plumas doradas que fluía desde su cintura por la parte de atrás del vestido.

—No debes preocuparte por nada —le dijo Marisol—. Estás a punto de casarte con un príncipe que te adora.

No lo haría durante mucho más tiempo.

Din.

Don.

Dan.

Por un instante, la lejana campana le pareció una advertencia, hasta que lo recordó: todavía quedaba una campanillera en el patio. No era un mal augurio, solo el sonido de su suave música llegando a su fin.

—¿Y si deja de quererme? —le preguntó Evangeline—. ¿Y si nos casamos, decide que ha sido un error y nos expulsa a las dos del Norte?

—No creo que tengas que preocuparte por eso —contestó Marisol—. La mayoría de las chicas tendrían que usar la magia para que alguien las amara como Apollo te ama a ti.

Evangeline se puso tensa.

—No pretendía insinuar que lo has hechizado —se rectificó Marisol, sonrojándose de un modo que hizo pensar a Evangeline que había sido un desliz y no una insinuación malintencionada—. No es de extrañar que te quiera tanto —continuó con determinación—. Eres Evangeline Fox. Ni siquiera te has casado con el príncipe y ya hay cuentos de hadas que hablan de ti. Eres la chica que desafió a los Destinos y se convirtió en piedra, la joven que no dudó en rechazar a toda una calle de pretendientes y que llevó a su hermanastra maldita a un baile real, en el que después le robó el corazón a un príncipe. Ámalo como vives tu vida: ámalo sin contenerte, ámalo como si cada día con él fuera más mágico que el anterior, ámalo como si fuera tu destino y el mundo fuera mejor cuando estáis juntos, y él no podrá dejar de quererte nunca.

Marisol terminó su discurso con un abrazo tan cálido y sincero que era fácil creer que tenía razón. Evangeline había estado tan consumida pensando qué sentiría Apollo por ella que no había meditado demasiado en qué sentía ella *por él*. Sabía que no lo quería, pero no le sería difícil hacerlo. La noche anterior había sentido destellos de afecto por él, y aún más aquella mañana, después de pasar la noche en sus brazos.

Puede que no se hubieran enamorado a primera vista, pero sus padres le habían dicho que a veces el amor se tomaba su tiempo. Lo único que necesitaba era que él se lo diera, tiempo y una oportunidad. Quizá fuera duro cuando Jacks rompiera la maldición, pero si Apollo se lo permitía, el amor de Evangeline sería suficiente para darles a ambos un final feliz.

La esperanza no estaba perdida.

En el fondo de su cabeza, una voz diminuta le recordó que de nuevo estaba ignorando la profecía, pero decidió no escucharla. Se preocuparía de eso al día siguiente.

Salió de su suite nupcial decidida a enamorarse de su príncipe. Pero el día debía estar maldito, o la maldición de las historias había empezado a afectarle, porque no consiguió retener los recuerdos de su boda ni siquiera mientras ocurrían.

Entró en el patio nevado de Wolf Hall, con el aire frío mordiéndole las mejillas mientras una corte de rostros curiosos la miraba. Después sostuvo las manos de Apollo mientras el oficiante ataba sus muñecas con cintas de seda. Evangeline sentía su sangre corriendo por sus venas. Su piel estaba en llamas, y también la del príncipe, como si estuvieran unidos por algo más que por una cinta dorada.

—Y ahora —dijo el oficiante en voz bastante alta para que todos los presentes lo oyeran—, con mis palabras uniré a esta pareja. Anudaré no solo sus muñecas, sino también sus corazones, que desde ahora en adelante latirán como uno solo. Si una flecha atraviesa un corazón, que el otro sangre por él.

—De buena gana sangraría por ti —susurró Apollo. Le apretó las manos mientras la miraba con ardiente intensidad, como si las llamas que encendió la primera noche al besarlo se hubieran multiplicado por diez.

Evangeline solo esperaba que la chispa de Apollo siguiera viva después de que Jacks rompiera aquel encantamiento.

33

Una vez casados, Evangeline esperó que Apollo le soltara la mano, que la fulminara con una mirada furiosa, que sacudiera la cabeza como si despertara de un sueño. Pero, si acaso, se la apretó más. La miró con mayor reverencia, como si de verdad hubiera magia en sus votos y estuvieran realmente unidos.

Minutos después de la ceremonia, subieron a un trineo plateado tirado por una manada de lobos blancos como la nieve. Apollo la mantuvo caliente, abrazándola mientras se deslizaban hacia un castillo de hielo construido para durar solo aquella noche. La visión, de un azul destellante y efímero y extraordinariamente adorable, hacía que fuera más fácil mantener la esperanza y creer en que su historia acababa de empezar.

Oh, cómo le gustaría creerlo.

En el interior de sus muros, que resplandecían como el cristal, los invitados bebieron vino caliente y especiado en brillantes copas plateadas y comieron pastelillos de color verde bosque que sabían a suerte y a amor. En lugar de músicos, se abrió una enorme caja de música de la que salieron autómatas de tamaño real para tocar una melodía infinita de sonidos etéreos. Las notas eran como hilos de gasa y como colas de cometas, saltarinas y encantadoras de un modo que a Evangeline le recordó a las fábulas en las que los jóvenes quedaban tan ensimismados por la música mágica que bailaban hasta morir.

Apollo se bebió de un trago el contenido de una copa antes de dirigir su atención a la parlanchina multitud de cortesanos y nobles norteños.

—Gracias a todos por haber venido a celebrar el mejor día de mi vida. En realidad, no deseé casarme hasta que conocí a mi amada Evangeline Fox. En honor a mi esposa, descubriréis que hay zorros fantasma aquí. —Con su copa vacía, señaló a un alegre zorro hecho de humo posado sobre la escultura de hielo de un ciervo—. Son criaturas especiales. Cautivad a uno de ellos y recibiréis un regalo, para que vosotros también encontréis el amor.

—¡Por el amor y por los zorros! —exclamó la multitud, y sus voces resonaron contra el brillante hielo.

Evangeline dio un sorbo a su copa, pero apenas podía tragar. El miedo había creado un nudo en su garganta mientras esperaba a que Apollo se desenamorara de ella.

¿Por qué no había dejado de quererla?

No quería que dejara de hacerlo, pero aquella espera era una tortura.

Apollo le dedicó una sonrisa soñadora mientras los músicos autómatas tocaban una canción más lenta que flotó sobre el reluciente hielo.

—¿Estás lista para nuestro primer baile?

Evangeline consiguió asentir mientras sus ojos pasaban sobre sus hombros amplios para buscar el rostro de Jacks entre la multitud. ¿Qué estaba esperando?

¿Se habría roto la magia de Jacks? ¿Se habría olvidado de ella? ¿Habría acudido al menos a la boda?

Evangeline se obligó a seguir bailando, a seguir sonriendo, pero las alas de su espalda se volvieron más pesadas con cada giro. Jacks no parecía estar entre la multitud; no había acudido para romper el hechizo de Apollo. A menos…

¿Y si Jacks no estaba allí porque el hechizo ya se había roto? Y no lo parecía porque Apollo había llegado a amarla de verdad. Quizá fuera demasiado esperar, pero a Evangeline siempre se le había dado bien mantener la esperanza en situaciones que otros consideraban imposibles.

Se atrevió a mirar a su marido a los ojos. Los días anteriores había visto estrellas brillando en su mirada y pasión nublando su visión. Pero, justo entonces, los ojos de Apollo eran solo ojos, castaños, cálidos y serios.

—¿Qué tal estás? —le preguntó—. ¿Te sientes distinto a esta mañana?

—Por supuesto, mi amor. Estoy casado contigo. —La acercó más y la mano que tenía en su cintura se deslizó bajo sus alas para subir por su columna, enviando nuevos escalofríos por su piel—. Siento la seguridad de un centenar de reyes y la pasión de un millar de príncipes. Esta noche podría luchar contra Wolfric Valor y salir victorioso.

Su mirada podría haberse incendiado en aquel momento.

Todavía estaba embrujado.

Pero, como la noche anterior, aquello no le pareció tan terrible. ¿No se suponía que era así como un novio debía mirar a su novia justo después de la boda? Sabía que Apollo seguía hechizado, pero esperaba que también hubiera empezado a enamorarse un poquito de ella.

Apollo la hizo girar por la pista una vez más y, esta vez, Evangeline no buscó a Jacks. Lo buscaría de nuevo, pero todavía no. No en ese momento. No durante su primer baile. Disfrutaría de aquel momento. Después, buscaría al Destino y le pediría que rompiera el encantamiento.

Apollo apoyó los labios en su sien.

Murmullos nerviosos se abrieron camino entre la multitud. Sonó como una sonrisa en movimiento, como alegría y burbujas. Y después… *Silencio*.

Una oleada de quietud atravesó el resplandeciente castillo de hielo.

Evangeline dejó de mirar a su marido, esperando que Jacks hubiera llegado por fin, pero todo el mundo miraba a otro joven vestido con un jubón de rayas verdes.

No era especialmente alto y sí bastante delgado, pero caminaba entre la gente como una persona poderosa, con los hombros rectos, la cabeza alta y los ojos desafiando a cualquiera que osara decirle que no interrumpiera el primer baile de los novios.

Evangeline vio susurros morir en los labios y bocas perplejas quedándose abiertas. Cuando el joven llegó hasta ellos, toda la sala de baile estaba en silencio y solo se oía el extraño sonido metálico de los instrumentos de la caja de música y el suave repiqueteo de las patas de los zorros fantasma.

—Hola, hermano —dijo el desconocido, en voz baja y un poco ronca, como si la hubiera perdido y acabara de recuperarla.

Así que aquel era el misterioso Tiberius. No parecían hermanos, aunque Evangeline no tuvo la oportunidad de examinarlo antes de que Apollo dejara de bailar y la escondiera a su espalda.

Tiberius se rio.

—No quiero problemas —dijo Apollo.

—Entonces, ¿por qué tienes la mano en la empuñadura de tu espada? ¿Crees que voy a decirle…?

Apollo sacó la hoja de su vaina.

La mitad de los invitados contuvo el aliento y unos pocos puede que aplaudieran, ansiosos por la perspectiva de ser testigos de una rencilla real.

Evangeline tenía que hacer algo. Sospechaba que la relación entre Apollo y Tiberius era mala, pero no creía que Apollo se hubiera mostrado violento si no lo hubieran encantado para que se obsesionara con ella.

La joven se interpuso entre su marido y su cuñado.

—Cariño. —Presionó el pecho de Apollo con la mano, pero el acto ya no parecía necesario.

Tan pronto como lo llamó *cariño*, la expresión de Apollo cambió. Ella nunca usaba palabras de afecto con él, y ahora que lo había hecho, el príncipe parecía a punto de soltar la espada y besarla en mitad de la pista de baile.

Tiberius se tragó otra carcajada.

—No me puedo creer que los rumores sean ciertos. La quieres. O te han hechizado.

Evangeline se puso nerviosa. Esperaba que fuera una broma, pero quizá no lo era. Quizá sospechaba la verdad y esa era la razón por la que los hermanos habían tenido su reciente desencuentro.

Apollo la apartó y levantó su espada. La ira volvía a destellar en sus ojos.

—Insulta a mi esposa de nuevo, y te cortaré la lengua.

—Cariño —insistió Evangeline, pero la palabra no tuvo el mismo efecto.

El príncipe la ignoró y avanzó un paso hacia su hermano. Aparecieron telarañas en el hielo bajo sus botas.

Tiberius levantó una mano, rindiéndose.

—No he venido aquí a pelear. —Se giró e hizo una reverencia profunda ante Evangeline—. Mis disculpas, princesa. Me encantaría compensar cualquier ofensa con un baile.

Apollo parecía a punto de replicar con su espada, pero Evangeline se adelantó.

—Gracias. Será un honor. —A continuación, se dirigió a Apollo—: ¿Podría ser mi regalo de bodas, que los dos hagáis las paces?

Apollo apretó la mandíbula.

Evangeline contuvo el aliento. Esperaba no haberse pasado. Aquel no sería un buen momento para que el hechizo de Jacks se rompiera.

Después de un instante doloroso, Apollo envainó su espada.

—Lo que desees, esposa mía.

Los músicos autómatas comenzaron a tocar una melodía que no conocía mientras Tiberius tomaba la mano de Evangeline y se acercaba a ella mucho más de lo que debía. Seguramente quería fastidiar a su hermano, aunque la joven también sospechaba que Tiberius era un mal bailarín, de esos que no tienen paciencia para tomar clases.

De cerca, las diferencias en la apariencia de los hermanos eran incluso más obvias. El rostro de Apollo parecía toscamente tallado en lugar de cincelado, pero el de Tiberius no había sido esculpido en absoluto. Tenía la piel suave, salpicada por un rocío de pecas que le daban una apariencia pícara. No podía ser mucho mayor que Evangeline, si es que lo era. Tenía el cabello cobrizo largo, recogido en la nuca para revelar parte del tatuaje en la base del cuello que potenciaba su imagen de joven hermano rebelde.

—No eres lo que esperaba. —Tiberius entornó un ojo y levantó una ceja.

Evangeline se habría sentido ofendida por aquel escrutinio si se hubiera casado con Apollo a través de un método tradicional, pero dadas las circunstancias, la duda del joven príncipe era comprensible.

—Si te confunden las alas que estás aplastando —dijo, esperando conseguir que la soltara un poco—, por desgracia solo son parte del vestido. Estoy lejos de ser un ángel.

Tiberius curvó la boca en algo que Evangeline no sabía si era el inicio de una sonrisa o de una mueca, si intentaba causar buena impresión o si quería que supiera que no confiaba en ella. Y eso no era lo único por lo que sentía curiosidad.

—¿Por qué desapareciste después de mi compromiso con Apollo?

La sorpresa titiló en los ojos de Tiberius.

—Eres audaz.

—¿Qué esperabas?

—No mucho, si te soy sincero. Apollo solía decir… —Tiberius se detuvo con una mueca—. Lo siento, no debería decir eso en su boda. Es solo que tengo la costumbre de ser cruel con él. Es así como le demuestro mi amor.

El joven le dedicó otra sonrisa que posiblemente solo era una mueca e incrementó la velocidad de sus pasos, haciéndola girar en un rápido círculo sobre el suelo helado.

—¿Estás enamorada de mi hermano, Evangeline?

Su respiración se aceleró. *Sí* era sin duda la respuesta correcta, pero tenía la sensación de que Tiberius ya sabía que eso era mentira. La miraba como un puzle que quisiera desmontar en lugar de unir. Estaba claro que Tiberius y Apollo se habían peleado, pero tenía la sensación de que Tiberius se preocupaba de verdad por su hermano mayor y de que no confiaba en ella debido a eso.

—En el pasado, estuve enamorada de otra persona —admitió—. Cuando lo perdí, creí que nunca podría volver a querer a alguien como lo había querido a él, pero ahora espero querer a Apollo aún más. —Siempre que superaran lo que ocurriera cuando Jacks rompiera el hechizo—. También me gustaría ser tu amiga. No tengo hermanos.

Mostró a Tiberius una sonrisa tímida. Si Marisol y ella habían conseguido arreglar las cosas, también había esperanza para Apollo y Tiberius. Quizá, con el tiempo, podrían ser una familia y compensar a la gente que habían perdido. O, en el caso de Marisol, al miembro de su familia sin el que estaba mejor.

La expresión de Tiberius era inescrutable y no dejaba claro si Evangeline había pasado su examen, pero mientras la hacía girar por última vez sobre el suelo gélido, se dio cuenta de que ya no le estaba aplastando las alas.

—Gracias por el baile, Evangeline. La próxima vez que te vea, te contaré por qué desaparecí. No quiero estropearte nada más esta noche.

Tiberius hizo una reverencia formal cuando la música se detuvo.

Después se alejó, haciendo girar una pluma que había robado de sus alas.

34

Se suponía que los banquetes de boda en el Norte duraban hasta el amanecer. La gente comía y bebía hasta que todos los barriles estaban vacíos y hasta que cada miga de pastel había desaparecido. Pero, poco después del crepúsculo, cuando aún quedaban torres de pasteles y un imperio de copas esperando a ser repartidas para otro brindis, el príncipe Apollo se acercó a Evangeline y le susurró al oído:

—Adoro a mis súbditos, pero preferiría no pasar toda mi noche de bodas con ellos. —Presionó un beso largo en su lóbulo—. Escabúllete conmigo, amor. Vayamos a la suite nupcial.

Las entrañas de Evangeline se retorcieron en espirales ansiosas. Aquello había ido demasiado lejos. Tenía que encontrar a Jacks. Disfrutar del banquete no había estado mal, pero se suponía que las cosas no iban a llegar más lejos, no mientras Apollo siguiera hechizado.

Había llegado el momento de terminar con aquella maldición y descubrir qué sentía por ella de verdad el príncipe con el que se había casado.

Tuvo que prometerle a Apollo que se reuniría en la suite nupcial con él para que la dejara marchar. Aun así, notaba sus ojos sobre ella, mirándola mientras zigzagueaba entre los invitados, mientras pasaba junto a los músicos autómatas y las torres de pasteles con la misión de encontrar a Jacks.

Después de bailar con Apollo, Evangeline había visto por fin al Príncipe de Corazones abandonando el salón por uno de los pasillos helados. En ese momento, Apollo y ella estaban presentando a Marisol al grupo de nobles solteros que participarían en el juego de ajedrez con besos que había organizado para su hermanastra. Evangeline no quiso seguir a Jacks entonces, pero vio a otros que se alejaban en esa dirección. Casi todos regresaron más tarde, pálidos o alarmados, por lo que Evangeline sospechaba que Jacks estaba celebrando algún tipo de aterradora y clandestina corte.

Y parecía que tenía razón. Estaba temblando, lista para alejarse del frío de aquel castillo glacial, cuando por fin lo encontró: se había adueñado de la sala del trono. El techo tenía gruesas vigas abovedadas de hielo. Las paredes brillaban con imágenes talladas de estrellas, árboles y una sonriente luna creciente.

Jacks estaba reclinado en un trono de hielo y miraba a un zorro que parecía más corpóreo que fantasma: su pelaje era completamente blanco excepto por el círculo cobrizo que rodeaba uno de sus ojos oscuros como el carbón.

Parecía horrorizado por el animal, como si siendo tan adorable pudiera de algún modo suavizar algunos de sus bordes desagradables. Evangeline habría deseado quedarse un poco a mirar, disfrutando el hecho de que, por una vez, fuera Jacks el que estuviera en una posición incómoda.

El joven hizo una mueca cuando la criatura frotó con el hocico sus botas arañadas.

Evangeline se rio, llamando por fin su atención.

—Creo que le gustas.

—No sé por qué. —Jacks miró a la criatura con el ceño fruncido.

Esta respondió lamiendo afectuosamente la hebilla de su tobillo.

Evangeline siguió sonriendo.

—Deberías ponerle nombre.

—Si lo hago, creerá que es mi mascota.

El disgusto de Jacks solo sirvió para convencer a Evangeline de que el zorro era quizá lo mejor que le había pasado nunca a aquel Destino.

—¿Qué te parece si yo le pongo nombre por ti? ¿Qué opinas de Princesa de los Peluditos?

—Jamás vuelvas a decir eso.

Ella sonrió levemente.

—La próxima vez que haga un trato con un Destino, será con uno que tenga sentido del humor, como Veneno.

Jacks arrastró sus ojos lentamente hasta ella. Eran de un azul tan pálido como el hielo de su trono y estaban rodeados por una corona de cabello azul oscuro que el frío había ondulado alrededor de su rostro. Llevaba un jubón a medio cerrar de un azul ahumado, pantalones negro azabache y un cinturón bajo que descansaba justo sobre sus caderas, dándole la apariencia de un despeinado rey de invierno. Uno enfadado, por la mirada que echó a Evangeline.

—Esperaba que hubieras aprendido la lección sobre hacer tratos con nosotros.

—Y lo he hecho: la próxima vez que necesite algo, si hago un trato, no será contigo.

—No es algo sobre lo que se deba bromear —gruñó Jacks.

—No esperaba que te importara.

—No me importa. Pero todavía me debes un beso y, hasta que me lo cobre, serás mía. No me gusta compartir.

—Si no te conociera, pensaría que estás celoso.

—Claro que estoy celoso. Soy un Destino.

—Si eres tan envidioso, ¿por qué no has deshecho el encantamiento de Apollo?

—No podría importarme menos lo que ocurra entre los humanos.

—Entonces deshazlo, porque Apollo y yo ya estamos casados —dijo con firmeza—. Yo he cumplido mi parte del trato. Ha llegado el momento de que tú cumplas la promesa que me hiciste.

—Muy bien —dijo Jacks, arrastrando las palabras y sorprendiéndola con la facilidad con la que se mostró conforme—. Todavía creo que esta es una decisión poco meditada, pero si de verdad quieres que Apollo ya no sienta nada por ti, te diré cómo hacerlo.

Jacks sacó su daga enjoyada y se pinchó la punta del dedo, en la que apareció una gota de sangre con destellos dorados.

El zorro olfateó la gota y retrocedió con un gemido.

—¿Ves? —dijo Jacks, con debilidad—. Incluso la criatura sabe que esto es mala idea.

—No, sabe que tú eres malo. Hay una diferencia considerable. —Aunque la sangre de Jacks también hacía que ella se sintiera incómoda—. ¿Cuál es el truco?

—¿Tan difícil es creer que estoy dispuesto a mantener mi palabra?

En realidad, los Destinos eran conocidos por mantener las promesas que hacían en sus tratos. Esa era la razón por la que, a pesar de las advertencias, la gente estaba dispuesta a hacer tratos con ellos. Pero algo evitaba que ella se acercara.

—¿Te lo estás pensando mejor? No seré yo quien te juzgue si quieres mantenerlo bajo tu hechizo.

—No es mi hechizo, es el tuyo. —Evangeline dio un paso hacia el trono.

Jacks levantó las cejas, traicionando su sorpresa.

Aquello debería haberla hecho sentir victoriosa. Pero, en lugar de eso, le hizo recordar la última vez que lo había sorprendido: cuando bebió de la copa de Veneno y se convirtió en piedra.

Tragó saliva con dificultad.

Jacks se inclinó hacia delante con indolente gracia y le presionó los labios ligeramente con el dedo ensangrentado.

A Evangeline se le erizó la piel. Su mano no estaba más fría que el castillo, pero siempre la ponía nerviosa que Jacks la tocara.

—Cuando lo beses, cualquier sentimiento falso que pueda tener por ti desaparecerá. —Jacks arrastró su dedo gélido con firmeza, áspero y un poco punitivo. Aquel día, su sangre sabía amarga en lugar de dulce: era el sabor de un error—. Para que la magia funcione, debes besarlo antes del amanecer. Pero te lo advierto: si lo haces, tu príncipe no pensará que le has hecho un favor. No hay finales felices para los héroes.

35

Evangeline no había pensado bien todo aquello. Si lo hubiera hecho, le habría preguntado a Apollo dónde estaba exactamente la suite nupcial y, tras descubrir que se encontraba en la cima de una de las torres en espiral de Wolf Hall, le habría sugerido que se encontraran en otro sitio... Algún sitio más cerca del suelo, preferiblemente con varias salidas.

En realidad, no creía que Apollo fuera a tirarla por la ventana de la torre cuando lo librara de la magia de Jacks, pero todavía no sabía cómo sería Apollo después de que rompiera el hechizo. ¿Sería el príncipe dulce que le había contado cuentos de hadas, o se convertiría en el príncipe furioso que casi había atacado a su hermano aquella noche?

¿Sería aquel el auténtico principio de su historia de amor, o su final?

Evangeline estaba decidida a amar a Apollo y a conseguir que su matrimonio funcionara después de que se rompiera el hechizo, pero lo único que podía oír eran las palabras de Jacks: *Tu príncipe no pensará que le has hecho un favor.*

Había seis soldados protegiendo la suite nupcial en la que estaba a punto de entrar.

De repente, la idea de marcharse y dejar las cosas tal como estaban le parecía muy tentadora.

O podría entrar y evitar besar a Apollo. Tenía hasta el alba para romper el hechizo. ¿Y si entraba pero no lo besaba de inmediato? Podían quedarse despiertos charlando. ¿Cuánto quedaba hasta el amanecer?

Intentó tomar aire profundamente, pero este se quedó alojado en algún punto de su garganta mientras se acercaba a la puerta de la suite nupcial. No se marchó, pero deseó hacerlo en cuanto entró y la puerta se cerró a su espalda.

La habitación estaba demasiado caliente, por la llama de un centenar de velas encendidas, y demasiado dulce, por el intenso aroma de un millar de pétalos de flores blancas. Cubrían casi todas las superficies, desde el suelo a los sofás y a la enorme cama con dosel.

—Hola, amor mío —ronroneó Apollo, tumbado en esa misma cama con una pose que decía *ven aquí*. Ya se había quitado la camisa; lo único que llevaba era una enorme piedra de ámbar sobre su pecho desnudo, cubierto de algo brillante que parecía aceite.

A Evangeline se le revolvió el estómago. Cualquier duda que tuviera sobre besarlo aquella noche, desapareció. Tenía que poner fin a aquello, por duro que fuera para ella después.

—Me has hecho esperar, esposa. —El joven arrastró un pétalo sobre su pecho aceitado.

El miedo se unió al aliento todavía atrapado en su garganta. Esperaba que no la odiara cuando deshiciera aquello, pero en aquel momento parecía poco probable.

—Solo necesito un momento —dijo, deteniéndolo. No era demasiado aficionada al vino, pero había una bonita botella de color ciruela sobre una mesa tallada y se sirvió una copa generosa.

La bebida tenía burbujitas, pero sabía a moras podridas y a sal. Estuvo a punto de escupirla, pero todavía no estaba lista para acercarse a Apollo. Tomó otro trago largo, terminándose la mitad de la copa. Podría haber seguido, pero no quería emborracharse.

Soltó el vino y se dirigió con valentía a la cama.

Apollo se lamió los labios.

Antes de perder los nervios, Evangeline cerró los ojos y lo besó.

Él la rodeó con sus brazos, resbaladizos y cálidos. Tiró de ella hacia la cama y Evangeline no intentó resistirse. Aquello terminaría pronto; todo terminaría pronto. Mientras lo pensaba, notó que Apollo apartaba la lengua y la soltaba.

Evangeline escapó de sus brazos.

Apollo no intentó retenerla, como habría hecho normalmente. De hecho, le dio un pequeño empujón mientras se erguía sobre la cama.

Tenía los puños cerrados y los hombros tensos. Abrió la boca y la cerró con fuerza mientras miraba los pétalos de flores, las velas y su propio pecho aceitado.

Frunció el ceño, se pasó una mano por el abdomen y se limpió el aceite con la colcha.

La habitación se hizo más pequeña y el aire se volvió demasiado caliente y empalagoso por el aroma de todas las flores, pero lo más asfixiante era el silencio de Apollo.

Evangeline nunca había comprendido por qué había tardado tanto en dejar de querer a Luc. Incluso cuando no quería amarlo, el sentimiento perduró. La gente lo llamaba caer en el desamor, pero caer era fácil; olvidar a Luc había sido más parecido a escalar una pared de roca. Había trepado usando las uñas, luchando por escapar de él, por olvidarlo, por encontrar otra cosa a la que aferrarse.

Solo había querido olvidarlo, cerrar los ojos y que todo desapareciera. Pero había razones por las que las emociones poderosas no desaparecían en un parpadeo, razones por las que una persona tenía que hacerse más fuerte que sus sentimientos para dejarlos ir.

Apollo agarró las sábanas de la cama con fuerza. Después, se frotó la cara con una mano y toda la ira desapareció, reemplazada por un dolor crudo. Tenía los ojos enrojecidos, una mueca en la boca y la mandíbula apretada tan fuerte como si fuera a romperse.

—¿Qué has hecho, Evangeline? —le preguntó con brusquedad. No gritó, pero sin duda habló lo bastante alto para que lo oyeran los guardias al otro lado de la puerta—. ¿Por qué me siento como si me hubieras apuñalado en el corazón?

Hizo una mueca de dolor y cerró los ojos.

Evangeline tenía un nudo de remordimiento en la garganta. Intentó tragarse lo que parecía un sollozo. Había esperado que se enfadara, pero no había esperado que pareciera tan herido.

Quería tocarlo, ofrecerle consuelo, pero seguramente sería mejor dejarle espacio.

—Lo siento… No quería hacerte daño —le dijo, levantándose de la cama.

—No… —Apollo le agarró la mano—. Yo… Nosotros… Esto…

Evangeline creía que estaba intentando decidir qué decir.

Entonces, de repente, le soltó la mano, su piel se tornó gris, sus hombros se encorvaron, puso los ojos en blanco y se derrumbó sobre la cama.

Su cabeza cayó de un modo horrible hacia el lado.

—¡Apollo! —Evangeline se lanzó sobre él y le puso una mano en el pecho. Estaba resbaladizo y caliente, pero no se movía—. Apollo… Apollo.

Repitió su nombre mientras buscaba un pulso en su cuello que no consiguió encontrar. Volvió a mover las manos hasta su pecho, donde se había tatuado su nombre en el interior de un corazón hecho de espadas. Tampoco tenía latido, pero la piel alrededor del tatuaje había adquirido un extraño tono de azul.

No. No. No. No. No.

Lo zarandeó.

No ocurrió nada.

—¡Apollo, despierta! —gritó, y las lágrimas de pánico acudieron a ella rápidamente y con fuerza.

Lo zarandeó de nuevo. Tenía que moverse. Tenía que respirar. Tenía que estar vivo. No podía estar muerto. No podía estar muerto. No podía estar muerto. Si estaba muerto…

Otro sollozo le estranguló la garganta mientras se le ocurría el peor pensamiento de todos. Si Apollo estaba muerto, eso significaría no solo que su beso había roto el encantamiento, sino que lo había matado. Lo había matado ella, y Jacks la había engañado para hacerlo.

36

Una vez, Jacks le dijo a Evangeline: «No tiene sentido hacer que alguien cometa un asesinato si vas a estar en la misma habitación que ellos». Y el último beso entre Evangeline y Apollo fue el primer beso mágico en el que Jacks no había estado presente.

—¡Ayuda! —gritó mientras los sollozos rotos le carcomían el pecho.

La puerta se abrió y la suite, que minutos antes había estado llena de fuego y pétalos de flores, se sumió en un ajetreo de botas pesadas, armas brillantes y maldiciones incontenidas.

—Necesitamos un médico —sollozó Evangeline. Parecía demasiado pronto para llorar, pero no podía contener las lágrimas.

—¿Qué le has hecho?

—¡Creo que está muerto!

—¡Lo ha matado ella!

Las espadas de los soldados volaron como flechas, rápidas y afiladas, mientras dos hombres la levantaban de la cama por las alas, haciendo que las plumas flotaran por todas partes.

—Sal de aquí —le ordenó alguien.

—Esperad… —protestó Evangeline entre lágrimas. Sabía que aquello era parcialmente culpa de ella, pero no era la única culpable—. Yo… Yo no… Yo no…

—Lo oímos gritarte. Y ahora… —El soldado ni siquiera terminó. Dejó que las palabras se cernieran en el aire mientras otros dos guardias la empujaban hacia la puerta—. Atadla en una habitación vacía. Y vosotros —señaló a otro par de soldados—, buscad al príncipe Tiberius. Sed discretos. Debemos mantener esto en secreto por ahora.

Evangeline intentó protestar, pero sus palabras quedaron estranguladas por más sollozos, unos sollozos terribles, tan intensos que apenas sentía el frío de la torre o la fuerza punitiva de los soldados que la arrastraban escaleras abajo, destrozando sus alas en cada tramo y dejando un rastro de plumas y lágrimas.

—Tenéis… Tenéis que buscar a lord Jacks —consiguió decir al final—. Esto es culpa de él… Es el Príncipe de Corazones.

—Ponedle una mordaza —gruñó el soldado más bajito tras empujarla a una oscura habitación que olía a humedad y a polvo. A continuación, le arrancaron el resto de las alas y un aire implacable y frío le golpeó la espalda cuando la sentaron en una solitaria silla de madera. Le ataron las muñecas a los reposabrazos y los tobillos a las patas, y el soldado bajito le metió un trapo fétido en la boca.

La suciedad detuvo sus súplicas y sus lágrimas cesaron por un momento que no duró demasiado. En el silencio que siguió, lo único que oyó fueron las palabras *asesina* y *loca*, y lo único que pudo ver fueron los ojos desolados de Apollo hasta que una inundación de lágrimas emborronó incluso ese recuerdo.

—¿Por qué no la hace callar la mordaza? —preguntó el soldado bajito.

—Déjala llorar —murmuró el otro. Era más ancho y llevaba la cabeza afeitada. Estaba encendiendo el fuego en la chimenea vacía. Lo reconoció como el guardia personal de Apollo: Havelock. No creía que le importara que tuviera frío, pero la habitación abandonada parecía de hielo y dudaba de que fueran a dejarla allí a solas. Tampoco era que pudiera escapar. Aunque la desataran, no llegaría muy lejos en su estado. Sollozó con más fuerza.

Había matado a Apollo.

Apollo estaba muerto.

Apollo estaba muerto, y ella lo había matado.

—Tienes que callarte ya.

El soldado bajito levantó una mano para golpearla y…

—¿Así es como la guardia real trata a la que va a ser su reina? —preguntó Jacks, arrastrando las palabras, al aparecer en la puerta entreabierta. Era difícil verlo a través de la oscuridad y las lágrimas, pero la crueldad de su voz era inconfundible.

¡Es el Príncipe de Corazones! ¡Él es el asesino! Evangeline intentó gritarlo, pero la horrible mordaza todavía le llenaba la boca. Y a los guardias les pasaba algo; ninguno de ellos se movió.

Evangeline balanceó su silla en un débil intento por liberarse.

—Evita que se haga daño —dijo Jacks sin emoción.

El soldado bajito que había estado a punto de golpearla puso una mano firme en el respaldo de su silla para evitar que la volcara.

¿Qué estaba pasando?

Era como si los soldados estuvieran poseídos. Havelock miraba a Jacks como alguien contemplaría una sombra sosteniendo un cuchillo, pero aun así no se movió hasta que Jacks entró en la habitación y dijo en voz baja:

—Marchaos.

Sin decir nada, ambos soldados salieron de la estancia dejando a Evangeline atada y a solas con el Príncipe de Corazones.

¡Aléjate de mí!, intentó gritar, balanceando la silla de nuevo mientras Jacks se acercaba.

No debería haberlo visto en la penumbra, pero en los ojos de Jacks ardían llamas azules. El Destino se fijó en las alas doradas que yacían rotas a sus pies, en el dobladillo rasgado de su falda blanca y en el rastro de lágrimas que cubría sus mejillas.

Deja de llorar. La voz de Jacks fue un susurro tranquilo que invadió sus pensamientos. *No estás triste. Estás tranquila y te alegras de verme.*

Evangeline lo fulminó con la mirada, deseando poder decirle lo infeliz que la hacía su presencia. En realidad no quería llorar delante de Jacks, pero verlo allí tan frío y desalmado solo servía para recordarle el modo en el que Apollo había muerto.

Las lágrimas siguieron bajando por sus mejillas.

Jacks entornó los ojos y avanzó hasta un charco a los pies de Evangeline.

—¿*Todo* eso son lágrimas?

Algo parecido a la alarma atravesó sus ojos, aunque Evangeline no creyó ni por un segundo que estuviera preocupado por ella. Iba a matarla, igual que había matado a Apollo, para que nunca pudiera contarle a nadie lo que había hecho.

Se preparó mientras Jacks extendía la mano hacia la mordaza que tenía en la boca.

—¡Asesino! —gritó tan pronto como se la quitó—. No te…

La mano de Jacks voló sobre sus labios.

—¿De verdad quieres que vuelva a meterte este trapo asqueroso en la boca?

Evangeline se tensó.

Él le mostró una tajada de sonrisa.

—Ahora voy a hacerte una pregunta y tú me responderás sin gritar. ¿Cuánto tiempo llevas llorando así?

El Destino apartó la mano con lentitud.

Para horror de Evangeline, las lágrimas volvieron a manar antes de que consiguiera hablar.

—No finjas que te importa mi dolor. Vas a matarme igual que has matado a Apollo.

—Yo no he asesinado a Apollo, y no tengo intención de hacerte daño. Todavía te necesito para que cumplas esa profecía, ¿recuerdas?

—Nunca volveré a ayudarte con nada más —le espetó Evangeline, o lo intentó. Pronunció las palabras mientras se sorbía los mocos humillantemente—. Preferiría quedarme aquí atada para siempre antes que ayudarte.

—No deberías ser tan irreflexiva.

Jacks sacó su daga enjoyada pero, en lugar de buscar su garganta o su corazón, se agachó y cortó la cuerda que ataba su tobillo derecho a la silla.

Evangeline le dio una patada con la pierna libre.

Pero, por supuesto, Jacks fue más rápido. Su mano fría le rodeó la pantorrilla y la elevó lo suficiente para que su vestido se subiera temerariamente y para hacerle perder el equilibrio mientras él se levantaba.

—Si quieres vivir, tienes que dejar de luchar contra mí.

—Nunca dejaré de luchar contra ti. ¡Me engañaste para que asesinara a Apollo! Creí que estaba ayudándolo, pero murió tan pronto como lo besé.

Jacks apretó la mandíbula.

—Apollo no murió porque lo besaras. No había magia en ese beso.

—Pero…

—Nunca hubo magia en tus besos —la interrumpió Jacks—. Cuando Apollo se enamoró de ti, no fue porque lo besaras, fue porque yo lo quise.

—¿Cómo es posible?

—Soy un Destino. ¿De verdad crees que mi único poder está en mis besos? —Jacks sonaba bastante insultado—. No sería demasiado aterrador, si eso fuera lo único que puedo hacer. Y antes de que me repliques y me hagas perder más tiempo diciéndome que no me crees, acabas de verme usar mi habilidad con los soldados a los que he ordenado que salieran de la habitación. Ni siquiera he tenido que tocarlos. Solo te pedí que besaras a Apollo y a lady Fortuna porque era divertido y porque, cuando mi magia se agotara, no sería yo sino tú quien sufriría las consecuencias. La gente tiende a evitarte y a desconfiar de ti cuando saben que puedes controlar sus sentimientos. Te he manipulado, pero no asesiné a tu príncipe.

Evangeline intentó fulminar a Jacks con la mirada a través de las lágrimas. En realidad, no quería creer o aceptar que aquello tenía sentido. Quería culparlo de la muerte de Apollo. Quería darle una patada y gritar. Pero, cuando intentó hacerlo, lo único que emitió fue un sollozo frustrado.

—Si estás diciéndome la verdad, usa tu magia conmigo. —Evangeline soltó un hipido—. Úsala para detener mis lágrimas.

—Lo he intentado, pero no ha funcionado. —Jacks hizo una mueca mientras otra cascada caía de los ojos de Evangeline—. Tus lágrimas no son normales. Creo que podrías haber sido envenenada.

—¡Es dolor, Jacks, no veneno! Apollo acaba de morir delante de mí.

—No te estoy criticando por ser emocional. —Jacks apretó la mandíbula—. Pero si esto fueran solo tus sentimientos, debería poder quitártelos.

Evangeline recordó las palabras que había dicho en voz baja poco después de entrar en la habitación.

—Tú… intentaste que me alegrara de verte.

Jacks no respondió, pero la mirada brutal que le echó la hizo sospechar que no debería haber oído sus palabras.

—Algo antinatural está amplificando tus emociones —dijo con voz ronca—. Hay otro Destino que llora lágrimas envenenadas con el poder de matar a alguien rompiéndole el corazón. Creo que alguien te ha envenenado con esas lágrimas y, si no te buscamos una cura pronto, llorarás hasta morir.

Evangeline quería seguir discutiendo. Que sus poderes no funcionaran con ella no significaba que estuviera envenenada. Estaba sufriendo: su marido había muerto ante sus ojos. Pero, antes de poder hablar, la golpeó una nueva oleada de sollozos incontrolables que parecían veneno. Nunca había llorado con tanta fuerza, en toda su vida.

Se sentía apesadumbrada por toda la tristeza de su existencia. Las lágrimas le quemaban las mejillas al caer. Y recordó el sabor del vino salado que casi había escupido. ¿Así la habían envenenado? ¿Era posible que el vino hubiera matado también a Apollo? Él no había llorado, pero la última expresión de su rostro había sido de completa desolación.

Jacks le soltó el tobillo por fin. Cuando terminó de cortar el resto de las cuerdas, le deslizó un brazo alrededor de los hombros para ayudarla a ponerse en pie.

—¡Suéltame!

Evangeline intentó zafarse de él. Aunque Jacks no hubiera matado a Apollo, no quería que le acercara sus manos frías, sus brazos fríos, o el hielo de roca sólida que tenía por pecho. No obstante, tenía las piernas tan débiles como el hilo y se descubrió apoyándose en él en lugar de apartarse.

Jacks se quedó tan rígido como si, en lugar de su cuerpo, acabara de presionar un cuchillo en su costado. Y entonces la tomó en sus brazos y se la puso al hombro.

—¿Qué estás haciendo? —chilló Evangeline entre sollozos. Incluso como salvador era penoso.

—Apenas puedes mantenerte en pie y tenemos que movernos con rapidez si queremos salir de aquí.

—¿No puedes...? —Intentó liberarse, pero Jacks la mantenía sujeta sobre su hombro con la fuerza del hierro—. ¿No puedes hechizar a todos los que nos topemos?

—Mi magia no funciona en el Norte como lo haría en cualquier otro sitio —gruñó.

En otras palabras, no. Su poder para controlar las emociones de la gente tenía un límite. Evangeline buscó en sus pensamientos frenéticos, procurando recordar el momento en el que su magia había dejado de funcionar con la matriarca Fortuna. Había creído romper el hechizo con su pregunta sobre las piedras, pero debió ser que Jacks había dejado de controlarla. Seguramente necesitaba una gran cantidad de poder para hacer que Apollo la amara con tanta intensidad, y no le había quedado magia suficiente para manejar a la matriarca durante mucho tiempo.

Quizá solo pudiera controlar a un par de personas a la vez. De lo contrario, suponía que habría usado su magia con todo el mundo. Aquella noche, había manipulado a dos guardias y se había enfadado al no poder controlarla a ella, así que al menos podía manipular a tres, pero quizá no a más.

Jacks se arrancó la capa de los hombros y cubrió a Evangeline con ella. Mientras la sacaba de Wolf Hall y la dejaba en un trineo más frío que la noche, no vio nada.

—Casi hemos llegado.

Fueron las únicas palabras que dijo durante el viaje, a menos que no hubiera oído el resto entre sus sollozos sin fin. Dejaban rastros helados sobre sus mejillas que comenzaron a congelarse y a cerrarle los párpados.

El trineo se detuvo y Jacks volvió a tomarla en sus brazos.

No podía ver a dónde iban. Jacks la mantenía cubierta con su capa y presionada con fuerza contra su pecho. Era la primera vez que lo notaba caliente, y se estremeció al pensar en lo que eso significaba.

Meses antes se había convertido en piedra, pero ahora se sentía como si se estuviera convirtiendo en hielo. Jacks caminó sobre lo que sonaba como nieve y después comenzó a subir lo que parecía un tramo eterno de escalones. Esperaba que la estuviera llevando a algún sitio caliente; entrar en calor estaría muy bien. No obstante, aunque Jacks consiguiera abrirle los ojos y librarla del veneno que la estaba destrozando, eso no sería suficiente para borrar el hecho de que ahora era una fugitiva, viuda y huérfana. Lo único que tenía era un Destino en quien no confiaba y que ni siquiera le caía bien…

—No empieces a rendirte —gruñó Jacks—. Rendirte al veneno lo hará actuar más rápido.

Una llamada rápida a una puerta siguió a sus palabras. Después otra, y otra, y otra…

La puerta se abrió por fin.

—¿Jacks? —La voz era femenina y le resultaba ligeramente familiar—. ¿Qué diantres…?

—Necesita que la salves —replicó Jacks.

—¿Qué le has hecho? —exigió saber la chica, y a Evangeline le cayó bien.

—Creo que ambos sabemos que esto no es cosa mía.

—¿Estás…? No importa, tráela dentro. Y no la sueltes —le advirtió la chica—. Si la sueltas, podría perder el conocimiento. Intenta consolarla mientras fabrico un antídoto. Finge que es alguien que te importa.

Jacks abrazó a Evangeline con más fuerza.

El mundo se volvió entonces más cálido, chisporroteante y feroz, y no le importó que Jacks la abrazara mientras siguiera adentrándose en la calidez. No abrió los ojos, pero después de algunos ajustes bruscos, Jacks la bajó hasta su regazo.

Suponía que estaban delante de una chimenea y que Jacks se había sentado en el escalón, sosteniéndola con tanto afecto como manipularía un leño que estuviera a punto de lanzar a las llamas.

—Hay modos de morir mucho mejores que este, Pequeño Zorrillo.

—Tus intentos de consolarme son trá… trágicos —tartamudeó Evangeline.

—Sigues viva —refunfuñó. Buscó sus párpados con los dedos y le limpió el hielo fundido con caricias tan suaves como plumas.

Puede que no fuera un caso perdido. Se preguntó si le faltaría práctica. Consolar a alguien era un acto íntimo y, según las historias, la intimidad con Jacks no solía terminar bien. Pero sin duda sabía ser amable. Sintió que se derretía poco a poco mientras sus dedos bajaban hasta sus mejillas para limpiar las lágrimas congeladas.

—Toma. —Era la voz de la otra joven—. Dale esto.

La mano de Jacks abandonó la mejilla de Evangeline. Después, sus dedos regresaron a ella y rozaron sus labios con vacilación. Los pintó lentamente, con cuidado, como había hecho en el pasado con su sangre. Pero, a diferencia de su sangre, aquello no sabía dulce o amargo. En realidad, no sabía a nada; era más como esa burbujeante sensación que acompañaba al momento justo antes de un beso.

—El antídoto está funcionando —dijo la chica.

—¿Significa eso que puedo soltarla?

—Sí —consiguió decir Evangeline en el mismo momento en el que la chica volvía a hablar.

—No, a menos que quieras que muera. Necesitará contacto físico durante al menos un día entero para que la cura surta efecto.

Evangeline tenía la sensación de que la joven estaba jugando con Jacks; *tenía que estar jugando con él*. Pero, aunque no fuera así, no se imaginaba a Jacks abrazándola, a ella o a cualquier otra persona, durante tanto tiempo. Y, aun así, él no se movió para soltarla.

Jacks se aferró a ella como si se la tuviera jurada, con el cuerpo tan rígido y tenso como si no quisiera que estuviera allí, y a pesar de ello sus brazos se tensaron alrededor de su cintura como si no tuviera la intención de dejarla nunca.

PARTE III

Caos

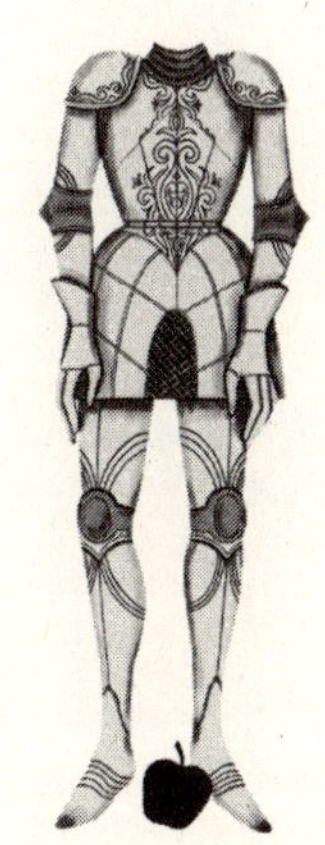

37

Evangeline despertó entre unos brazos implacables. Intentó liberarse, pero Jacks la abrazó con fuerza mientras abría los ojos y se adaptaba lentamente a la cálida luz del día.

Ni siquiera había sido consciente de haberse quedado dormida, pero debía haber dormitado en el regazo de Jacks. El calor se arremolinó en su estómago y subió hasta sus mejillas. Era una tontería sentirse avergonzada; había estado a punto de morir y Jacks le había salvado la vida. Si hubiera sido otra persona quien se había tomado tantas molestias (rescatarla de los soldados, llevarla a través de la nieve a medianoche, buscarle una cura), habría pensado que significaba algo. Pero aunque Jacks la hubiera abrazado durante toda la noche, sus brazos parecían de madera y su pecho era una roca plana contra su cabeza. No se habían acurrucado mientras ella dormía. Jacks solo la había salvado porque necesitaba que siguiera con vida para cumplir la profecía.

Evangeline sabía que Jacks le había mentido cuando le dijo que la profecía era vieja y polvorienta y que no tenía que preocuparse por el Arco Valory. Sin la profecía, el Destino nunca la habría salvado, ni la habría puesto en tantas situaciones terribles.

Intentó moverse, pero sentía las extremidades tan pesadas como el plomo. Lo único que pudo hacer fue parpadear para quitarse el sueño de los ojos mientras se fijaba por fin en lo que la rodeaba.

Una luz tan suave como la mantequilla atravesaba las ventanas redondeadas, dorando cada superficie del apartamento inesperadamente iluminado en el que se encontraba. Las paredes estaban decoradas con llamativas flores amarillas y naranjas, los estantes estaban cubiertos de purpurina y los libros que había en ellos estaban ordenados por el color del lomo. Aun así, nada era ni de lejos tan luminoso como la chica vestida con una bata de lentejuelas que estaba recostada en el diván de rayas rojizas que había justo delante de Evangeline y de Jacks.

—¿LaLa?

—Hola, amiga. —La sonrisa de LaLa era casi incandescente.

Evangeline no consiguió decidir si estaba terriblemente desubicada o si encajaba a la perfección en aquel extraño retablo.

Abrió la boca para ser educada y darle las gracias. Estaba bastante segura de que había sido LaLa quien le entregó a Jacks la cura que le había salvado la vida. Seguramente también debía agradecerle a Jacks que la hubiera llevado hasta allí. Y, aun así, de algún modo, de su boca no salió nada ni remotamente relacionado con la gratitud.

—Estoy confundida. ¿De qué os conocéis vosotros dos?

—Ella es la Destino que te envenenó —le dijo Jacks.

LaLa lo fulminó con la mirada.

—Esta es la razón por la que todo el mundo te odia.

Jacks se rio en respuesta, como si estuvieran *coqueteando*. ¿Era así como coqueteaban los Destinos, con acusaciones de asesinato? Todavía aprisionada en su regazo, Evangeline no podía verle bien la cara. Pero, por la despreocupación con la que había hecho su afirmación sobre LaLa, tenía la impresión de que en realidad no creía que LaLa hubiera intentado matarla.

Por desgracia, era difícil estar segura de nada con Jacks. Evangeline tenía la sensación de que a LaLa no le caía bien Jacks, pero quizá se sintiera atraída por él o hubieran tenido algún tipo de relación secreta. Las mejillas de LaLa se cubrieron de un bonito rubor mientras discutían.

LaLa le explicó entonces que, efectivamente, era una Destino (la Novia Abandonada), aunque no le apetecía detenerse demasiado en ello. Evangeline no la culpaba. En las Barajas del Porvenir, la Novia Abandonada siempre era representada con un velo de lágrimas. Simbolizaba el rechazo, la pérdida y los finales infelices. Parecía que, a diferencia de Jacks, LaLa podía encontrar a alguien que la amara siempre que quisiera, pero ese amor estaba condenado a no durar. Todas las chicas temían convertirse en la Novia Abandonada y Evangeline la había compadecido cuando solo era un símbolo, pero la LaLa real casi le hacía sentir envidia.

LaLa no era una doncella lánguida consumida por un amor perdido; era la chica más atrevida de la fiesta, la que no temía bailar sola o dejar entrar a un par de fugitivos en su casa después de que llamaran a su puerta en mitad de la noche. Tenía magia y confianza, y no temía discutir con Jacks. No hacía que estar sola pareciera tan triste como Evangeline había temido siempre. Lo hacía parecer una aventura, como si cada momento fuera el inicio de una historia con infinitas posibilidades.

—Fueron mis lágrimas las que te envenenaron —dijo LaLa—, pero yo no intenté matarte, ni a ti ni al príncipe Apollo. Vendí algunos viales de lágrimas hace años y sospecho que alguien usó uno de ellos. Te diría quién, pero ha pasado mucho tiempo desde que vendí las lágrimas y no sé dónde estarán ahora. Lo juro. No he hecho daño a nadie desde que llegué al Norte. Como la mayor parte de los Destinos, hui aquí para comenzar de nuevo... Después de que Jacks consiguiera que nos exiliaran a todos.

—No fui yo quien consiguió que nos exiliaran —la interrumpió Jacks.

LaLa le echó una mirada agria.

—Es posible que no fuera solo culpa tuya que nos expulsaran del sur, pero he oído algunas de las cosas que le hiciste a la hermana pequeña de la emperatriz. La gente dice que te obsesionaste con ella.

—Esto se está volviendo tedioso.

De repente, Jacks sonaba aburrido, pero Evangeline sintió cada centímetro de su cuerpo tensándose ante la mención de la hermana de la emperatriz, la chica que LaLa le había dicho que le había roto el corazón.

¿Era ese el origen de lo que estaba pasando entre LaLa y Jacks? ¿Estaba celosa de aquella otra chica?

—Ni siquiera me acuerdo de ella —dijo Jacks, arrastrando las palabras—. Y, justo ahora, creo que deberíamos concentrarnos en el pasado de la humana, no en el mío.

Una de sus manos abandonó la cintura de Evangeline para tirar un papel en su regazo.

El Rumor del Día

¡ASESINATO!

Por Kristof Knightlinger

Nuestro adorado príncipe Apollo ha fallecido. Mientras escribo esto, las lágrimas no dejan de emborronar la tinta, porque, por desgracia, esto no es un rumor. Todos los informes que he recibido de Wolf Hall, donde el príncipe contrajo matrimonio ayer, afirman lo mismo. Su Alteza fue asesinado en la suite nupcial.

La noticia se extendió rápidamente gracias a los gritos de la princesa Evangeline, que fueron oídos por todos los guardias y criados.

«Ni siquiera sabía que un humano podía llorar así», me contó una fuente cercana a la princesa.

No obstante, no todos los empleados del servicio real están convencidos de la sinceridad del dolor de la princesa Evangeline, sobre todo ahora que ha desaparecido.

En Wolf Hall, algunos susurran que es una seductora asesina y que huyó con su cómplice, el legendario Príncipe de Corazones.

No creo que sea verdad, y sé que hay otros que están de acuerdo conmigo. Nuestro nuevo príncipe heredero, Tiberius, está muy preocupado por su cuñada. Cree que podría haber sido secuestrada por el verdadero asesino del príncipe Apollo. Ha enviado a los soldados por todo Valorfell y las provincias vecinas para buscar a Evangeline y traerla de nuevo a la seguridad del recinto real.

Evangeline soltó el periódico.

Fue tentador cerrar los ojos y acurrucarse en una bola tan pronto como terminó de leer. Impresas, las palabras sobre Apollo parecían muy frías y hacían que todo pareciera incluso más definitivo. Apollo estaba muerto, y no volvería a verlo más. Nunca tendría la oportunidad de arreglar las cosas o de comenzar de nuevo, como había planeado. El día anterior, a aquella misma hora, habían intercambiado sus votos nupciales. Apollo había dicho que sangraría por ella, y Evangeline temía que realmente hubiera muerto por ella.

Sabía que su muerte no era culpa de ella, pero se sentía responsable, como si Apollo hubiera sido lo bastante fuerte para luchar contra el veneno si ella no acabara de romperle el corazón al deshacer el encantamiento de Jacks.

Lo siento mucho, Apollo.

Se le constriñó el pecho y le escocieron los ojos, pero debió haber vertido todas sus lágrimas la noche anterior, pues no comenzó a llorar de nuevo.

Con un resoplido seco, volvió a mirar el frío papel blanco y negro que había tirado. Esta vez, las palabras *asesina* y *seductora* fueron las que destacaron.

Esperaba que la gente no lo creyera. Pero, si seguía allí con Jacks, seguramente lo harían.

—Gracias a ambos por salvarme, pero tengo que regresar a Wolf Hall y contarle a Tiberius lo que ocurrió en realidad. Si la gente cree que yo hice esto, no buscarán al verdadero asesino de Apollo.

—¿Estás loca? —Jacks la hizo girarse sobre su regazo para mirarla con furia—. No puedes volver a Wolf Hall. Te garantizo que Tiberius Acadian no te está buscando porque esté preocupado por ti. Quiere encontrarte para poder culparte del asesinato, lo que no será difícil. El cuerpo de Apollo ni siquiera se había enfriado cuando oí por primera vez que habíais discutido justo antes de que lo encontraran muerto en la suite nupcial.

—Odio decirlo, pero tiene razón —apuntó LaLa, tomando una taza de té de una mesa baja con gran cantidad de comida y varias botellas vacías de las Aguas Maravillosamente Saborizadas de Fortuna—. Serías una excelente sospechosa de asesinato: la huérfana que se convierte en salvadora, novia y asesina. En realidad, me sorprende que no fuera ese el titular de Kristof.

—Seguramente lo será mañana —dijo Jacks.

—¡Pero yo no lo maté! Debería haber pruebas de que lo hizo otra persona… Quizá fue una de las otras chicas que querían casarse con él.

Evangeline comenzó a levantarse.

Jacks le rodeó la cintura con los brazos, manteniéndola cautiva sobre su regazo.

—Cuando te hayan detenido, a Tiberius y a sus guardias no les importarán las pruebas. Por lo que sabemos, Tiberius podría haberos envenenado para quedarse con el trono. Lo único que necesita para ser rey es una esposa.

—No creo que él hiciera esto —replicó Evangeline. Sabía que los hermanos habían tenido sus diferencias y que, ahora que Apollo estaba muerto, Tiberius sería el heredero al trono. Pero el día anterior había tenido la impresión de que Tiberius se preocupaba sinceramente por Apollo. Y la alternativa a confiar en Tiberius era confiar en Jacks.

—Serías tonta si pusieras tu vida en las manos de Tiberius —le dijo Jacks—. El único modo de limpiar tu nombre es descubrir quién hizo esto en realidad. Yo soy tu mejor opción para eso.

—¿Esperas que crea que te importa quién es el verdadero asesino?

La expresión de Jacks se volvió adusta.

—A mí también me acusan de este crimen.

—Soy muy consciente de ello, Jacks, pero también sé que el Príncipe de Corazones ha estado relacionado con asesinatos mucho antes de que Apollo muriera anoche.

Jacks no contestó de inmediato, pero Evangeline sintió su mano en la espalda, agarrando la tela de su destrozado vestido de novia y traicionando su creciente frustración.

—¿Qué otra opción tienes, además de confiar en mí?

—¡Puedo investigarlo sola!

Pero, incluso al decirlo, Evangeline ya sabía que no llegaría lejos sin ayuda.

No obstante, confiar en Jacks era una idea horrible. Jacks mantenía su palabra, pero también hacía cosas terribles, como convertir a la gente en piedra. Y ella sabía que Jacks solo le había ofrecido ayuda porque creía que era la plebeya reconvertida en princesa de la profecía del Arco Valory, lo que seguramente la metería en más problemas. Se preguntaba si aquella profecía también tendría algo que ver con la muerte de Apollo. ¿Era solo una coincidencia que su príncipe hubiera muerto la noche en la que se convirtió en la princesa de la profecía? Quería preguntárselo a Jacks, pero no creía que fuera prudente sacar el tema del Arco Valory delante de LaLa, por si eso provocaba en ella una reacción violenta.

No creía que eso fuera a ocurrir, pero tampoco creía que LaLa (o cualquier otro Destino) pensara que la existencia del Arco Valory era parte de un cuento de hadas, como había hecho Apollo.

Al recordarlo, un temblor la atravesó. Mientras le hablaba del arco, se había mostrado muy divertido, dulce y animado, muy vivo. Y debería seguir vivo. Tenía que descubrir quién lo había asesinado y, por reacia que se sintiera a admitirlo, Jacks era su mejor opción, y probablemente la única.

—Si me quedo contigo, será con algunas reglas. —Se apartó de Jacks y se irguió para mirarlo. Aunque estaba sentado, era tan alto que no conseguía alzarse sobre él. Ellos dos nunca serían iguales; él siempre tendría más poder que ella, pero eso no significaba que fuera inofensiva—. De ahora en adelante, esta será una verdadera asociación. No me dejarás atrás ni me esconderás lo que descubras. Trabajaremos juntos para encontrar al asesino de Apollo y limpiar nuestros nombres. Y ese será nuestro único objetivo. Si sospecho que tienes otra motivación o que me has mentido, me marcharé y le diré al príncipe Tiberius dónde encontrarte.

—¡Excelente discurso! —LaLa brindó con su taza de té—. Has tomado una decisión terrible al trabajar con Jacks, pero una muy noble.

—LaLa —gruñó Jacks—, creo que tus servicios ya no son necesarios.

—¡Estás en mi apartamento!

—No por mucho tiempo más. El sol casi se ha puesto y…

Lo interrumpieron unos golpes fuertes en la puerta. No era la puerta de LaLa, pero estaba bastante cerca como para hacer que la habitación traqueteara.

Hasta aquel momento, Evangeline no había pensado demasiado en dónde estaban exactamente, pero una mirada por la ventana le reveló que se encontraban en la cúspide de un chapitel, cerca de otras residencias. Podía ver a varios soldados con túnicas cobre y capas bordeadas de pelo blanco llamando a las puertas del vecindario.

—¿Están buscando…?

—*Shh*… —Jacks se llevó un dedo a la boca. No dijo otra palabra y Evangeline ni siquiera lo vio arrugar la frente, pero un instante después los soldados comenzaron a abandonar el chapitel.

Eran tres y sus movimientos controlados resultaban más bruscos que los de los dos soldados del día anterior, lo que la hizo preguntarse de nuevo cuáles eran los límites de los poderes de Jacks. Quizá había tenido razón cuando sospechó que solo podía controlar a tres personas a la vez, al menos en el Norte, pero seguía siendo inquietante que tuviera el poder de manipular las emociones.

Evangeline volvió a mirar a Jacks.

—Creo que tengo que modificar lo que acabo de decir.

—No te preocupes, Pequeño Zorrillo, me daría muchos problemas controlarte. Y somos compañeros —dijo con amabilidad—, así que sé que no discutirás conmigo cuando te diga que tenemos que marcharnos de aquí de inmediato.

—Como parece que estás de acuerdo con nuestra nueva asociación, no tendrás problemas en decirme a dónde quieres ir y por qué.

Para sorpresa de Evangeline, Jacks respondió sin vacilación.

—Vamos a hacer una visita a Caos.

LaLa se atragantó con su té.

—¡Caos es un monstruo!

—¿Caos no es otro Destino? —se aventuró Evangeline.

—Caos no es como el resto de nosotros.

LaLa dejó su taza con tanta fuerza que la porcelana se agrietó y el té se derramó.

Jacks le echó una mirada burlona.

—¿Todavía no lo has superado, después de tanto tiempo?

—Jamás le perdonaré lo que hizo.

—¿Qué hizo? —le preguntó Evangeline.

—Caos es un asesino —replicó LaLa.

—Además de extremadamente útil —dijo Jacks, apoyando las botas sobre la mesa baja—. Caos es tan viejo como el Norte y, a diferencia del resto de nosotros, nunca estuvo atrapado en la baraja de cartas. Ha estado aquí todo este tiempo, recaudando favores, gente e información. Si alguien sabe quién os quería muertos a Apollo y a ti, ese es Caos. Es el señor de los Espías y los Asesinos.

—También es un vampiro —añadió LaLa con frialdad.

38

Evangeline no debería haber sentido curiosidad. LaLa sin duda pensaba que Caos era un demonio. Jacks no parecía opinar lo mismo, pero su expresión se había agriado de inmediato cuando la joven dijo la palabra *vampiro*.

Quería saber más. Quería saber si los vampiros de verdad dormían en ataúdes, si podían convertirse en murciélagos… ¡O quizás en dragones! Pero Jacks se negó a responder ninguna otra pregunta sobre Caos y los vampiros en general.

—No deberías sentir curiosidad por esas cosas —le advirtió—. Lo único que tienes que saber es que los vampiros se encierran al alba. A menos que queramos quedarnos atrapados con esas criaturas, tenemos que entrar y salir de la guarida de Caos mientras haya oscuridad.

Probablemente la habría arrastrado fuera del apartamento después de eso si las dos jóvenes no hubieran insistido en que Evangeline no podía seguir corriendo por ahí sin comer o sin cambiarse su maltratado vestido de novia.

Un par de bollos de desayuno después, LaLa abrió una trampilla secreta en el suelo.

—¡Vamos a asearte y a buscarte el vestido perfecto para conocer a un vampiro!

Se llevó a Evangeline lejos de Jacks con una sorprendente cantidad de entusiasmo. Estaba claro que LaLa odiaba a Caos, pero parecía bastante dispuesta a prepararla para aquella reunión, lo que la ponía un poco nerviosa.

Su viaje por un tramo de chirriantes escaleras fue breve y terminó en una oscuridad que olía a lágrimas y a tul.

—Quédate ahí mientras enciendo algunos faroles —dijo LaLa.

El chasquido de la cerilla atravesó el silencio y la luz trastabilló por la habitación, saltando de farol en farol. Colgaban de las vigas del techo, balanceándose alegremente mientras proyectaban un cálido resplandor ámbar sobre una jungla de vestidos.

Los trajes eran del color de la escarcha blanca, del rosa perlado, del azul romántico y de la crema fresca. Algunos eran túnicas sencillas. Otros tenían colas elaboradas o dobladillos decorados, desde flores de seda a caracolas marinas. Ninguno de ellos parecía haber sido usado.

—¿Todos estos son de tus bodas? —le preguntó Evangeline.

LaLa negó con la cabeza y se mostró inusualmente tímida mientras pasaba la mano por un vestido blanco roto con falda de sirena.

—Diseño los vestidos y los vendo. Me gano bien la vida, y coser me ayuda con la ansiedad.

—¿La ansiedad?

—Los Destinos no somos como los humanos, ¿sabes? No compartimos las mismas emociones. Algunos creen que somos incapaces de sentir, pero es todo lo contrario. —La expresión de LaLa se volvió mordaz mientras dedicaba a Evangeline una sonrisa que le recordó a una de las perversas expresiones de Jacks—. Cuando sentimos, es intenso y devorador. Nos consume y nos impulsa. Y nuestros sentimientos más fuertes están siempre provocados por la necesidad de ser lo que fuimos creados para ser. Yo quiero sentirme amada. Lo deseo con tanta fuerza que lloro lágrimas envenenadas, aunque siempre que encuentro a alguien a quien amar sé que no durará; siempre termino sola en el altar, llorando lágrimas malditas. Así que coso.

LaLa soltó el vestido blanco roto para pasar los dedos sobre un diseño rosa pétalo con un escote corazón bordeado de lazos brillantes.

—He descubierto que, si puedo ayudar a una novia con su boda, la ansiedad por mi propio matrimonio se aligera un poco. Pero el deseo siempre está ahí. A Jacks le ocurre lo mismo.

LaLa miró a Evangeline con tanta intención que el vello de sus brazos se erizó. Ella solo conocía retazos de la historia de Jacks, pero sabía lo que estaba condenado a ser: un Destino que mataba a cualquier potencial enamorada con un beso.

—A diferencia de mí —dijo LaLa—, Jacks tiene la esperanza de encontrar a su verdadero amor. Su historia promete que existe una chica que será inmune a sus besos. Así que supongo que la ansiedad que él experimenta es más fuerte que la mía.

—Si intentas advertirme para que mantenga las distancias, no tienes que preocuparte —le dijo Evangeline—. Jacks y yo ni siquiera nos caemos bien.

—Lo sé, pero eso no importa. En realidad, a Jacks no le cae bien nadie. —LaLa arrancó uno de los lazos con los que había estado jugando, arruinando el vestido con un tirón rápido—. Su maldición es su beso, y si siente aunque solo sea una pizca de atracción por alguien, se verá arrastrado hacia esa persona con la esperanza de que sea la chica inmune a su mal. Pero siempre las mata, Evangeline.

—LaLa, te prometo que Jacks no siente ninguna atracción por mí. No soy una amenaza para vosotros dos.

—¿Qué? —LaLa se rio, tan ligera y luminiscente que un par de velas apagadas se encendieron—. Los humanos sois muy divertidos. Nunca sería tan tonta como para sentir algo por Jacks. La idea de Jacks acerca del amor es… Bueno, bastante aterradora.

—Entonces, ¿no te gusta?

—En absoluto. —Parecía realmente horrorizada.

—Entonces, ¿por qué…? ¿Por qué me estás advirtiendo sobre él? ¿Y por qué me salvaste la vida cuando te lo pidió?

Algo parecido al dolor danzó por el bonito rostro de LaLa, y las velas que acababan de cobrar vida se extinguieron.

—Lo hice porque tú y yo somos amigas.

Su voz era casi infantil en su sinceridad, y Evangeline sintió una punzada de culpa y de estupidez por haberla malinterpretado tanto. LaLa acababa de decirle que las emociones de los Destinos no eran como las de los humanos. Si iba a intentar comprenderlos, tenía que empezar a leerlos mejor. Las acciones de LaLa habían sido las de una amiga.

—Si tú no sientes lo mismo, lo entiendo, sobre todo ahora que sabes que soy una… —LaLa se detuvo para tomar un velo enjoyado, como si el objeto pudiera terminar la frase que parecía asustarle acabar—. No te maldeciré ni nada, si no quieres ser amiga de una Destino. De todos modos, las maldiciones no son lo mío… Yo solo tengo las lágrimas tóxicas y el compromiso excesivo.

—También tienes una amiga —le dijo Evangeline—. Siempre que no te importe que sea una fugitiva con la mala costumbre de hacer tratos horribles con Jacks.

—¡Todo el mundo hace tratos horribles con Jacks! —chilló LaLa, y Evangeline se descubrió de repente envuelta en un abrazo que no se había dado cuenta de que necesitaba. Sin los zapatos puestos, LaLa era varios centímetros más bajita que ella, pero su abrazo no podría haber sido más poderoso—. No te arrepentirás de ser mi amiga. ¡Seremos unas aliadas estupendas, ya lo verás!

LaLa empezó a sacar ropa de baúles y armarios. La mayor parte de las prendas estaban cubiertas de escamas de dragón, lentejuelas y otros abalorios, pero no eligió ninguna de ellas para Evangeline.

—Necesitamos un dramatismo distinto —dijo.

Cuando LaLa terminó con Evangeline, la joven se detuvo ante un espejo alto y miró un reflejo que parecía no pertenecerle.

LaLa había camuflado su cabello con un resplandeciente polvo dorado y la había vestido con una capa de volantes que, en lugar de cerrarse en el cuello, se unía a los finos tirantes de su ceñido corsé de encaje negro, que terminaba en una falda escalonada de tul azul marino que solo llegaba hasta sus tobillos, facilitándole el movimiento y ofreciendo una vista clara de las atrevidas botas de cuero negro que subían hasta sus muslos. LaLa también le había dado un cuchillo para que lo guardara en la vaina unida a su falda.

Evangeline parecía una princesa fugitiva. Y, aunque ahora era exactamente eso, no lo había sido el día anterior, y sintió un extraño vacío en el estómago al darse cuenta de que ya no volvería a ser esa chica. Quizá llevara tiempo sin serlo. El día en el que entró en la iglesia de Jacks había sabido que eso tal vez la cambiaría, y ahora estaba viendo los efectos de aquella decisión.

Todavía creía en el amor a primera vista, pero ya no pensaba que eso implicara amor eterno; si fuera así, todavía estaría con Luc, viviendo felices para siempre. Ahora se sentía tentada a preguntarse si de verdad había un final feliz esperándola.

Meses antes, Veneno le había advertido: *Aunque no quieras volver a ver a Jacks, gravitarás hacia él hasta que cumplas el trato que hiciste.*

Y allí estaba. Había viajado al Norte creyendo que aquella sería su oportunidad para encontrar el amor y la felicidad, pero se preguntaba si en realidad solo se había sentido atraída hacia Jacks.

—El disfraz habría sido mejor con una peluca oscura, pero tu cabello es demasiado bonito para ocultarlo por completo.

LaLa añadió otra capa de polvo dorado a sus mejillas y a su cabello, escondiendo los restos de rosa y terminando su transformación.

Su amiga había hecho un trabajo maravilloso, pero sintió una ligera cuchillada de preocupación al fijarse en el modo en el que se ataba la capa, dejando su cuello y su escote intencionadamente expuestos. Jacks no había respondido a sus preguntas sobre los vampiros y su madre nunca le había hablado de ellos, pero había leído algunas historias y todas decían que a los vampiros les gustaba la sangre y que normalmente preferían beberla de las gargantas de sus víctimas.

—Toda esta piel volverá loco a Caos —le dijo LaLa—. Pero, confía en mí, se merece cosas mucho peores que un poco de tortura.

Dicho eso, LaLa subió las escaleras como si convertir a Evangeline en cebo de vampiro fuera algo perfectamente razonable.

Jacks también se había aseado mientras Evangeline se vestía. Cuando subió, lo encontró sentado en la butaca de piel junto al crepitante fuego. Se había puesto un jubón gris acero con botones de plata mate que había sacado de algún lugar desconocido. Su rostro afilado estaba recién afeitado, y tenía el cabello húmedo. Sus rizos azules caían desordenados sobre su frente mientras lanzaba al aire una pálida manzana rosa, del mismo color que el libro que tenía en la otra mano. Levantó la mirada cuando Evangeline entró en la habitación.

A la muchacha se le llenó el estómago de mariposas. Se dijo a sí misma que era porque comenzaba a tener hambre, no por cómo miraba Jacks cada centímetro de sus botas negras hasta el muslo, su falda acortada y el corsé de encaje que ceñía su cintura y que…

Los ojos del Destino se detuvieron de repente al llegar a la piel que iba desde su pecho a su cuello.

Un músculo tembló en su mandíbula. El color de sus ojos se intensificó. Por una fracción de segundo, pareció letal.

Pero su expresión se aclaró y, sin advertencia, le lanzó la manzana.

—Deberías llevarte un tentempié. Va a ser una larga noche.

La fruta rosada cayó en las manos de Evangeline, más pesada de lo que debería haber sido una manzana. Pero, antes de que pudiera descubrir o pensar en lo que acababa de pasar con Jacks, sus ideas cambiaron de rumbo cuando vio el título del libro rosa que tenía en las manos: *Recetas del Norte Antiguo. Traducidas por primera vez en quinientos años*.

Era el mismo tomo que había sobre la mesita de noche de Marisol. Evangeline no sabía por qué recordaba el título, ya que solo lo había visto una vez y hacía más de una semana de ello; no obstante, debería haberse acordado antes de su hermanastra.

—¡Me había olvidado de Marisol!

—¿Quién es Marisol? —preguntó LaLa.

—Su hermanastra, pero no comprendo por qué estamos hablando de ella ahora —dijo Jacks.

Evangeline señaló con la cabeza el libro que el Destino tenía en sus manos.

—Ese tomo estaba en la mesita de noche de Marisol. Verlo me ha hecho recordar lo indefensa que está. Sigue en Wolf Hall, a menos que los soldados reales se la hayan llevado a algún otro sitio para interrogarla.

Jacks se rio. Porque, por supuesto, la idea de que alguien estuviera en peligro lo divertía.

—No creo que tengas que preocuparte por tu hermanastra.

—Aparte de mí, no tiene a nadie más aquí. Si los soldados se la han llevado…

—Tu hermanastra puede cuidarse sola —insistió Jacks—, sobre todo si estaba leyendo este libro.

—¿Estás segura de que tenía *ese* libro? —LaLa se mordió el labio mientras sus ojos se posaban en el tomo en cuestión.

Nada habría parecido más inocuo. La tela de la cubierta era de un bonito rosa con el título en un adorable oropel. Parecía el tipo de libro que alguien envolvería en un lazo y entregaría como regalo, pero LaLa lo miraba como si pudiera saltar de las manos de Jacks y cruzar la habitación para atacarla.

—¿Por qué miráis el libro como si fuera peligroso?

—Porque lo es —replicó Jacks.

—Es un libro de hechizos muy poderoso —le explicó LaLa—. Después de que los Valor fueran asesinados, en el Norte se prohibió la mayor parte de la magia. Los que todavía querían comerciar con ella, cambiaron los nombres de sus libros de hechizos. Es mucho más fácil librarse de las repercusiones de vender o poseer libros de artes prohibidas cuando nadie sabe que lo son.

—Marisol debió comprarlo por error. La aterra la magia, y le encanta la repostería.

—Nadie compra ese libro por error —dijo Jacks—. No lo venden en ninguna librería respetable.

—Entonces Marisol debió entrar accidentalmente en otro tipo de tienda —argumentó Evangeline. Había dudado de su hermanastra en el pasado y estaba decidida a no hacerlo de nuevo.

Evangeline sabía que Kristof Knightlinger había acusado a Marisol de visitar varias tiendas de hechizos importantes para volver a convertirla en piedra, pero eso no había ocurrido. No se había convertido en piedra, y no estaba muerta. Alguien había intentado envenenarla, pero no podía creer que fuera Marisol. Su hermanastra no era una asesina y, si hubiera querido matarla, habría tenido oportunidades de sobra.

Evangeline miró a LaLa, que tiró de las lentejuelas de su manga un poco avergonzada por tener el libro en su colección.

—¿Qué tipo de hechizos contiene? ¿Está la receta del veneno que tomé?

—No. No hay hechizos que puedan imitar mis lágrimas.

Evangeline sintió una alegre oleada de alivio. Entonces no podía haber sido Marisol.

—No obstante —añadió LaLa—, si tu hermanastra estaba leyendo este libro, estoy de acuerdo con Jacks. Está lejos de ser inofensiva, y seguramente trama algo.

—Pero tú también lo tienes, y Jacks… ¡tú estabas leyéndolo!

—Lo que refuerza su punto de vista. —Jacks se encogió de hombros.

—No estamos diciendo que tu hermanastra haya matado a Apollo y te haya envenenado —dijo LaLa—, pero es posible que no sea quien tú crees que es.

—Sin duda no es quien tú crees que es —murmuró Jacks—. Pero si de verdad quieres descubrir si estuvo involucrada en el asesinato o si fue otra persona, tenemos que marcharnos ya para hablar con Caos.

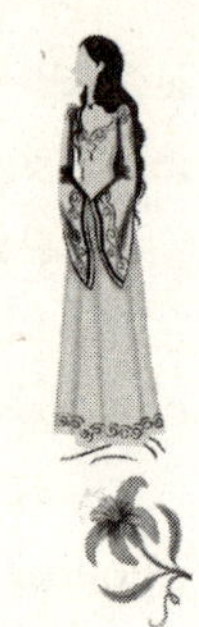

39

Parecía el tipo de noche en la que uno podía conocer a un vampiro. Todo estaba cubierto por la niebla húmeda y la nieve blanca, y por la luz tenue de una luna perdida en algún lugar de la bruma plateada. Los más afortunados seguramente estarían contando historias ante un fuego cálido o acurrucados bajo las mantas de sus camas en lugar de congelándose mientras cruzaban un puente destartalado y llegaban a un cementerio solitario donde los perros aullaban como lobos y un señor vampiro ocultaba a su corte subterránea.

Evangeline se estremeció y Jacks la miró, pero no la consoló. Una ráfaga de viento atravesó la niebla y los carteles con su imagen se agitaron contra la nudosa madera de las puertas y los árboles.

DESAPARECIDA: Princesa Evangeline
¡Ayúdanos a encontrarla!

Evangeline quería saber cómo habían impreso y colgado los carteles con tanta rapidez, pero ahora que Jacks y ella estaban a las afueras de la ciudad, donde por fin parecía más seguro hablar, prefería hacerle otras preguntas.

—Háblame de los vampiros.

Jacks hizo una mueca de desagrado.

—No dejes que te muerdan.

—Eso ya lo sé. ¿Qué más puedes contarme? Quizás algo útil.

—No hay nada útil sobre los vampiros —gruñó Jacks—. Sé que las historias los hacen parecer melancólicos y atractivos, pero son parásitos chupasangre.

Evangeline miró a Jacks de soslayo, deseando que la noche no fuera tan oscura o que no estuviera tan lejos, para verle mejor la cara. Antes le había parecido que a Jacks no le gustaban demasiado los vampiros, pero no se había mostrado tan enfadado e incluso había defendido a Caos ante LaLa.

—¿Estás celoso? —le preguntó.

—¿Por qué habría de estarlo?

—Porque tengo mucha curiosidad.

Jacks respondió con una áspera carcajada.

Evangeline notó que se le calentaban las mejillas, pero no estaba segura de creer en su respuesta. Jacks estaba acostumbrado a ser el más interesante allá adonde iba. Era el más poderoso, el más impredecible y, hasta entonces, el que más despertaba su curiosidad.

—Si no estás celoso, ¿qué tienes contra ellos? Esto fue idea tuya, y no es que a ti no te guste la sangre.

—También me gusta el sol y tener el control de mi propia vida, pero a los vampiros los gobierna su ansia de sangre. La sed de sangre domina todos sus actos, así que intenta no cortarte mientras estemos dentro. Y no los mires a los ojos.

—¿Qué ocurrirá si los miro a los ojos?

—No lo hagas.

—¿Por qué no? ¿Tan poco sabe sobre los vampiros el poderoso Príncipe de Corazones que lo único que puede hacer es advertirme que no…?

Jacks se movió antes de que pudiera terminar. De repente estaba tan cerca que, en el lapso que dura un latido, solo pudo ver su rostro cruel. Sus ojos brillantes destellaron en la oscuridad y su sonrisa depredadora podría haber pertenecido a un vampiro si sus dientes hubieran estado un poco más afilados.

—Hay una razón por la que nadie habla sobre ellos. —Su voz se volvió grave y letal—. Puedo decirte que son monstruos sin alma. Puedo advertirte que, si miras a un vampiro a los ojos, lo tomará como una invitación para abrirte la garganta más rápido de lo que tardarías en gritar la palabra *no*. Pero nada de eso te asustará. Sus historias están malditas pero, en lugar de deformar la verdad, manipulan lo que la gente siente. No importa lo que te cuente sobre los vampiros, porque seguirás sintiéndote intrigada en lugar de horrorizada. Vosotros siempre queréis que os muerdan o que os cambien.

—Yo no —replicó Evangeline.

—Pero sientes curiosidad —la retó Jacks.

—Siento curiosidad por un montón de cosas. Siento curiosidad por ti, pero no quiero que tú me muerdas.

Las comisuras de la boca de Jacks se curvaron en una sonrisa.

—Eso ya lo he hecho, Pequeño Zorrillo.

Sus dedos fríos encontraron su muñeca y se deslizaron bajo el borde de su guante para acariciar la última cicatriz con forma de corazón roto que quedaba.

—Por suerte para ti, da igual cuántas veces te muerda porque tú nunca te convertirás en lo que yo soy. Pero, a veces, lo único que tiene que hacer un vampiro para que seas suya es mirarte.

Jacks observó la extensión de piel desnuda que iba desde su pecho a su cuello. Y, antes de que Evangeline pudiera leer la expresión de su rostro, le soltó la muñeca y se adentró en un oscuro reino de criptas y lápidas.

Caminaron casi en silencio hasta que Jacks encontró un enorme mausoleo cubierto de enredaderas de mastuerzo del demonio, protegido por dos tristes ángeles de piedra. Un ángel lloraba sobre un par de alas rotas mientras el otro tocaba un arpa de cuerdas partidas.

Jacks tiró distraídamente de una de las cuerdas dañadas. Después de rasguear varias notas sin sonido, la puerta del mausoleo se abrió.

Solía haber una reja para separar a los visitantes de los ataúdes, pero en lugar de eso había otra puerta. Vieja y de madera, con un toque de filigrana de hierro, parecía una de las puertas que había visto en Wolf Hall… excepto por su resplandeciente cerradura. Una luz densa como la miel escapaba de la pequeña forma curvada, brillando más cuanto más se acercaban a la puerta, titilando, prometedora y mucho más atrayente que la puerta de la iglesia de Jacks. Aquella puerta no había querido que la abrieran, pero esta sí.

Entra para resguardarte del frío, susurró. *Te haré entrar en calor.*

Jacks le echó una mirada de mercurio.

—No te dejes deslumbrar. Como vampiro, serías inútil para mí.

—Bueno, esperemos que no decida que prefiero ser un vampiro antes que serte útil.

Los ojos de Jacks se convirtieron en dagas.

Evangeline se contuvo para no dedicarle una sonrisa satisfecha, pero se le elevó una comisura de la boca. Sabía que no debía pillarle el gusto a provocar a Jacks, pero que le gustara una puerta no significaba que fuera a atravesarla y a ofrecerle el cuello a un vampiro. Además, se sentía envalentonada por la idea de que no era tan reemplazable como él había intentado hacerle creer. La necesitaba para su preciado Arco Valory, lo que no era totalmente consolador, pero se preocuparía de eso más tarde, cuando hubiera descubierto al verdadero asesino de Apollo y limpiado su nombre de toda sospecha.

—En lugar de decirme lo que no debería hacer, podrías hacer un esfuerzo para que no se me quiten las ganas de trabajar contigo.

—¿Como salvarte la vida?

—Eso lo hiciste por ti mismo.

—Pero lo hice. Y, de no ser por mí, tu historia habría terminado. —Jacks puso fin a la conversación golpeando la puerta con los nudillos y diciendo—: Estamos aquí para ver a Caos.

—El señor no acepta visitas esta noche —dijo una voz que sonó como una lluvia fuerte, musical y fascinante.

Jacks puso los ojos en blanco.

—Dile a tu señor que el Príncipe de Corazones está aquí, y que tiene una deuda conmigo.

La puerta se abrió de inmediato.

Jacks apretó la mandíbula, casi como si deseara que sus palabras no hubieran funcionado.

Habría sido fácil para Evangeline enfurecer más a Jacks fingiendo fascinación. El vampiro que abrió la puerta era exactamente lo que había esperado. Parecía el hijo de un semidiós guerrero, o alguien con una estructura ósea realmente excelente. Iba vestido como un elegante sicario, con una túnica ceñida de cuero negro y un abrigo de cuello alto cuyos puños gruesos se doblaban hasta sus musculosos antebrazos para revelar una piel tan perfecta que resplandecía.

Recordó que no podía mirar al vampiro a los ojos, pero podía sentir el calor que este emanaba. Su mirada se deslizó, hambrienta, sobre su corsé ceñido, con una sonrisa de colmillos afilados.

A Evangeline se le aceleró el corazón.

Sus colmillos se alargaron.

Relájate. Era la voz de Jacks en su cabeza. *El miedo los excita, Pequeño Zorrillo.*

La sangre de Evangeline continuó corriendo desbocada. *Todavía no puedes controlarme*, le contestó con el pensamiento. *Y me dijiste que no lo intentarías.*

Solo intentaba advertirte, contestó Jacks en silencio.

Y entonces, como si él no fuera también un monstruo, le pasó un brazo bajo la capa para agarrarla por la cintura, sosteniéndola posesivamente mientras decía:

—Deja de mostrar los colmillos. Yo soy el único que va a morderla.

Jacks le mordisqueó la oreja, frío y brusco. Evangeline sintió su aguijón por todas partes, erizándole la piel y cubriéndole las mejillas de rubor.

«Da igual cuántas veces te muerda porque tú nunca te convertirás en lo que yo soy», le había dicho. Y ahora estaba haciéndolo solo para demostrar que podía.

Evangeline empezó a apartarse.

No. Jacks extendió los dedos y le apretó la cintura. *Aquí, los humanos no tienen poder. Si cree que no puedo controlarte, lo hará él, y te garantizo que eso te gustará todavía menos.*

Aun así, no tenías que morderme, pensó Evangeline. Y se habría zafado de él, pero no estaba allí para pelearse con Jacks. Estaba allí porque Apollo había muerto y quería descubrir quién lo había matado.

Así que, en lugar de forcejear con Jacks, apretó los dientes mientras él le soltaba la cintura y le tomaba la mano.

Sin otra palabra, su guía vampiro los condujo al interior.

Al principio, los amplios pasillos y las dramáticas escaleras de piedra no eran muy distintas de las partes más antiguas de Wolf Hall. Los muros estaban cubiertos de obras de arte, de escudos antiguos y armas de acero que asumían un tono bronce bajo los pesados aros de las lámparas de araña llenas de velas.

Las escaleras los llevaron a las profundidades subterráneas, donde el aire se volvió gélido de nuevo, y Evangeline se descubrió conteniéndose para no apoyarse en Jacks. Hasta entonces no habían visto ataúdes ni cadáveres, pero había oído varios repiqueteos que sonaban como cadenas. Un poco después, captó el olor metálico de la sangre. ¿Y eran grilletes, eso que colgaba entre un par de retratos?

Después de otro tramo de escaleras, su guía los condujo a un patio interior lleno de columnas de piedra caliza y flores nocturnas, donde era imposible no fijarse en los grilletes. Brillaban contra las paredes y las columnas, pulidos y listos para ser usados. Sobre las mesas de juego, preparadas con tableros blancos y negros, había esposas y otras sujeciones para las muñecas, los tobillos y el cuello.

Los asientos estaban todos vacíos, pero Evangeline imaginó visiones horribles de vampiros reposando en butacas de cuero y jugando con sus peones y torres mientras los prisioneros humanos se retorcían, sangrando contra sus ataduras.

Su incomodidad se incrementó cuando abandonaron el patio interior y entraron en una sala de banquetes. Era también parecida a las de Wolf Hall, con suntuosas alfombras burdeos y una mesa gigantesca, pero había jaulas de tamaño humano colgando entre las lámparas de araña y, en lugar de bandejas de plata y servilletas, en las mesas había más cadenas y grilletes unidos a la madera.

Evangeline se sintió mareada.

Por fortuna, todas las ataduras estaban desocupadas, pero el vacío también la inquietaba. ¿Dónde estaba todo el mundo? ¿A dónde estaba llevándolos exactamente su guía?

—¿Todavía sientes curiosidad por los vampiros? —murmuró Jacks.

—¿Por qué está tan vacío este lugar? —le preguntó Evangeline entre dientes—. ¿Dónde…?

Se detuvo cuando su guía desapareció, moviéndose más rápido que una flecha tras ser disparada por un arco. Atravesó una puerta al otro lado del comedor a una velocidad sobrenatural, dejándolos solos.

—¿A dónde va?

—Por eso odio a los vampiros. —Jacks apretó la mandíbula mientras miraba la puerta por la que su guía acababa de marcharse y las jaulas que colgaban sobre sus cabezas—. Creo que tendríamos que salir de aquí.

—Estoy decepcionado, amigo mío —dijo una voz que era como el humo y el terciopelo, áspera y ligeramente hipnótica—. Fuiste tú quien me enseñó lo útiles que pueden ser las jaulas.

Evangeline ni siquiera vio entrar al vampiro. Estaba allí sin más, caminando lentamente hacia ellos. No llevaba chaqueta ni abrigo, solo una sinuosa armadura de cuero y un cruel casco de bronce que ocultaba todo su rostro, excepto sus ojos y una parte de sus pómulos.

—¡Eres tú! —exhaló Evangeline—. Tú eres el soldado de la fiesta, y de los chapiteles.

—En realidad no soy un soldado, princesa. —Su voz sonó más amable al hablar con ella, terciopelo puro sin el humo—. Soy Caos. Bienvenida a mi hogar.

40

Caos estaba de repente ante ella. Tomó su mano enguantada y se la llevó al lugar donde habrían estado sus labios de no haber sido por el casco de bronce.

Puede que Jacks intentara apartarla, pero apenas le estaba prestando atención. Había cometido el error de mirar a Caos a los ojos, aunque, tan pronto como lo hizo, no le pareció un error. ¿Cómo podían ser un error unos ojos tan magníficos? Eran verde botella, brillantes y con unas motas doradas que hacían que pareciera que los habían atravesado con fragmentos de estrellas. O eran estrellas fugaces que habían caído a la tierra y, si pedía un deseo, él se lo concedería con un...

—Evangeline —gruñó Jacks. Sus dedos fríos le agarraron la mandíbula y tiraron de ella hasta que lo miró a los ojos. La joven quería volver a mirar los otros, los preciosos ojos verde botella, pero la dura mirada de Jacks funcionó como un antídoto para el influjo del vampiro y le recordó que mirar a Caos a los ojos no le traería deseos hechos realidad sino grilletes, jaulas y dientes afilados rasgando su piel.

No vuelvas a hacer eso, Pequeño Zorrillo.

Le quitó la mano de la cara.

Evangeline sintió que sus mejillas enrojecían. Era justo contra lo que le había advertido. *A veces, lo único que tiene que hacer un vampiro para que seas suya es mirarte.* El primer vampiro le había parecido atractivo de un modo predecible, pero era como si Caos exudara algo más, algo que no había estado allí el resto de las veces que se habían visto. Incluso ahora podía sentirlo, tentándola a echar otro vistazo, a olvidar que LaLa había dicho que era un monstruo.

Caos se rio, estrepitoso y despreocupado.

—Deberías haberla preparado mejor, amigo. Parece especialmente sensible a la seducción, o quizá sea que yo le gusto más que tú.

—A mí me odia —dijo Jacks con cordialidad—. Así que, aunque tú le gustes más, tampoco es que eso sea decir mucho.

—¿Estás seguro de eso? —Caos echó otra mirada a Evangeline.

Un nuevo calor hizo hormiguear su piel.

Había distintos tipos de miradas vampíricas, aunque Evangeline todavía no estaba familiarizada con todas ellas. No conocía bien la diferencia entre una mirada hambrienta y una seductora, o la que usa un vampiro justo antes de cazar. Las miradas que había sentido hasta entonces le habían provocado calor, como si hubiera partes de ella a punto de incendiarse. Y sintió ese ardor saliendo de Caos cuando este le ofreció el brazo.

—No te preocupes, princesa, los únicos que ven el interior de esas jaulas son los que desean estar en ellas.

No obstante, Evangeline sopesó sus opciones. Antes, le habría parecido tentador tomar el brazo de Caos solo para enfadar a Jacks. Ahora, esa opción no era incitante. Pero, teniendo en cuenta que estaban allí para sacarle información, no estaba segura de que fuera buena idea rechazar su oferta. De hecho, seguramente no sería buena idea rechazarla aunque no quisieran nada de Caos.

Aceptó su brazo. A pesar de la capa de cuero, estaba mucho más caliente que el de Jacks.

No te relajes demasiado, Pequeño Zorrillo. La expresión de Jacks era una máscara de desinterés, pero la voz de su cabeza sonaba claramente irritada. *Lleva el casco por una razón.*

¿Cuál?, le preguntó Evangeline.

Jacks no contestó a su pregunta.

Después de un momento, echó un vistazo rápido al atroz casco de Caos. Captó un atisbo de su perfecta piel oliva, pero no se atrevió a mirar más allá de sus pómulos, ocultos tras los picos que sobresalían de su tocado. No debía ser cómodo. La mitad inferior de su cara estaba oculta, incluyendo su boca, lo que, pensándolo bien, era curioso en un ser que supuestamente estaba controlado por su ansia de sangre.

Giró la cabeza y su mirada la abrasó al pillarla mirándolo.

Evangeline apartó los ojos de inmediato.

—No tienes que evitar mis ojos. —Su voz aterciopelada se movió hasta su oreja y el cálido metal de su casco rozó su sien intencionadamente—. El casco que llevo está maldito, y evita que pueda morder a alguien. Estás totalmente a salvo conmigo. ¿No es cierto, Jacks?

—Lleva siglos atrapado en esa cosa —le confirmó Jacks. *Pero nunca estarás a salvo con él.*

Atravesaron otra serie de pasillos hostiles antes de que Caos le soltara el brazo para abrir una pesada puerta de hierro con un simple tirón de sus dedos enguantados.

A primera vista, la habitación en la que entraron podría haber pertenecido a un erudito. Había arcones llenos de pergaminos enrollados y mesas cubiertas de libros forradas en piel, de plumas y pergaminos, todo empapado en la cálida luz de las velas, suficientemente fuerte para leer. Incluso el aire olía a papel, mezclado con toques fragrantes de caoba.

Evangeline no vio los gruesos grilletes en los reposabrazos y en las patas de las sillas hasta que fue a tomar asiento en una de ellas. Algunos tenían pinchos afilados que atravesarían la piel cuando se cerraran. Se dirigió a otra, pero todas las sillas tenían las mismas ominosas ataduras.

—¿En serio? —Jacks tomó uno de los grilletes y lo giró entre sus dedos, como si fuera una pieza de joyería barata—. Esto es demasiado. Deberías reconsiderar qué entretenimiento ofreces a tus invitados, si tienes que encadenarlos para que no se marchen.

—Me sorprende que seas tan moralista —dijo Caos—. Me he enterado de lo que hiciste con esa princesa. ¿Cómo se llamaba? ¿Diana?

—No tengo ni idea de qué estás hablando —replicó Jacks con suavidad, aunque Evangeline lo vio tensarse como cuando LaLa le dijo que se había obsesionado con la princesa *Donatella*.

Por desgracia, no obtuvo más respuestas. Caos no dijo nada más sobre el tema; se acercó a un par de cortinas borgoña y las abrió un poco, aunque no lo bastante para que Evangeline viera lo que escondían. Sin embargo, oía charlas al otro lado, como si un grupo de gente intentara no hablar demasiado alto.

Cediendo a su curiosidad, la joven se acercó a las cortinas abiertas.

Parecía que en realidad estaban en un balcón con vistas a un pequeño anfiteatro. La barandilla al otro lado de las cortinas era de mármol, como el suelo de la planta inferior, donde había un enorme tablero de cuadros negros y blancos ocupados por vampiros y humanos.

Esperaba que estuvieran jugando al ajedrez con besos. No se decidió a imaginar otras razones más probables por las que todos los vampiros estaban vestidos de rojo sangre y los humanos de blanco, ocupando lados opuestos del tablero.

Muchos de los humanos le habrían parecido atractivos o fuertes en otras circunstancias, pero en comparación con la hilera de vampiros, parecían cansados y agotados. Tenían los hombros encorvados y el cabello mate; los distintos tonos de su piel no brillaban como la piel pulida.

—Espero que todos sepáis —les dijo Caos—, que he llegado a considerar a muchos de vosotros parte de mi familia, y que espero que vuestro destino sea mejor que el de ella. Buena suerte.

El movimiento irrumpió en el anfiteatro.

—¿Qué están haciendo?

Evangeline se agarró a la barandilla de mármol mientras veía a los vampiros cruzando el suelo de cuadros en un borrón de velocidad. El rojo sangre colisionó con el blanco cuando cada vampiro encontró un humano, y Evangeline supo que ninguno de ellos iba a darle un beso.

—¿No es esta práctica bastante arcaica? —preguntó Jacks. Había dejado el grillete de la silla para unirse a ellos junto a la barandilla del balcón, pero la escena de abajo parecía lejos de entretenerlo. Si Evangeline no lo hubiera conocido bien, habría pensado que estaba preocupado. Agarraba la barandilla casi con la misma fuerza que ella, mientras los vampiros mostraban sus colmillos y mordían el cuello de los humanos del tablero.

41

Jadeos, lamentos y algunos gruñidos bruscos consumieron el anfiteatro.

—¡Detenlos! —gritó Evangeline.

—Ninguno de ellos se alegraría si lo hiciera —dijo Caos—. Todos los humanos han estado esperando esta noche.

—¿Por qué querría alguien esto?

Evangeline observó, impotente, mientras las cadenas traqueteaban y unas jaulas de tamaño humano bajaban hasta el suelo de cuadros.

Una chica de su edad, con largos tirabuzones de cabello rojo y cobrizo, forcejeó contra el vampiro que la había mordido mientras este la empujaba a una de las jaulas y la cerraba con un pesado candado.

Todo se llenó de repiqueteos metálicos y súplicas de dolor mientras se llevaban a algunos del anfiteatro. Otros humanos llenaron el resto de las jaulas, que volvieron a elevar hacia el techo. Y cualquier noción romántica sobre los vampiros que Evangeline hubiera podido tener desapareció por completo.

—Suéltalos —exigió a Caos. Habría hecho algo terriblemente imprudente entonces, como agarrar algo con potencial de ser un arma y lanzarlo hacia las jaulas, pero Jacks deslizó su mano sobre la barandilla para entrelazar sus dedos fríos con los de ella. No la contuvo, solo le tomó la mano, sorprendiéndola y haciéndola guardar silencio.

—No te gustaría que los sacara de las jaulas —le contestó Caos. Sonaba ligeramente divertido, pero era difícil estar segura de ello ya que su casco de bronce escondía la mayor parte de su rostro—. Esta es la última fase de nuestro proceso de iniciación para unirse a la Orden de Espías y Asesinos. Hay dos tipos distintos de mordiscos de vampiro. Podemos morder a un humano solo para alimentarnos, o podemos infectar nuestro mordisco con veneno vampírico para convertir al humano en un vampiro. Todos los humanos del tablero han recibido un mordisco infectado con veneno.

—Entonces, ¿todos se convertirán en vampiros?

Evangeline se atrevió a echar un vistazo a las jaulas. Los cautivos sacudían los barrotes e intentaban arrancar los candados con movimientos casi animales. Aun así, también parecían más atractivos que antes. Les brillaba la piel, sus movimientos eran veloces e, incluso apelmazado por la sangre, su cabello brillaba como cortinas de seda.

—El veneno ha reparado sus imperfecciones humanas, pero no se convertirán en vampiros a menos que beban sangre humana antes del alba —le explicó Caos—. Al amanecer, el veneno vampírico se disipará. Hasta que eso ocurra, los cambiantes lucharán con todas sus fuerzas por escapar de sus prisiones y alimentarse. Los que consigan liberarse de sus jaulas y beber sangre humana, se convertirán en vampiros auténticos y miembros de nuestra orden.

—¿Qué pasará con los demás? —le preguntó Evangeline.

—Debería preocuparte más que vosotros dos seáis lo más parecido a un humano que hay por aquí. Quizá queráis terminar rápidamente con esta reunión. La necesidad de dar ese primer mordisco es abrumadora. Nosotros lo llamamos *hambre*, pero en realidad es dolor.

Caos hizo una pausa. No se oía nada más que el traqueteo de las jaulas.

Evangeline notó una avalancha de sangre en su cuello y en su pecho, un indicio de que la mirada de Caos se había posado en ella, caliente y hambrienta y…

Jacks se aclaró la garganta.

Caos apartó los ojos.

Evangeline inhaló, pero no muy profundamente.

—Los cambiantes no tienen la fuerza de un vampiro —continuó Caos en voz baja—, pero el intenso deseo de alimentarse y sobrevivir a veces puede compensarla. Uno o dos siempre consiguen escapar.

Por el rabillo del ojo, Evangeline vio una chispa escarlata. La chica de los rizos rojos y cobrizos estaba en una jaula no lejos del balcón, pero su cabello parecía ahora en llamas. Con los dedos curvados alrededor de los barrotes y lamiéndose los labios, ya no parecía tan desvalida.

Evangeline se descubrió apretando la mano de Jacks y sintiéndose agradecida por que no la hubiera dejado actuar.

Caos ladeó la cabeza, mirando sus dedos entrelazados.

—Interesante.

—Me estoy aburriendo.

Jacks soltó la mano de Evangeline y retrocedió hasta la sala de estudio, donde los gruñidos de los vampiros cambiantes y el traqueteo de las jaulas no era tan abrumador.

Caos y Evangeline lo siguieron. El vampiro se sentó en una enorme butaca de cuero, la única sin grilletes. Les indicó el resto de asientos, pero Evangeline decidió quedarse en pie. Sabiendo la rapidez con la que los vampiros podían moverse, no quería sentarse en una silla en la que sus muñecas y tobillos podían ser tan fácilmente inmovilizados.

—Queremos saber quién mató a Apollo —dijo Jacks.

Caos miró a Evangeline.

—He oído que fuiste tú, mientras estabais en la cama, durante vuestra…

—No fui yo —lo interrumpió.

—Qué decepción. Iba a ofrecerte un trabajo.

—No soy una asesina —replicó Evangeline—. Alguien envenenó a mi marido.

—Queríamos saber si alguno de los tuyos fue contratado para hacer el trabajo —añadió Jacks.

Caos se echó hacia atrás en su butaca de cuero y formó una pirámide con los dedos con la lenta tranquilidad de alguien que no tenía que preocuparse por los cambiantes rabiosos que luchaban por escapar de sus jaulas. O quizá solo intentara hacerles perder el tiempo a propósito.

—Estás en deuda conmigo —le recordó Jacks.

—Relájate, viejo amigo, solo iba a decir que nadie acudió a nosotros para ese trabajo —dijo Caos al final—. Pero recuerdo… Hace una semana, creo que fue la noche después de la Nocte Eterna, mi maestro de pociones recibió un pedido inusual: un frasco de óleo maléfico.

—¿Qué es el óleo maléfico? —le preguntó Evangeline.

—Es un método de asesinato muy efectivo —le contestó Caos—. No es demasiado popular, ya que se requiere una gran habilidad para trabajarlo. La mayor parte de las toxinas tiene el mismo efecto en todos los humanos, lo que las hace fácilmente detectables y chapuceras como instrumentos letales. Pero si conoces el hechizo adecuado y tienes una destreza inusual para combinar el óleo maléfico con la sangre, las lágrimas o el cabello de la persona a la que deseas matar, solo será tóxico para esa persona.

Evangeline se tensó, pensando en la última vez que había visto a Apollo, con el pecho cubierto de una sustancia brillante que parecía aceite.

—¿Quién pidió el veneno? —le preguntó Jacks.

—Yo no estaba allí cuando se hizo el pedido —dijo Caos—. Solo sé que fue una mujer, y apostaría a que es una bruja. Se necesita una gran cantidad de poder y un hechizo adecuado para combinar correctamente los ingredientes.

Evangeline pensó de inmediato en Marisol y en sus mágicos libros de cocina. Pero ¿por qué querría Marisol matar a Apollo? El príncipe le había dado un nuevo hogar y había restaurado su reputación. Tampoco tenía sentido que Marisol se tomara la molestia de conseguir una extraña toxina que solo funcionara con el príncipe y, además, de envenenar una botella de vino con algo que podía matar a cualquiera que bebiera de ella. A menos que dos personas distintas hubieran tratado de cometer el asesinato.

Pero eso no significaba que Marisol estuviera involucrada.

La matriarca Fortuna ya había intentado matar a Evangeline una vez. No obstante, Kristof había escrito que la matriarca había sufrido una caída que le robó parte de sus recuerdos, lo que la convertía en una sospechosa improbable.

—¿Hay algo más que puedas contarnos sobre la mujer que compró el óleo? —le preguntó Evangeline.

Caos jugó con una cadena que llevaba al cuello y negó con la cabeza.

—Si eso es lo único que vas a contarnos, tu deuda no quedará saldada —le dijo Jacks—. Deberíamos marcharnos.

—Espera.

Los ojos de Evangeline seguían sobre la cadena que Caos llevaba al cuello. No se había fijado en ella antes. Al llevarla sobre su armadura de cuero, la cadena y el medallón se habían camuflado. Pero, ahora que la tenía en las manos, Evangeline podía ver el viejo medallón con suficiente claridad para distinguir el símbolo que había en él: la cabeza de un lobo con una corona. Era el mismo símbolo grabado en la puerta de la biblioteca, la puerta tras la que se guardaban todos los libros sobre los Valor.

Quizá fuera solo una coincidencia, pero parecía una pista. Era posible que Caos no pudiera identificar a la asesina de Apollo, pero ¿y si sabía algo sobre el Arco Valory y lo que en realidad ocultaba? Sabía que no era esa la razón por la que habían visitado al vampiro, pero era el motivo por el que Jacks había saboteado su vida.

—¿Dónde conseguiste ese medallón? —le preguntó.

Caos lo miró como si ni siquiera fuera consciente del objeto con el que había estado jugando.

—Era de Wolfric Valor.

—No tenemos tiempo para esto —gruñó Jacks.

Un estrépito impresionante llegó desde el anfiteatro. Una jaula había caído al suelo.

Los vampiros de la otra estancia aplaudieron.

Evangeline miró el balcón. El cambiante del interior de la jaula caída todavía tenía que romper el candado, pero teniendo en cuenta cómo luchaba contra él, intentando arrancarlo con los dedos y gruñendo sin miedo, dudaba de que siguiera encarcelado mucho tiempo más. Tenían que marcharse, pero Caos acababa de decirle que el medallón que llevaba al cuello había sido de Wolfric Valor.

Caos había estado vivo en la misma época que los Valor. Jacks le había contado que el vampiro era tan viejo como el Norte, pero ella no se había dado cuenta hasta ese momento de las implicaciones de esa información.

La excitación debió mostrarse en su rostro.

Jacks se tensó tanto como la cuerda de un arco.

—Si sientes curiosidad por los Valor, puedo contarte lo que quieras saber —le dijo Caos—. Yo estaba allí y recuerdo la verdad.

No. La voz de Jacks se filtró en su cabeza y, por una vez, su expresión inflexible encajaba con sus palabras. *Ni se te ocurra.*

Las jaulas traqueteaban de fondo.

—No te costará mucho —insistió Caos—. Responderé cualquier pregunta que tengas a cambio de un mordisco.

—Creía que no podías quitarte el casco.

—Intenta que nos quedemos para que sus cambiantes tengan presas a las que perseguir —dijo Jacks.

Pero Evangeline no necesitaba que Jacks le advirtiera que aquel era un mal trato. Aunque había bromeado con él sobre la posibilidad de hacer un trato con otro Destino, no volvería a hacerlo. Ya era bastante malo que todavía le debiera un beso a Jacks; no quería deberle nada a aquel vampiro.

—Gracias por la oferta, pero creo que prefiero marcharme antes de que tus cambiantes se liberen.

Caos soltó el medallón y se echó hacia atrás en su butaca.

—Si consigues salir y cambias de idea, regresa en cualquier momento, princesa.

—Yo…

Jacks no le dio la posibilidad de terminar su respuesta antes de empujarla hacia la puerta.

Las estancias del reino subterráneo de Caos estaban más oscuras de lo que recordaba. La mitad de las velas se habían apagado, cubriéndolos en sombras y humo mientras atravesaban corriendo el primer pasillo.

—Prométeme que nunca dejarás que te muerda —le pidió Jacks.

—Ni siquiera necesitaré hacerlo si me dices qué quieres del interior del Arco Valory.

—Creí que querías que fuéramos compañeros para descubrir al asesino de Apollo, no mis objetivos. —El tono de Jacks se endureció al llegar al comedor donde estaban las jaulas.

Evangeline oyó el montón de cadenas antes de entrar. No había olvidado aquellas jaulas, pero no había esperado que estuvieran llenas de cambiantes desesperados.

El miedo se aferraba a su pecho como una mano con garras cada vez que uno de ellos gritaba.

—¡Si abres mi jaula te haré inmortal!

—Solo te daré un pequeño bocadito —le prometió otro.

—A algunos humanos les gusta que los muerdan.

—Eva… ¿Eres tú?

La voz tenía un timbre más tranquilo que las demás, y su sonido familiar atrapó el corazón de Evangeline en su garganta.

Luc.

Llevaba meses sin oír su voz, pero sonaba igual que siempre. Incluso un poco más encantadora.

Tenía que ser algún tipo de truco vampírico.

—No dejes de moverte.

Jacks tiró de su mano, pero debería haber tirado más fuerte. Tendría que haber usado toda su fuerza de Destino porque, aunque la cabeza de Evangeline estaba de acuerdo con él, su corazón humano hizo que se detuviera, se soltara de la mano de Jacks, mirara la jaula sobre su cabeza y se encontrara con los ojos de su primer amor.

42

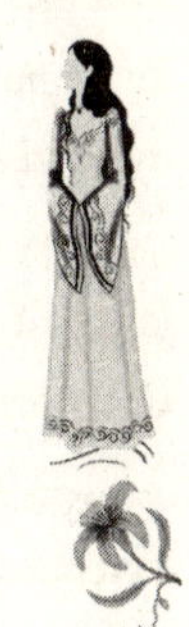

Algo húmedo cayó sobre la mejilla de Evangeline. Estaba llorando, pero no podría haber dicho por qué. No quería saber si todo lo que había ocurrido había conseguido romperla y sus emociones estaban filtrándose a través de las grietas o si solo era la visión del Luc al que había amado, encerrado en una jaula y mirándola con algo parecido a la adoración y al terror.

—Eres tú de verdad —dijo Luc. Agarró los barrotes con dos preciosas manos bronceadas, pero no apartó los ojos de los de Evangeline. Y ningún poder en el mundo podría haberla obligado a apartar la mirada de él. No era la seducción vampírica ni las brillantes motas doradas en sus iris, que no recordaba de antes. Sus ojos no eran exactamente los mismos ojos que conocía, pero tampoco eran diferentes del todo. Todavía eran el imposible castaño cálido que vivía en todos los recuerdos que había intentado alejar de su mente pero que había sido incapaz de olvidar.

—Hay tantas cosas que tengo que decirte, Eva... Pero necesito que me ayudes a salir de esta jaula. Si no escapo antes del alba, me matarán.

—¿Por qué estás aquí? —exhaló. El corazón le latía tan rápido que le resultaba difícil formar palabras. Aquello le parecía una respuesta retorcida a un deseo. *Aquí está el joven que has echado de menos durante meses, pero está a punto de morir. Y, si intentas ayudarlo, la que muera podrías ser tú.*

—Pequeño Zorrillo —dijo Jacks—. Tenemos que seguir adelante. Te dirá lo que sea necesario para salir de esa jaula y darte un mordisco.

—¡No! Yo nunca te haría daño. —La voz de Luc sonó más brusca de lo que recordaba, más desesperada—. Eva, por favor, no te vayas. Sé que debes estar aterrada, pero no te morderé cuando salga. Yo no quiero ser un vampiro; solo vine aquí porque me dijeron que el veneno vampírico es la sustancia más sanadora del mundo, y que podría borrar mis cicatrices y heridas.

Cada centímetro de su piel estaba impoluto, más perfecto que en todos los recuerdos de Evangeline. Demasiado perfecto. Era difícil creer que alguna vez hubiera tenido cicatrices. Y Evangeline quería decirle que a ella no le habrían importado sus cicatrices; de hecho, las habría preferido a aquella versión demasiado refinada de él. Pero Luc continuó antes de que ella pudiera hacerlo:

—Eso era lo único que quería, sanar. Yo… —Miró la violenta sala de jaulas a su alrededor.

El resto de cambiantes se habían quedado inmóviles un instante. Observaban el intercambio con arrobada e inhumana atención. Evangeline no quería creer que Luc fuera como ellos. Su voz estaba llena de pura emoción humana. Pero, cuando miraba más allá de sus ojos, descubría que se parecía a los demás, con sangre seca manchando la cálida piel oscura de su garganta y el blanco de su camisa.

—Yo no quiero esto, te lo juro.

—Está mintiendo. —Jacks agarró a Evangeline por la muñeca y tiró de ella.

No podía culparlo. Aquella no era la única sala llena de casi vampiros. Pero Luc todavía no era un vampiro.

—Eva —le suplicó—. Sé que tienes motivos para odiarme. Sé que te rompí el corazón, pero estaba bajo un hechizo.

Jacks le soltó la muñeca.

—¿Un hechizo? —le preguntó Evangeline. Y, de repente, Luc ya no parecía el retorcido producto de un deseo: parecía una verdad que temía tocar. Los últimos meses había creído enloquecer, preguntándose si Luc estaba de verdad hechizado o si solo había conjurado esa idea como un modo de sobrevivir a su rechazo.

La fría mano de Jacks tiró de nuevo de ella, otra advertencia de que era la hora de irse, pero Evangeline lo ignoró.

—¿Qué tipo de hechizo? —le preguntó.

Luc soltó un barrote para pasarse una mano por el cabello, un gesto que conocía y que era terriblemente humano y que le provocó otra punzada de dolor en el corazón.

—No me di cuenta hasta esta noche, cuando el veneno vampírico entró en mi cuerpo y de repente se me aclaró la cabeza. No puedo describir cómo era antes; lo único que sé es que no podía pensar en nada que no fuera en tu hermanastra. Ella fue la razón por la que vine aquí, necesitaba ser perfecto para ella. Después de que me atacara el lobo, mis cicatrices no eran demasiado sexis…

—Acaba de decir «cicatrices sexis» —dijo Jacks, arrastrando las palabras—. ¿De verdad te lo estás tomando en serio?

—*Shh* —lo acalló Evangeline.

—Después de que me atacaran —continuó Luc—, tu hermana me vio y huyó de mi casa. Intenté visitarla cuando mis heridas mejoraron, pero ni siquiera me abrió la puerta. Le escribí, pero no contestó a mis cartas.

—Me dijo que había sido al contrario.

Luc negó con la cabeza, resentido.

—Es una mentirosa. Si Marisol me hubiera escrito, no habría podido ignorar sus cartas aunque hubiera querido hacerlo. Estaba desesperado, habría hecho cualquier cosa por tenerla. Estaba obsesionado. Y todo empezó el día en el que me declaré. Fui a tu casa a verte, pero fue Marisol quien me recibió. Se llevó mi abrigo y recuerdo que me rozó el cuello con los dedos. Después de eso, solo podía pensar en ella. —Su tono se llenó de desagrado.

Era justo lo que Evangeline había creído. No había estado engañándose, ni desesperada. Luc solo la había abandonado y le había pedido matrimonio a Marisol porque lo habían hechizado. En lo único en lo que se había equivocado era en quién había elaborado el hechizo. No había sido su madrastra, sino Marisol.

Se sentía como si le hubieran dado un puñetazo en el estómago. Había creído que Marisol era otra víctima, una inocente a la que tenía que compensar. Todo aquel tiempo se había sentido muy culpable por arruinarle la vida, pero si aquello era cierto, había sido ella quien había trastocado la suya primero.

No quería llegar a conclusiones precipitadas, pero había visto los libros de hechizos de su hermanastra y recibido las advertencias de Jacks, de los periódicos y ahora de Luc, que ni siquiera sabía que Evangeline lo había creído embrujado.

—Anoche, cuando me mordieron, sentí que volvía a pensar por mí mismo por primera vez en meses. —Los ojos de Luc brillaron al mirarla—. Volví a sentirme yo mismo por fin.

Pero después me metieron en esta jaula, y nunca la abandonaré con vida a menos que me ayudes. Si te da miedo, no tienes que abrirla; solo tienes que entregarme una de las armas de la pared y yo mismo romperé el candado. Después te demostraré que no quiero ser un vampiro. Lo único que quiero es a ti, Eva.

—Ni siquiera lo pienses —le advirtió Jacks.

—Pero… —Evangeline miró a Luc una vez más a través de los barrotes—. No puedo dejarlo así.

—Evangeline, mírame. —Jacks le tomó las mejillas con sus manos frías y la miró a los ojos con una expresión brutal, como si pudiera romper el hechizo de Luc.

Pero Evangeline no había sido seducida por un vampiro. Ni siquiera estaba segura de que una parte de ella todavía amara a Luc. Sus sentimientos eran un caos revuelto y caótico. Justo entonces, su prioridad era sobrevivir. El amor parecía un lujo lejano. Pero no podía alejarse de Luc y dejarlo morir allí, pues él era una víctima de todo aquello. Lo embrujaron, después lo convirtieron en piedra, lo atacó un lobo y por último lo metieron en una jaula.

—Esto es en parte culpa mía —le susurró a Jacks.

—No, no lo es. Ya te lo dije, yo no tuve nada que ver con el lobo. —Jacks habló tranquilamente, pero con firmeza.

Pero, aunque estuviera diciendo la verdad, eso no cambiaba lo que ella tenía que hacer.

Se zafó de su mano.

Lo que ocurrió a continuación fue un borrón extraño. Evangeline todavía quería pensar que no estaba hechizada, pero quizá estuviera un poco hipnotizada, y no por la seducción vampírica. Estaba sintiendo el regreso de la esperanza.

Sabía que Luc no volvería a ser jamás el chico que había sido, y que ella había dejado de ser la chica que era. Esa chica habría creído que ver a Luc de nuevo significaba que algo maravilloso podía ocurrir, que tendrían un final feliz, después de todo. Pero lo único que garantizaba aquel encuentro era que tendrían un final distinto. Todavía estaba por determinarse qué tipo de final, pero sin duda sería mejor que aquel. Aunque Luc no fuera su *felices para siempre*, no podía dejar que su historia terminara allí, abandonándolo en una jaula y huyendo.

Encontró una espada corta y azul en la pared, con una pesada empuñadura y una hoja pulida; parecía lo bastante fuerte para romper un candado, pero no tan pesada como para que ella no pudiera levantarla.

Otros cambiantes gritaron, pidiéndole armas y prometiéndole todo tipo de cosas a cambio. Comenzaron a forcejear con sus jaulas de nuevo, llenando el comedor de una cacofonía de sonidos violentos mientras Evangeline se subía a una silla y usaba ambas manos para levantar la espada sobre su cabeza.

Luc agarró la hoja, sin preocuparse por si esta le cortaba las manos.

—Gracias, Eva.

Sonrió, pero no era la sonrisa traviesa y torcida de la que se había enamorado. Sus labios retrocedieron para mostrar unos afilados colmillos blancos que estaban haciéndose más largos.

Jack le agarró la mano, urgiéndola a bajar de la silla y poniéndola en movimiento.

—Nos marchamos ya.

Se oyó un estrépito que la hizo tropezar al comenzar a correr.

Luc había roto el candado con la empuñadura del arma. La puerta de su jaula colgaba, abierta. Estaba suelto y era feroz, y el peor error que Evangeline había cometido nunca.

—Lo siento, Eva.

Luc saltó al suelo en un elegante arco, mostró sus colmillos y se abalanzó sobre ella.

Jacks la apartó de su camino antes de que pudiera moverse. Rápido como el rayo, se colocó ante ella como un escudo.

Luc no tuvo tiempo de cambiar de curso y sus dientes se cerraron en el cuello de Jacks con un nauseabundo sonido.

—¡No! —gritó Evangeline, buscando la espada que le había dado a Luc y que este había tirado. El arma parecía más pesada que unos minutos antes, pero no fue necesaria.

Mientras ella buscaba la espada, Jacks tomó la cabeza de Luc entre sus manos y, con un giro abrupto, le rompió el cuello.

El resto de los prisioneros abuchearon y sisearon mientras el primer amor de Evangeline caía al suelo.

—Lo… Lo… Lo has matado —tartamudeó.

—Me ha mordido —gruñó Jacks. La sangre de destellos dorados goteaba de la herida de su garganta—. Ojalá lo hubiera matado, pero no lo he hecho. Ahora es un vampiro de verdad. El único modo de matarlos para siempre es cortarles la cabeza o atravesarles el corazón con una estaca de madera.

Jacks buscó la espada que Evangeline tenía en las manos.

La joven agarró el arma con más fuerza. Una parte de ella sabía que debía soltarla. Luc ya no era su Luc. Había mordido a Jacks, y la habría mordido a ella. Pero Luc no había matado a Jacks.

—No dejaré que termines con su vida —dijo Evangeline—. Luc es el primer chico al que amé y yo no soy responsable de sus decisiones, pero esto no habría pasado de no haber sido por mí. Deja que viva, y me marcharé sin detenerme ni discutir más.

Soltó la espada y buscó la mano de Jacks.

Él retrocedió y no dejó que lo tocara, pero no discutió. No dijo nada en absoluto.

Evangeline y Jacks se marcharon en silencio por donde habían llegado. A Evangeline le costó mantener el paso de las largas zancadas de Jacks mientras el repiqueteo de las cadenas y las jaulas seguía persiguiéndolos, y aun así fue su silencio lo que empezó a ponerla incómoda.

Jacks no era de los que hablaban solo para llenar el silencio, pero Evangeline no conseguía despojarse de la sensación de que había algo más que silencio entre ellos. Minutos antes, él le había salvado la vida. Se había interpuesto entre Luc y ella sin ni siquiera pensarlo. Sabía que Jacks la necesitaba con vida debido a la profecía del Arco Valory, pero había actuado por puro instinto. Había temido por ella cuando se vio amenazada.

Pero ahora ni siquiera la miraba. Subía las escaleras con los dientes apretados, la mandíbula tensa, la mirada fija y los nudillos de un pronunciado blanco.

¿Le dolía el mordisco? Había un borrón de sangre en su cuello pálido, pero no demasiada. Luc no lo había herido de gravedad, pero le había mordido. Jacks seguramente seguía enfadado por ello.

Pero no parecía estar bien. Evangeline recordó que Jacks casi le había soltado la muñeca antes, cuando Luc dijo que lo habían hechizado. A Jacks lo había pillado desprevenido. ¿Le sorprendió descubrir que Luc había estado de verdad hechizado? ¿O… había sido otra cosa? ¿Le había molestado que Evangeline descubriera por fin la verdad sobre Luc? Luc había dicho que Marisol lo había embrujado, pero ¿y si no lo había conseguido sola?

Sintió una repentina oleada de náuseas que sobrepasó todo lo demás.

—¿Lo hechizaste tú? —le preguntó—. ¿Hiciste un trato con Marisol y hechizaste a Luc para que…?

—No puedes detenerte aquí —la interrumpió Jacks—. Ya te he dicho lo que pienso de tu hermanastra. Yo no hice un trato con ella, y nunca lo haré.

—Entonces, ¿por qué pareciste tan alarmado cuando Luc me contó que había estado bajo el influjo de la magia?

—Fue un momento terrible… Y tú no eres nada razonable en lo que respecta a él —gruñó Jacks, masticando las palabras—. Para la mayoría de la gente, yo soy lo peor que puede pasarles. Pero para ti, no. Para ti, lo es él. Es como si quisieras que ese chico te destruyera, y es solo un humano… O lo era hasta que lo ayudaste a cambiar.

Evangeline quería discutir. Era posible que Jacks tuviera razón sobre Luc, y creía que era verdad que no había hecho un trato con Marisol, lo que le provocó una inesperada sensación de alivio. Pero, aun así, Jacks no tenía que ser tan cruel con ella solo porque no pudiera desconectar sus sentimientos como hacía él. Sabía que sentir con tanta pasión tenía desventajas; su corazón podía interponerse en el camino de la lógica y de la razón. Pero bloquear todas las emociones era igualmente traicionero.

Evangeline pagó su frustración con las escaleras, acelerando su paso para adelantar a Jacks mientras emprendían otro tramo. Por fin, llegaron a las plantas en las que los grilletes ya no colgaban de las paredes y donde no se podían oír los sonidos desesperados de los cambiantes.

Y, aun así, todavía sentía un mordisco ocasional de calor en su garganta. Antes había planeado sobre su pulso, pero ahora lo sentía justo en la nuca.

Subió otro tramo de escaleras con rapidez y llegó a un rellano bien iluminado donde por fin vio la brillante puerta que los llevaría al exterior. Sin embargo, la quemazón de su nuca se estaba volviendo imposible de ignorar.

¿Y por qué ya no podía oír a Jacks?

—Jacks… —Evangeline se detuvo para girarse.

Jacks estaba muy cerca. Demasiado cerca. Tan cerca como para susurrar. Debería haberlo oído justo a su espalda, pero era sobrenaturalmente silencioso. Y su apariencia había cambiado.

—Tu cabello…

El azul había desaparecido. Volvía a ser dorado, resplandeciente y brillante y absolutamente magnífico. No debería haberlo mirado fijamente; mirar fijamente a Jacks nunca era una buena idea. Pero le era imposible apartar la mirada. Tenía la piel sonrosada y sus ojos también parecían más brillantes, de un radiante azul zafiro. Parecía mitad ángel, mitad estrella caída, y era devastador.

—Evangeline… Deja de mirarme así. Estás haciendo que esto sea mucho más difícil.

Jacks habló entre los dientes apretados, pero aun así captó un atisbo de sus incisivos afilados, que ahora parecían colmillos.

Hay dos tipos de mordiscos de vampiro, le había dicho Caos. *Podemos morder a un humano solo para alimentarnos, o podemos infectar nuestro mordisco con veneno vampírico para convertir al humano en un vampiro.*

Inhaló bruscamente. Luc no había mordido a Jacks para alimentarse.

—Te ha infectado con el veneno.

43

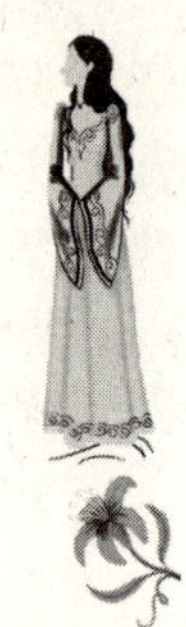

Jacks dio un paso atrás, escalofriantemente silencioso. Sus botas de cuero no hicieron ningún ruido sobre el suelo de piedra.

—Deberías irte —consiguió decir. Sus colmillos se alargaron mientras hablaba.

Evangeline era muy consciente de la sangre que corría por sus venas y de los latidos de su corazón. Si alguna vez volvía a ver a Luc, sería ella quien usaría la espada. Quizá no conseguiría cortarle la cabeza, pero sin duda lo intentaría.

—¿Por qué no te marchas?

Jacks hinchó las fosas nasales y Evangeline sintió una oleada de calor sobre su pulso, atenuando el breve influjo bajo el que había estado. Jacks no era un ángel caído; estaba a punto de convertirse en algo mucho peor.

La joven curvó los dedos de los pies en el interior de sus botas, luchando contra el deseo de retroceder lentamente o de echar a correr. Si Jacks la mordía, se convertiría en un auténtico vampiro. Él odiaba a los vampiros, y a ella tampoco le gustaban demasiado. Pero si lo dejaba allí y él encontraba a otro humano antes del alba, no sabía si conseguiría controlarse tanto como parecía hacerlo con ella.

Jacks se había quedado muy quieto. Lo único que se movía eran sus pupilas, que se dilataron hasta que sus ojos se volvieron casi negros. Los ojos de Luc no habían hecho eso. Pero, claro, Luc no había sido un Destino cuando lo infectaron.

—¿Quieres ser un vampiro? —le preguntó Evangeline.

—No —replicó Jacks—. No quiero ser un vampiro, pero quiero morderte.

La piel de Evangeline se calentó.

Jacks apretó los dientes, mirándola con furia porque ella aún seguía allí.

—Debes irte —repitió.

—No voy a dejarte así. —Evangeline buscó unos grilletes en el vestíbulo.

—No vas a encadenarme a un muro. —Jacks la fulminó con la mirada.

—¿Tienes alguna sugerencia mejor?

Un inquietante grito de victoria resonó abajo. Otro cambiante seguramente se había liberado. El ruido sonó como si estuviera muy lejos, pero Evangeline se preguntó si el cambiante podía sentir dónde estaba, si era consciente de algún modo de que había un humano cerca.

—¿Es bueno tu sentido del olfato? —le preguntó.

Las fosas nasales de Jacks se hincharon de nuevo.

—Hueles a miedo y a...

Algo ilegible atravesó su rostro, pero lo que iba a decir a continuación quedó interrumpido por otro sonido que venía de abajo... como un trueno subiendo por las escaleras.

Sin otra palabra, ambos corrieron hacia la salida.

Fuera, la fría noche de invierno era casi demasiado luminosa. La luna había salido de su escondite tras las nubes para prestar atención a Jacks, iluminando su perfecta mandíbula, sus largas pestañas y la curva de su boca petulante. Parecía un etéreo desamor. Evangeline seguía sintiendo la necesidad de girar la cabeza y mirarlo, y sabía que era el efecto de la seducción vampírica. La ineludible atracción de la peligrosa belleza y del poder.

—¿Por qué no huyes? —le preguntó Jacks.

—Teniendo en cuenta cómo me estás mirando, supongo que me perseguirías o que buscarías a otro humano al que morder sin sentirte culpable.

No me sentiría culpable si te mordiera a ti.

Evangeline no sabía si la voz de su cabeza era una amenaza, un lapsus en el control de Jacks o solo una advertencia de que se estaba quedando sin tiempo.

—Debes irte —repitió.

Ella lo ignoró y examinó el oscuro cementerio. Una idea desesperada pero posiblemente inspirada se le ocurrió al ver un mausoleo cubierto de florecidas enredaderas de trompetero cuyo lechoso blanco resplandecía bajo la luna.

—Allí —dijo, señalando la estructura—. Entraremos allí. Las familias plantan trompeteros cuando quieren proteger los cuerpos de sus seres queridos de los espíritus demoníacos. —Lo sabía porque ella misma lo había hecho para sus padres—. Ese mausoleo está cubierto de flores de trompetero, lo que significa que seguramente hay otras protecciones en el interior, como una verja con candado para mantener los ataúdes a salvo.

Un músculo latió en el cuello de Jacks.

—¿Quieres encerrarme en un ataúd?

—No en un ataúd, solo al otro lado de la verja, y solo hasta el amanecer.

—No necesito que me encierres. Puedo controlarme.

—Entonces ¿por qué no dejas de decirme que huya? —Levantó la mirada para encontrarse con los ojos de Jacks.

Medio segundo después, Jacks la tenía inmovilizada contra el árbol más cercano. Su espalda golpeó la madera, el pecho febril de Jacks presionó el suyo y sus manos subieron hasta su garganta, ardientes como el fuego sobre su piel.

—Jacks —jadeó Evangeline—. Suéltame.

Él se apartó tan rápidamente como la había agarrado.

La fuerza de su liberación hizo que cayera contra el árbol. Cuando se enderezó, él siguió caminando hacia la cripta.

Evangeline se frotó el cuello mientras lo seguía. No la había agarrado tan fuerte, pero todavía sentía la piel abrasada por sus manos.

—Creía que a los vampiros se los sentiría fríos.

Y Jacks siempre transmitía una sensación de frío.

—El veneno de vampiro es caliente, sobre todo cuando provoca el hambre —dijo Jacks con voz ronca mientras abría la puerta del mausoleo.

Y, como Evangeline sospechaba, aquella cámara había sido construida por supersticiosos. Antorchas siempre iluminadas colgaban de las paredes, proporcionando cierta calidez y proyectando su luz sobre una excelente verja de hierro que iba desde el suelo al techo y que separaba a los potenciales visitantes de los cuatro ataúdes de piedra en el lado opuesto.

—¿Ahora qué? —le preguntó Jacks con brusquedad.

Evangeline se acercó a la puerta con rapidez. No reconocía todos los símbolos protectores que habían grabado en el hierro forjado, pero los barrotes parecían lo bastante gruesos para retener a Jacks, al menos durante varias horas, hasta que el sol se decidiera a salir. Le habría gustado que el candado de la puerta fuera más fuerte, pero debería servir.

—¿Ves alguna llave colgando del muro? —le preguntó.

—No. —La voz de Jacks sonaba tensa. Después, apenas audible, continuó—: Prueba con las manos. Pínchate un dedo para hacerte sangre y pídele a la puerta que se abra.

Evangeline se giró.

Jacks estaba derrumbado contra la pared más lejana, con la piel de un doloroso tono pálido.

No cometió el error de mirarlo a los ojos de nuevo, pero un vistazo a su rostro le bastó para confirmar que apenas se estaba conteniendo.

Pensó en preguntarle si solo intentaba conseguir que se hiciera sangre, pero le pareció mala idea perder más tiempo. Se pinchó el dedo con uno de los afilados diseños de la puerta de hierro, extrajo una gota de sangre y la presionó rápidamente contra la cerradura.

—Ábrete, por favor.

Funcionó como por arte de magia. El candado se abrió, la puerta osciló y Evangeline se quedó boquiabierta.

—¿Cómo sabías que eso funcionaría? —le preguntó.

Jacks se movió demasiado rápido como para que Evangeline lo viera.

—Este no es el momento ni el lugar para hablar de eso —le dijo desde el otro lado de la verja, y después la cerró con fuerza.

El candado que la joven acababa de abrir se cerró con un diminuto clic, haciéndola dolorosamente consciente de lo poco que se interponía entre Jacks y ella. Él también parecía consciente de ello. Había entrado por voluntad propia a la jaula, pero ahora miraba el candado como un ladrón, pensando en cómo romperlo.

44

Si Jacks decidía que quería escapar de su prisión, Evangeline dudaba de que le exigiera mucho esfuerzo.

Tenía que encontrar un modo de distraerlo.

Le preguntaría sobre algo que le resultara interesante. Ella quería saber más sobre el candado y por qué su sangre lo había abierto, pero él ya se había negado a abordar ese tema. También se preguntaba si ya sabría la respuesta… si su habilidad para abrir mágicamente el candado tendría algo que ver con el Arco Valory. Cuando Apollo le contó la profecía que cerraba el arco, le dijo que, cuando cada parte de ella se cumpliera, se crearía una llave que abriría el arco. ¿Y si ella era esa llave?

¿Sería posible? ¿O los sucesos de aquella salvaje noche estarían afectándola y haciéndola delirar con milagros mágicos? Si pensaba en todas las veces que había atravesado un arco, no le parecía un delirio. Todos ellos le habían susurrado palabras… cosas que tenían mucho más sentido si ella era la llave profética.

Nos alegra mucho que nos hayas encontrado.

Hemos estado esperándote.

Tú también podrías haberme abierto.

Una emoción incómoda la atravesó. No quería tener nada que ver con el Arco Valory y desde luego no quería ser su llave, ni siquiera si eso acababa de ayudarla a salvar la vida. No obstante, si quería sobrevivir, tenía que mantener a Jacks ocupado.

Por fortuna, Evangeline no andaba corta de preguntas. Había una en concreto que llevaba carcomiéndola un tiempo.

—Cuéntame qué ocurrió con la princesa del Imperio Meridional, la que Caos y LaLa mencionaron antes. Donatella.

—No. —La voz de Jacks era veneno puro—. No quiero hablar de ella. Nunca.

Aquel tema sería perfecto.

El resto de las veces en las que se mencionó a la princesa, Jacks enmascaró su expresión con rapidez. Pero estaba teniendo problemas para controlarse, o el veneno vampírico estaba fortaleciendo sus emociones. Evangeline volvió a sentir la presión de la mirada de Jacks, pero ya no estaba en su cuello o en su pulso: era calor danzando sobre todo su cuerpo.

—Mala suerte, Jacks. —Evangeline se cruzó de brazos mientras él caminaba de un lado a otro en el interior de su jaula—. Necesitas algo que te distraiga, así que vas a hablar de la princesa Donatella. No me importa si me dices cuánto la odias o cuánto la amas. Puedes cantar versos sobre lo hermosa que es o sobre el color de su cabello.

Jacks emitió un sonido estrangulado que podría haber sido un primo lejano de una carcajada.

—Ella no es el tipo de chica que tú crees. —Y algo cambió en su voz, se suavizó, y Evangeline tuvo la incómoda y extraña sensación de que de verdad habría cantado canciones sobre aquella chica—. La primera vez que la vi, me amenazó con lanzarme de un carruaje aéreo.

—¿Y por eso te gustó? —le preguntó Evangeline.

—Yo acababa de amenazarla con matarla. —Lo dijo como si hubieran estado coqueteando.

—Esta es una historia de amor terrible, Jacks.

—¿Quién ha dicho que fuera una historia de amor? —Su tono volvió a ser ácido. Evangeline pensó que iba a dejar de hablar pero, para su sorpresa, continuó—: Cuando volvimos a vernos, la besé.

Dijo *la besé* como cualquier otra persona habría dicho que la apuñaló por la espalda. No había nada anhelante o romántico en ello, lo que le confirmaba que Jacks tenía muy deformada su definición del amor. Y, aun así, de algún modo, la idea de que Jacks besara a la princesa hizo que algo doloroso se retorciera en su interior.

—¿La besaste porque pensabas que era tu verdadero amor?

—No. Necesitaba algo de ella y le dije que mi beso la mataría a menos que me consiguiera lo que quería.

—Espera… ¿Me estás diciendo que tu beso no es mortal si no quieres que lo sea?

—Cuidado, Pequeño Zorrillo, pareces curiosa. Pero no deberías estarlo. —Jacks dejó de caminar y tamborileó un *staccato* con sus largos dedos sobre la verja de hierro—. Mentí a Donatella. Mi beso es siempre letal. Enlenteció su corazón, de modo que no la mató de inmediato, pero habría terminado con su vida en cuestión de días, hiciera o no lo que yo quería.

—Entonces, ¿por qué no se murió?

—Probablemente porque mi corazón comenzó a latir —dijo Jacks con frivolidad, como si fuera un pequeño detalle que podría haber dejado fuera de la historia, a pesar de que había leyendas enteras dedicadas al corazón detenido de Jacks y a la mítica joven que lo haría latir de nuevo, su único y verdadero amor.

Evangeline sintió ese algo, terrible y doloroso, agitándose de nuevo en su interior. La idea de que aquella joven fuera el verdadero amor de Jacks no debería haberle dolido. Jacks ni siquiera le caía bien. No debería molestarle que otra chica hubiera hecho latir su corazón. Debería alegrarse de que la princesa no hubiera muerto. Puede que solo sintiera pena por Jacks, porque ya sabía que aquella historia no había terminado bien.

—¿Qué ocurrió después?

—Según las historias, se suponía que ella debía ser mi único y verdadero amor —le confirmó Jacks. Había burla en su voz, pero esta no escondía el dolor que recortó sus palabras y endureció sus rasgos—. Por supuesto, como seguramente has adivinado, no funcionó. Ella nunca me perdonó ese primer beso. Se enamoró de otra persona y después usó mi propia daga para apuñalarme el corazón.

Evangeline inhaló, temblorosa e incapaz de imaginar lo que debió ser, sobre todo para Jacks, cuya única motivación como Destino era encontrar a su verdadero amor.

Ella podía comprender esa motivación. De hecho, la comprendía mucho mejor de lo que quería admitir. Le habría gustado decir que nunca se había arriesgado a matar a alguien por amor, pero había hecho un trato con Jacks que había convertido a todos los asistentes a una boda en piedra, que había embrujado a un príncipe y finalmente la había conducido allí. Solía pensar que era el destino, o Jacks, jugando con su vida, pero habían sido sus propias y cuestionables decisiones las que la habían hecho tomar aquel camino.

Intentaba convencerse de que había actuado por amor a Luc, pero en realidad no había sido así. No había tomado aquellas decisiones por amor, sino porque *quería* amor. Luc no era su debilidad; lo era el amor. Y ni siquiera el amor de verdad, sino la idea del amor.

Aquella era la razón por la que la historia de Jacks le había resultado tan dolorosa. No era porque se sintiera atraída por Jacks. Jacks no le gustaba. Solo quería que alguien la deseara como Jacks había deseado a aquella chica, y no debido a un hechizo o a una maldición. Evangeline quería un amor de verdad, uno lo bastante poderoso como para romper un hechizo, y eso era exactamente lo que Jacks quería también.

El Destino apoyó la cabeza contra la oscura verja de hierro. Evangeline no olvidaría nunca su aspecto en aquel momento.

Seguía siendo indescriptiblemente arrebatador, pero lo era con la belleza trágica de un cielo del que todas sus estrellas están cayendo. Su cabello era una tormenta de oro roto; sus ojos, un caos plateado y azul. La frialdad que había visto durante su primera noche en Valorfell había desaparecido, pero ahora comprendía por qué había estado allí, por qué había parecido tan incapaz de ofrecer consuelo o amabilidad. La joven que se suponía que era su verdadero amor le había dado una puñalada en el corazón, literalmente.

—Siento que Donatella te hiciera tanto daño —le dijo Evangeline. Y lo decía en serio. Suponía que Jacks estaba omitiendo algunas cosas, pero creía que su dolor era auténtico—. Puede que las historias estén erradas y que haya otro amor verdadero esperándote.

Jacks se rio con desdén.

—¿Lo dices porque crees que podrías ser tú? —La miró a través de los barrotes con una expresión que bordeaba la indecencia—. ¿Quieres besarme, Pequeño Zorrillo?

Algo nuevo y terrible formó un nudo en su interior.

—No, no es eso lo que estoy diciendo.

—No suenas demasiado segura. Puede que no te caiga bien, pero apuesto a que te gustaría que te besara.

Los ojos de Jacks se posaron en los labios de Evangeline y ella sintió el calor que sobrevoló su boca como el inicio de un beso.

—Jacks, para —demandó. Él, en realidad, no quería besarla. Solo estaba burlándose de ella para alejar el dolor—. Sé lo que estás haciendo.

—Lo dudo. —Él sonrió, mostrándole sus hoyuelos mientras se pasaba la lengua sobre la punta de un incisivo muy afilado y largo. De repente, parecía pensativo—. Quizá no estaría tan mal seguir así. Estos colmillos me gustan bastante.

—También te gusta la luz del día —le recordó Evangeline.

—Seguramente podría vivir sin el sol, si pudiera cambiarlo por otras cosas. —Ladeó la cabeza—. Me pregunto… Si me convirtiera en un vampiro de verdad, quizá mis besos ya no serían letales. —Sus colmillos se alargaron—. Si dejaras que te mordiera, lo descubriríamos.

Otra penetrante lamida de calor, esta vez justo debajo de su mandíbula y después en su muñeca, y en un par de otros lugares íntimos que nunca habría pensado que alguien podría morder.

Se sonrojó desde el cuello hasta la clavícula.

—No vamos a hablar de morder —dijo, acalorada.

—Entonces, ¿de qué deberíamos hablar?

Los ojos de Jacks regresaron a sus labios y el calor se deslizó entre ellos cuando los separó.

Evangeline succionó aire con brusquedad. Quizá se había equivocado. Quizá sí quería besarla, pero eso no significaba nada. Seguía obsesionado con la princesa Donatella, y LaLa había dicho que la maldición de Jacks era su beso: si notaba aunque solo fuera una pizca de atracción, se sentiría tentado a besar. Pero eso no significaba que sintiera algo real.

—Tengo curiosidad —le dijo—. Si tienes la habilidad de controlar a la gente, ¿por qué no la usaste para que la princesa te amara?

La sonrisa burlona de Jacks se desvaneció.

—Lo hice.

—¿Qué ocurrió?

—Creo que mi turno ha terminado —dijo con brusquedad—. Ahora te toca a ti. Y quiero que me hables de Luc.

Evangeline hizo una mueca. No quería hablar de Luc en ese momento, no después de lo que acababa de pasar, y no con Jacks, que se había burlado de sus sentimientos por él desde el momento en el que la conoció.

—Preferiría otro tema, por favor.

—No. Yo he respondido a tus preguntas, y tú vas a responder a las mías.

—¿Por qué quieres que te hable de Luc? Acabas de ver cómo terminó la historia.

—Cuéntame cómo empezó. —Jacks le dedicó la esquina de una sonrisa falsamente alegre—. Tu historia sin duda debe haber comenzado con mejor pie que la mía. ¿Qué hizo que te enamoraras tan locamente de él como para estar dispuesta a rezarme?

Evangeline tomó aliento.

—Deja de postergarlo, Pequeño Zorrillo, o empezaré a recordar cuánto estoy sufriendo porque en lo único en que puedo pensar es en probar tu sangre. —Jacks bajó la mirada.

La oleada de calor atacó su pecho, justo sobre su corazón, y esta vez la sintió como un mordisco, no como un beso.

—De acuerdo… Luc se mantuvo a mi lado cuando mi padre murió.

—¿Por eso te enamoraste de él?

—No… Creo que lo amaba desde antes. —Se sintió tentada a decir que lo había querido desde la primera vez que lo vio, pero Jacks sin duda se burlaría de ella por eso—. Al principio, me pareció atractivo. Todavía recuerdo que la campanilla sobre la puerta de la tienda sonó dos segundos enteros antes de que él entrara por primera vez, como si ella también pensara que era especial.

—O como si intentara advertirte para que te mantuvieras alejada de él —gruñó Jacks.

—¿Quieres que continúe o no?

Jacks hizo el gesto de sellarse los labios.

Evangeline dudaba de que su silencio fuera a durar demasiado, pero él la sorprendió haciendo un esfuerzo genuino por escucharla educadamente.

Jacks tenía los nudillos blancos, de tanto apretar los puños, y su mandíbula parecía incómodamente tensa. Al parecer, tenía que esforzarse más ahora que no estaba hablando, pero saltó sobre uno de los ataúdes de piedra y se sentó con las piernas cruzadas como un niño al que le están contando una historia.

Evangeline se preguntó si debería quedarse de pie, por si acaso tenía que huir. Pero quizá lo haría sentirse más cómodo que lo imitara. Con cuidado, se sentó sobre el frío y húmedo suelo, dando a sus piernas cansadas un descanso.

—Crecí trabajando en la tienda de curiosidades de mi padre. Me encantaba... Me sentía en casa, más que en ningún otro lugar del mundo. Pero pasaba tanto tiempo allí que en realidad no tuve amigos fuera de ella hasta que conocí a Luc. Al principio creí que solo le gustaban los objetos extraños. Después, un día, entró y no compró nada. Dijo que solo quería verme y admitirlo no parecía enorgullecerlo ni asustarlo.

—Y... —la interrumpió Jacks.

—Entonces fue cuando supe que me había enamorado de él.

—¿Lo único que hizo fue decirte que le caías bien? —Jacks sonó decepcionado—. ¿Ese fue su gran gesto? ¿Nunca había sido agradable contigo ningún otro chico?

—Montones de jóvenes han sido agradables conmigo, y Luc tuvo otros grandes gestos.

Jacks frunció el ceño.

—Háblame de esos grandes gestos.

Evangeline se movió sobre el suelo frío e intentó acomodar sus piernas bajo su cuerpo. Jacks parecía pensar que todas las relaciones necesitaban algún gesto glorioso para validarlas.

—No todos los amores tienen que tener una gran historia, Jacks. El inicio de mi romance con Apollo tenía todos los puntos para ser una historia de amor épica, pero tú viste lo mal que terminó.

—Entonces, ¿dices que prefieres un romance aburrido si este termina bien?

—Sí. De buena gana aceptaría un *felices para siempre* sin contratiempos.

Jacks se rio.

—No, no es verdad. No habrías sido feliz con Luc, y menos para siempre. Vosotros no encajáis bien. Él no es ni la mitad de fuerte que tú; ni siquiera dudó antes de intentar morderte. Y no se habría convertido en piedra para salvarte.

—Eso no lo sabes.

—Sí, lo sé. Siempre hay un modo de romper una maldición. Tan pronto como bebiste del cáliz de Veneno, este se rellenó. Yo no me quedé para explicar las reglas, pero estas aparecieron en el lateral de la copa. Luc podría haberte salvado, si hubiera querido.

A Evangeline empezaron a temblarle las manos. Nadie le había contado aquello.

—Eso no significa nada. Luc estaba bajo el hechizo de amor de Marisol.

—Podría haberlo roto —dijo Jacks con brusquedad—. Si de verdad te hubiera querido, el hechizo podría haberse roto. He visto cómo ocurrió en otras ocasiones.

—¡Para, Jacks!

Evangeline se puso en pie. Ya era bastante malo saber que había hecho tanto por amor; no quería oír que Luc, en realidad, nunca la había querido.

—No intento ser cruel, Pequeño Zorrillo, es que...

—No, Jacks, eso es exactamente lo que estás haciendo. Es lo que siempre haces. —Era también lo que había esperado, pero estaba demasiado cansada para seguir aguantándolo. Quizá había tomado algunas decisiones cuestionables por amor, pero Jacks hacía daño a la gente a propósito, por diversión—. ¿Sabes? Es posible que la verdadera razón por la que Donatella te dio una puñalada en el corazón y decidió amar a otra persona no fuera solo por ese beso casi mortal. Quizá fue tu incapacidad para comprender cualquier emoción remotamente humana.

Jacks hizo una mueca. La escondió con rapidez y resultó difícil verla, a pesar de todas las antorchas, pero Evangeline habría jurado que las mejillas del Destino se habían llenado con vetas de color.

Sintió una punzada de culpa, pero no consiguió detenerse.

—Apuesto a que ni siquiera te disculpaste por haberla besado. Y eso seguramente no fue lo peor que hiciste. Quiero decir, ¿no es tu idea de romance besar a una chica y después esperar a ver si se muere o no? Sé que las leyendas dicen que merece la pena morir por tus besos, pero ¿cómo lo saben, si todo el mundo se muere? ¿Quién escribió esas historias? ¿Las escribiste tú mismo, para sentirte mejor?

Jacks despojó su rostro de toda emoción, se bajó del ataúd y caminó hasta los barrotes.

—Pareces celosa.

—Si crees que me da celos que otra persona haya conseguido apuñalarte, no te equivocas.

—Demuéstralo.

Oyó el golpe sordo que produjo su daga al caer a sus pies. Era la que estaba decorada con gemas, la que llevaba a todas partes. Faltaban muchas de sus piedras preciosas, pero la empuñadura del cuchillo seguía destellando bajo la luz de las antorchas, vibrando en azul y púrpura, el color de la sangre antes de ser derramada.

—¿Qué se supone que voy a hacer con esto?

—Quizá quieras usarlo, Pequeño Zorrillo.

Las comisuras de su boca se curvaron en una sonrisa mientras deslizaba sus manos pálidas con lentitud entre los barrotes de la verja y rompía el candado en dos. Podría haber sido una ramita, un trozo de papel, o *ella*.

45

Antes de que Evangeline pudiera inhalar, Jacks estaba justo delante de ella. Sus labios se curvaron en una sonrisa devastadora que en cualquier otra persona habría parecido invitadora o coqueta, como si lanzarle un cuchillo a los pies y desafiarla a apuñalarlo fuera el equivalente a pedirle un baile.

—Jacks… —Evangeline intentó no sonar como si su corazón latiera desbocado.

—¿Ya no quieres hacerme daño, Pequeño Zorrillo? —Extendió un dedo para recorrer con suavidad su clavícula expuesta, prendiendo fuego cada centímetro de su piel—. Puedes blandir la daga cuando quieras.

Pero Evangeline no podía hacerlo. Apenas conseguía seguir respirando. La mano de Jacks estaba en el hueco de su garganta, tierna y cariñosa. Jacks la había tocado antes; la noche anterior la había tenido en sus brazos mientras dormía, pero había actuado como si eso fuera una tortura. Sus caricias no habían sido cálidas ni curiosas.

O quizá fuera ella quien sentía curiosidad. Sabía que no debería, pero ¿no se había preguntado cómo sería ser deseada con la intensidad con la que Jacks parecía desear las cosas?

La sonrisa del Destino se hizo más amplia mientras sus manos se movían desde su garganta hasta sus hombros para apartar su capa con lentitud, exponiendo su piel.

—Deberías volver al otro lado de la verja —dijo Evangeline con voz ronca.

—Fuiste tú quien dijo que necesitaba una distracción.

Sus dedos siguieron bajando, deslizándose por su pecho hasta la sensible extensión de piel justo por encima de la línea de encaje de su corsé.

La joven contuvo la respiración.

—No creo que esto sea una buena idea.

—Eso es lo que la hace interesante.

Su otra mano encontró su mandíbula mientras que el dedo de su corsé acariciaba con suavidad justo el punto sobre su corazón, persuadiéndolo para que latiera aún más rápido.

—Siempre puedes usar la daga —se burló—. Yo no te gustaría como vampiro, Pequeño Zorrillo.

Con la mano cálida que tenía en su mandíbula, le levantó la cabeza hasta que ella lo miró a los ojos. Los tenía dilatados, casi negros, y de algún modo todavía tan brillantes como estrellas rotas.

Tenía que apartarse de él. Aquello estaba mal por muchas razones, y era increíblemente estúpido permitir que siguiera tocándola, que le *gustara* el modo en el que seguía tocándola.

De no ser por el veneno vampírico, Jacks no estaría haciendo aquello.

No importaba que estuviera siendo gentil, que sus nudillos apenas rozaran su piel mientras avanzaban en su camino desde su pecho hasta su nuca. Su otra mano viajó hasta su cadera, arrastrándose con lentitud sobre su falda para acercarla más a él. El mausoleo estaba congelado, pero Jacks emanaba tanto calor que podría haber abrasado cada centímetro de su piel. Deslizó la mano desde su cuello hasta su cabello y retorció sus mechones con los dedos para apartárselos del cuello y…

Sus dientes acariciaron su pulso.

—Jacks…

De repente, le era imposible formar palabras. La boca cálida de Jacks planeaba sobre su garganta, sus dientes se cernían sobre su piel. ¡Sus *dientes*! Evangeline le puso una mano firme en el pecho, pero fue tan inútil como intentar luchar contra un bloque de mármol. De mármol caliente, esculpido. Quería decirle que no la mordiera, pero decir la palabra *morder* no parecía la idea más sensata justo entonces.

—Más tarde te arrepentirás de esto…

—No estoy pensando en lo que ocurrirá más tarde.

La lamió, una caricia lánguida se deslizó por la columna de su cuello.

Evangeline contuvo el aliento.

—Ni siquiera te gusto.

—Ahora mismo me gustas. Me gustas un montón. —Succionó su piel con suavidad—. De hecho, no se me ocurre nada que me guste más.

—Jacks… Todo esto es por el veneno de vampiro. —Le presionó el pecho con más fuerza, frenética, pero él no pareció notarlo. Su lengua seguía en su cuello, jugando con su pulso—. Tú…

Le fallaron las palabras cuando los dientes de Jacks la rozaron, rastrillando su piel sensible de un modo que no debería haber sido tan increíblemente agradable.

Tenía que detenerlo. Un mordisco. Una gota de sangre derramada, y ambos estarían en problemas.

—Si lo haces… no volverás a ver la luz del sol. ¿No echarás de menos el sol?

Su única respuesta fue otra tortuosa lamida, y después le apretó las caderas con la otra mano, tirando de ella como si se preparara para…

—¡Me necesitas para abrir el Arco Valory!

Jacks se detuvo al oír sus palabras.

Su respiración se volvió entrecortada mientras sus labios se cernían sobre su pulso. No la mordió, pero tampoco la soltó. Si acaso, la abrazó más fuerte. Estaba ardiendo contra ella. Evangeline intentó relajarse y respirar, segura de que él podía sentir sus latidos desbocados y oír su sangre corriendo por sus venas. Pero Jacks no cerró los dientes.

No se movió, excepto para inhalar y exhalar.

Evangeline perdió la cuenta del tiempo que estuvieron allí, atrapados en un abrazo contra el que no podía luchar y del que Jacks parecía no poder liberarse. Hubo momentos en los que le costó. Jacks enredó los dedos en su cabello, le acarició el cuero cabelludo con las puntas de sus dedos fríos…

Fríos. Tenía la palma helada.

La joven se atrevió a levantar la mirada mientras la luz del sol de la mañana reptaba a través de la ventana del mausoleo. Habían sobrevivido a la noche.

Jacks tensó los brazos, como si acabara de llegar a la misma conclusión.

Todo lo que había ardido en él de repente parecía hielo: su pecho, sus brazos, su aliento sobre el cuello de Evangeline.

El Destino se apartó de ella lentamente, con movimientos rígidos y desgarbados. Volvía a ser el Jacks que la había llevado al apartamento de LaLa. El calor, el deseo, el hambre… todo se había desvanecido con la noche. Apartó los dedos de su cabello con manos torpes. Le pareció inquietantemente parecido al momento en el que Apollo se liberó de su magia, aunque Jacks no estaba enfadado, solo incómodo.

Al menos, no se estaba riendo. Evangeline no creía que hubiera soportado que se burlara de ella por dejarlo acercarse tanto o por quedarse sin aliento mientras le lamía el cuello.

Las mejillas le ardieron de repente y le agradeció que no la mirara mientras se agachaba para recoger su daga.

Le dio la espalda y se tomó un momento para arreglarse el cabello y respirar profundamente, inhalando el frío aire de la mañana en lugar del aroma de Jacks.

—Toma.

La voz de Jacks sonó justo a su espalda. Y entonces sintió su capa de volantes sobre los hombros, que él unió rápidamente a los tirantes de su corsé.

—Si te mueres de frío, todas las molestias que me he tomado para mantenerte con vida no habrán servido de nada.

Su tono burlón había vuelto, brusco y mordaz, y aun así Evangeline notó la suave caricia de las puntas de sus dedos deteniéndose un instante sobre su cuello antes de apartarse.

Intentó no reaccionar. Ni siquiera estaba segura de que él se hubiera dado cuenta de lo que había hecho. Cuando se giró para mirarlo, estaba caminando hacia la salida del mausoleo con su indiferencia de siempre.

Había comenzado a seguirlo cuando la vio, destellando en el suelo: la daga que él le había tirado. La que tenía las piedras preciosas rotas. Había recogido su capa, pero había dejado el pequeño cuchillo.

—Espera…

Jacks la miró sobre su hombro.

Evangeline recogió la daga y se la ofreció.

El fantasma de una expresión preocupada curvó la boca de Jacks hacia abajo. Evangeline no podía leer sus ojos, pero su tono de voz sonó áspero.

—Déjala.

El Destino desapareció a través de la puerta sin otra mirada.

Evangeline cerró la mano alrededor de la empuñadura enjoyada de la daga.

Iba a quedársela, pero no se permitió preguntarse por qué.

Una capa de rocío helado cubría el recinto del cementerio y un ejército de dragones diminutos ocupaba la parte superior de las lápidas; lanzaban pequeñas chispas al roncar, que atemperaban el aire, haciéndolo pasar de congelado a solo frío.

Jacks se frotó la cara con una mano. Tenía ojeras amoratadas que no habían estado antes bajo sus ojos.

—Tenemos que llegar a algún sitio seguro —le dijo.

—¿Y si volvemos a Wolf Hall? —sugirió Evangeline.

Él le echó una mirada que habría marchitado un bosque.

—¿Quieres que te encierren en un calabozo?

—No me has dejado terminar. He estado pensando en lo que Caos nos dijo. Si lo que mató a Apollo fue ese óleo maléfico y no las lágrimas de LaLa, entonces la bruja que compró el aceite a Caos y envenenó a Apollo con él podría haber sido mi hermanastra.

Jacks entornó los ojos... ¿O los estaba cerrando? Parecía realmente exhausto. Ella también estaba cansada, pero el agotamiento quedaba oculto bajo un sinfín de sensaciones y necesidades mucho más urgentes, como descubrir quién había asesinado a Apollo.

Después de la revelación de Luc, se sentía más inclinada a pensar que la asesina era su hermanastra. Pero ¿solo pensaba aquello porque Luc le había dicho que Marisol lo había embrujado, o porque creía que Marisol era realmente culpable?

—No estoy segura de por qué habría querido Marisol envenenar a Apollo —admitió—, pero no dejo de pensar en el libro de hechizos que compró. Tal vez podríamos entrar a Wolf Hall a hurtadillas y tú podrías usar tus poderes con ella para obligarla a contarnos la verdad.

—Aunque esa me pareciera una buena idea, que no es el caso, no te ayudaríaaaa... —Jacks se detuvo, arrastrando las palabras al final.

—¿Estás bien? —le preguntó Evangeline.

Él la miró a los ojos y bostezó.

—Estoy... estoy... —Hizo un breve esfuerzo antes de detenerse para frotarse los ojos—. Estoy bien. Solo estoy cansado de... —Se balanceó en sus pies.

—Jacks...

Evangeline extendió una mano para ayudarlo a mantener el equilibrio.

Él se apartó con una mueca.

—Estoy bi...en —repitió, pero incluso esas palabras se vieron mancilladas por un bostezo.

—Te estás quedando dormido de pie.

—No es... —Jacks bostezó de nuevo, abriendo tanto la boca que se le cerraron los ojos.

—¡Jacks!

La chica lo zarandeó para despertarlo.

Jacks parpadeaba con los ojos encapotados, como si estuviera intoxicado. No había nada brusco en él; todo parecía suave, desde su alborotado cabello dorado a sus aletargados ojos azules. Habría sido divertido, en otras circunstancias... E incluso entonces era un poco cómico. Se lo imaginó en un titular de una gaceta de sociedad. ¡El sueño ha aniquilado al Príncipe de Corazones! ¡Derrotado por una siesta! ¡Destruido por la somnolencia!

Pero aquella fatiga no parecía natural.

—Jacks, creo que te pasa algo malo.

—Eso no es nada nuevo. —Él le dedicó una sonrisa lenta y pícara—. Solo necesito... encontrar una cama.

Se tambaleó hasta la siguiente parcela del cementerio, como si eso fuera suficiente.

—Oh, no... —Evangeline lo agarró del brazo y tiró de él hacia ella. No sabía cuánto tiempo podría seguir luchando contra él. Si Jacks decidía tumbarse, no sería lo bastante fuerte para levantarlo—. No puedes dormir aquí, Jacks.

—Solo un poquito, Pequeño Zorrillo. —Sus párpados pálidos aletearon—. Seguramente es solo un efecto secundario del veneno —murmuró—. El poder inmerecido siempre tiene un coste...

Se tambaleó hacia el suelo.

Evangeline lo agarró por los hombros para equilibrarlo de nuevo. Fuera un efecto secundario o no, no podían quedarse allí.

—Necesitamos llegar a algún sitio seguro, ¿lo recuerdas? Dime dónde vives.

En lugar de responder, Jacks se apartó y se derrumbó contra un árbol cercano cubierto de pósteres con la cara de Evangeline. Parecían haberse multiplicado durante la noche, creciendo como una plaga de papel. Pero ahora ya no solo decían que había desaparecido.

EVANGELINE FOX

SE BUSCA

Por ASESINATO

La princesa Evangeline Fox,
anteriormente conocida como
la encantadora salvadora de Valenda,
es buscada por el asesinato de su marido,
el príncipe heredero Apollo Titus Acadian.
Se cree que es muy peligrosa y que
probablemente posea habilidades mágicas.
Si ve a la princesa, no se acerque a ella.
Contacte de inmediato con la Real
Orden de Soldados.

Evangeline no sabía si quería gritar o llorar, o solo dejar que Jacks se acurrucara con ella como si fuera una manta. No era suficiente que sus padres hubieran muerto, que su primer amor hubiera sido embrujado por su hermanastra, que se hubiera convertido en piedra, que hubiera perdido la tienda de curiosidades de su padre y que se hubiera casado con un príncipe que había sido hechizado y después asesinado: ahora la culpaban oficialmente de su muerte.

—¡Jacks, por favor, vuelve en ti! Ya no estoy desaparecida, ahora me buscan por asesinato.

Lo zarandeó hasta que abrió los ojos, pero si hubiera esperado una respuesta coherente, se habría sentido decepcionada: lo único que hizo Jacks fue arrancar el cartel y cerrar los ojos de nuevo.

No fue fácil sacar a Jacks del cementerio, y fue incluso más desafiante descubrir dónde vivía. Siempre que Evangeline le preguntaba por su casa, Jacks sacudía su cabeza dorada y decía:

—La de LaLa está más cerca.

Por desgracia, o el apartamento de LaLa se había movido durante la noche, o Evangeline estaba demasiado nerviosa como para seguir bien las indicaciones. Volvió a subir a los chapiteles, pero no encontró la casa de LaLa entre las muchas tiendas y casitas apiladas. No ayudó que, mientras escalaban los infinitos peldaños, Jacks no dejara de derrumbarse contra las puertas y las paredes más cercanas murmurando sobre manzanas.

Se arriesgó a comprar un par de piezas de fruta a un vendedor pero, después de dar un bocado, Jacks las tiró y se apoyó pesadamente sobre su hombro.

El corazón de Evangeline alzó el vuelo, una respuesta totalmente equivocada.

Una mujer cargada con la colada los miró durante más tiempo del que se habría considerado educado y Evangeline entró en pánico. Tenían que encontrar algún sitio donde esconderse. No podían seguir vagando así. Alguien descubriría quiénes eran y llamaría a los soldados reales.

El mundo despertaba con cada segundo que pasaba. Los gritos de los vendedores anunciando periódicos, almejas y tónicos marinos llenaban las bulliciosas calles a sus pies. Evangeline intentó no escuchar los ruidos y concentrarse en encontrar un lugar seguro donde esconderse, pero no dejaba de oír el sonido de una campana, repiqueteando alegremente en una interminable cadencia de tintineos como si dijera: «¡Mírame! ¡Mírame!».

Por supuesto, Evangeline sabía que las campanas no hablaban, pero su madre le había contado que tenían un sexto sentido. Le había dicho que siempre les sacara brillo, que siempre tuviera cuidado con lo que decía delante de ellas y que siempre las escuchara si sonaban cuando no debían.

Evangeline miró el chapitel a su alrededor hasta que vio la alegre campana de hierro balanceándose frenéticamente sobre una puerta trasera cerrada con un letrero que decía: *Márchate*.

Tilín. Tilín. Tilín.

La campana no se detuvo hasta que Evangeline dejó a Jacks un momento, se acercó a la puerta y llamó.

Nadie abrió.

La campana siguió sonando con furia.

Evangeline probó el pomo.

No se movió. La puerta estaba cerrada, pero no parecía haber nadie dentro. Esperando que la campana estuviera haciéndole un favor y mostrándole un lugar donde esconderse, la joven sacó la daga de Jacks y se pinchó el dedo con la punta.

—Por favor, ábrete.

El pomo giró con un suave chasquido.

Encontró a Jacks acurrucado delante de la puerta más cercana, apretando un periódico contra su pecho como una manta.

—Vamos.

Se agachó para pasarle un brazo bajo la axila y, por una vez, él no protestó ni intentó tirar de ella para que lo acompañara en el suelo. Él apoyó la cabeza en su hombro mientras ella lo ayudaba a caminar hacia la puerta trasera, encorvada bajo su peso.

—Tienes mucha suerte de que yo esté aquí —gruñó.

—La suerte no tiene nada que ver con esto —murmuró Jacks—. Yo quería que estuvieras aquí, Pequeño Zorrillo. ¿Quiénes crees que le pidió a Veneno que te salvara y que sugiriera a su emperatriz que te enviara a la Nocte Eterna?

46

Evangeline y Jacks atravesaron la puerta juntos, tambaleándose. La habitación estaba fría y a ella le pareció que olía a manzanas, pero quizá solo fuera Jacks.

Un tragaluz proporcionaba apenas la iluminación necesaria para que Evangeline viera las paredes cubiertas de caóticas estanterías interrumpidas por una chimenea, un abarrotado escritorio con altos montones de papeles, un sofá de oscuro terciopelo ámbar y un par de butacas disparejas. Habían entrado en la biblioteca privada de alguien. Solo esperaba que el propietario no regresara mientras se escondían allí.

Tan pronto como la puerta se cerró tras ellos, Jacks se alejó de ella y se derrumbó en el sofá, apoyando la cabeza en uno de los brazos de terciopelo y dejando que sus largas piernas colgaran del otro extremo.

—¡Jacks!

Intentó despertarlo, esperando conseguir que respondiera al menos a una pregunta más antes de sucumbir por completo al sueño. Si hubiera estado más alerta, no habría admitido que le había pedido a Veneno que la curara y que lo ayudara a atraerla al Norte. No es que le sorprendiera por completo; su primera noche allí había tenido la impresión de que Jacks estaba esperándola.

—Cuéntame más. —Bajó la voz. Quizá podría conseguir que pensara que solo era parte de un sueño—. Dime qué quieres del interior del Arco Valory.

Evangeline dejó de sacudirlo por el hombro y le echó hacia atrás un mechón de cabello dorado que había caído sobre su rostro somnoliento. Se preguntó por qué se lo habría teñido. Si pretendía enmascarar su identidad, el azul era una opción terrible, demasiado llamativo e impresionante. No era que el brillante dorado fuera fácil de ignorar; incluso sin la seducción vampírica, la tentaba a mirarlo y estaba increíblemente suave mientras pasaba sus dedos sobre…

Jacks le cubrió la mano, fría y firme.

—Mala… idea… —murmuró.

Ella apartó la mano. No había querido tocarlo así. Jacks no era algo que se pudiera acariciar sin pensar. Ni siquiera era algo que le gustara. No obstante, tan pronto como lo pensó, supo que no era cierto. Ya no. No estaba preparada para decir que eran amigos, pero después de lo de la noche anterior, ya no parecían enemigos.

Un enemigo no pasaría la noche con alguien para asegurarse de que no se convirtiera en vampiro. Y un enemigo no la habría abrazado así ni habría saboreado su cuello como Jacks lo había hecho. Evangeline sabía que había querido morderla, pero para eso no habría necesitado la lengua.

No quería pensar demasiado en ello, y tampoco en la daga enjoyada que se había llevado de la cripta, guardándola en la vaina de su cadera. Se alegraba de que Jacks ya no fuera su enemigo, pero sería peligroso dejarse llevar y considerarlo un amigo.

Se permitió una pequeña sonrisa mientras tanteaba la capa de volantes que Jacks le había colocado sobre los hombros. Después se alejó de él.

Un papel susurró bajo su pie: el periódico que Jacks estaba sosteniendo.

Antes le había parecido que se aferraba al arrugado pliego blanquinegro como una manta porque estaba muy cansado. Seguramente repetía la noticia de que la buscaban por asesinato. Pero una mirada al titular la hizo cambiar de idea.

El Rumor del Día

LA NOVIA MALDITA Y EL NUEVO PRÍNCIPE HEREDERO

Por Kristof Knightlinger

Es oficial: el nuevo príncipe heredero, Tiberius Peregrine Acadian, se ha prometido con Marisol Antoinette Tourmaline, también conocida como la Novia Maldita. Sé que a muchos de vosotros os parecerá difícil de creer, pero yo no habría impreso estas palabras sin una confirmación del propio príncipe Tiberius. «Fue amor a primera vista», me dijo. «En cuanto posé los ojos en Marisol Tourmaline, supe que estábamos hechos para estar juntos».

He oído rumores de que muchos miembros de la corte real están molestos porque el príncipe Tiberius planea casarse antes de que su hermano haya sido siquiera enterrado. Por supuesto, también se rumorea que el cadáver de Apollo ha desaparecido, pero nadie en Wolf Hall habla de ello.

La boda tendrá lugar mañana por la mañana, y nadie puede evitar preguntarse por qué se va a celebrar tan pronto…

(continúa en la página 6)

Evangeline no tenía la página seis, pero no necesitaba seguir leyendo. Había intentado darle a Marisol el beneficio de la duda. No quería que su hermanastra fuera una asesina o un monstruo, pero en lo único en lo que podía pensar era en que Marisol había usado otra poción de amor para hechizar a Tiberius.

Y temía que eso no fuera lo único que había hecho.

Había sospechado que Marisol había asesinado a Apollo, pero nunca se le había ocurrido una razón por la que asesinar al príncipe. Hasta ahora. Muerto Apollo, Tiberius era el príncipe heredero. Cuando se casara con Marisol, se convertiría en rey y ella sería reina.

Habría sido más fácil hechizar a Apollo, pero quizá lo intentó y no funcionó porque el heredero ya estaba bajo la influencia de Jacks. ¿O Tiberius le resultaba más atractivo? Para Evangeline, era difícil comprender todo aquello.

Cuando pensaba en Marisol, recordaba cómo la había abrazado antes de la boda, como si de verdad fueran hermanas. Pero ¿y si ese no había sido un abrazo de *te quiero*? Quizá había sido un abrazo de *lo siento pero voy a matarte*.

Aunque le parecía absurdo pensar que su hermanastra hubiera intentado asesinarla, tampoco había creído que hubiera embrujado a Luc, y lo había hecho.

Marisol, además, había comprado libros de magia norteña tan peligrosos que LaLa y Jacks habían reaccionado como si fuera una villana solo por poseerlos. También podía ser la bruja que acudió a la cripta de Caos para conseguir el óleo maléfico.

El motivo era lo único que no parecía encajar del todo. Comprendía que su hermana hubiera usado un hechizo de amor, pero no la imaginaba matando a varias personas para conseguir una corona. Eso no parecía algo propio de ella, pero era posible que Evangeline no supiera en realidad de qué cosas era capaz Marisol.

Recordó las horribles palabras que había oído decir a Agnes: «Mírate. Tu piel. Tu cabello. Te sientas como un lazo mojado, y tienes unas ojeras horribles. Si fueras agradable a la vista, algún hombre pasaría por alto los rumores sobre tu maldición, pero ni siquiera yo tolero mirarte…».

Marisol creía en el amor, en los cuentos de hadas y en los finales felices porque eso era lo que sus padres le habían enseñado. Pero Agnes le había dicho que no era atractiva, que nadie la quería. ¿Por eso había hecho todo aquello?

Era horrible, de cualquier modo.

—¡Jacks, despierta!

Evangeline le puso una mano en el pecho, esperando que el gesto lo despertara, pero dormía tan profundamente que le podría haber parecido muerto de no haber sido por el movimiento de su pecho y por el constante latido de su corazón.

Su corazón.

De verdad estaba latiendo. Quizá lo hacía un poco más lento que un corazón humano, pero Evangeline no detuvo allí la mano. Le habría gustado que la ayudara con aquello, pero si no iba a despertarse pronto, no perdería el tiempo esperándolo.

No era que necesitara probar su inocencia o que quisiera salvar a Tiberius de la persona que podría haber asesinado a su hermano; Evangeline no era físicamente capaz de quedarse de brazos cruzados en aquella biblioteca perdida. Necesitaba saber si tenía razón sobre Marisol.

Y sabía cómo hacerlo exactamente. Había un modo de demostrar si Marisol era inocente o culpable: encontraría un antídoto para el hechizo de amor. Si funcionaba en Tiberius, revelaría la culpabilidad de Marisol. Si fracasaba, confirmaría su inocencia.

Pero tendría que encontrar una cura con rapidez y administrarla antes de la boda del día siguiente.

Según Luc, el veneno de vampiro podía romper un hechizo de amor, pero Evangeline no quería arriesgarse a hacer otra visita a Caos, e infectar a Tiberius con la toxina vampírica podría hacer más daño que bien.

Tenía que encontrar otro modo.

Después de encender el fuego en la chimenea, examinó las estanterías. Parecía demasiada coincidencia que pudiera encontrar un libro con un antídoto para las pociones amorosas, pero al menos era un lugar por donde empezar.

Altas y arañadas, las estanterías cubrían casi tres cuartos de las paredes de la biblioteca y su propietario no parecía dedicar demasiado tiempo a su organización.

En la primera pared de estantes, la que estaba más cerca de la puerta, Evangeline encontró un sinfín de libros distintos sobre viajes en el tiempo, pero no estaban juntos. Parecían repartidos al azar, colocados junto a algunos libros sobre el color azul, manuales acerca de cómo escribir poesía y el volumen de la letra «E» de una enciclopedia.

Tras decidir que aquellos estantes no contenían ningún libro de hechizos, ni libros de hechizos enmascarados como libros de cocina, avanzó. Estaba a punto de atacar otro grupo de estantes cuando vio el escritorio de la esquina; o, más concretamente, el toque de color que proporcionaban las botellas de Agua Maravillosamente Saborizada de Fortuna que había sobre la mesa. Había cuatro sabores (Suerte, Curiosidad, Rayos de sol y Gratitud), rodeados por un elaborado lazo púrpura que desentonaba con el resto de la estancia.

No debería haber tocado las botellas; eran sin duda un regalo. Pero vio sus llamativos colores y no pudo evitar levantar la botella azul cerúleo de la Curiosidad.

Intentó recordar la última vez que había bebido algo y la lengua se le quedó seca de repente. Nunca había probado las Aguas Maravillosamente Saborizadas de Fortuna, pero las había visto en varias ocasiones y, como proponía la etiqueta de la botella, sentía curiosidad.

El líquido burbujeó en su lengua. Sabía a algodón y a... ¿imperdibles? Estaba lejos de ser un sabor maravilloso, y aun así se lo bebió todo.

Pretendía dejar la botella de nuevo en su sitio y regresar a su tarea, pero seguía teniendo sed. Agarró la brillante botella de la Suerte, preguntándose si sabría mejor. El líquido del interior tenía un sensacional tono verde, pero sabía a hierba y a apio pasado.

¿Por qué eran tan populares aquellas bebidas?

A menos que no fuera el sabor lo que realmente atraía a la gente. Evangeline examinó la brillante botella verde que tenía en la mano. Puede que las botellas inspiraran algún tipo de sed. Aunque intentó soltar la botella de la Suerte, no podía dejar de mirarla.

Cuando terminó, se sintió tentada a tomar una más. Y lo habría hecho si no hubiera visto el montón de cartas junto a las adorables botellas.

No tenía la costumbre de leer la correspondencia ajena, pero estaba mareada por el cansancio y la extraña emoción de las bebidas, y notó algo familiar en la primera carta doblada sobre el montón.

La nota tenía su letra y estaba dirigida a lord Jacks. Era la carta que le había escrito la semana anterior.

Tomó algunas cartas más. *Todas* ellas estaban dirigidas a Jacks. No era de extrañar que la campana sonara tan frenéticamente: aquel sitio era propiedad de él.

47

Evangeline sabía que a Jacks no le gustaría que revisara su correo, pero estaba dormido y ella no pudo evitarlo. Era como beber de las botellas de agua saborizada, excepto que la única magia en juego era su curiosidad por Jacks.

Las cartas, por desgracia, no le dieron ninguna pista sobre qué quería del Arco Valory, pero le confirmaron que aquel era el lugar donde Jacks trabajaba. La mayor parte de sus corresponsales le pedían favores o reuniones. Demasiada gente parecía demasiado ansiosa por estar en deuda con él, como ella en el pasado.

Nunca había pensado en Jacks como alguien que *trabajara*, no exactamente. Su despacho también parecía darlo a entender, con sus estanterías desorganizadas y sus butacas distintas. Pero, después de pasar un tiempo con él, sabía que Jacks no era tan imprudente o descuidado como hacía creer a la gente. Era un recaudador precavido. Lo había visto cobrarse favores de dos Destinos distintos (Caos y Veneno), y las cartas sobre su escritorio contenían promesas de mucho más. Le habría sido fácil desviarse de su búsqueda de un libro que contuviera un antídoto para la poción de amor para ver qué tipo de cosas exigía Jacks a la gente. Y se detuvo un instante para buscar en su escritorio un poco más; él no habría tenido reparos al merodear entre sus cosas. Pero solo encontró algunas monedas feas, un lazo de seda azul, algunas páginas de sociedad recientes sobre su boda y, por supuesto, manzanas. Después regresó a los estantes, en procura de un tomo con un antídoto para los embrujos de amor.

La mayor parte de los libros de Jacks estaban torcidos y cerca de otros volúmenes sin razón aparente, excepto por una pequeña colección del último libro que habría esperado encontrar allí: *La balada del arquero y el zorro*.

Algo se calentó en su interior al ver tantas copias de su cuento de hadas favorito.

Jacks poseía siete copias, que iban de vieja a muy vieja. Estaban mejor colocadas que el resto de las cosas de su cubil, unas junto a otras y en la parte superior de la estantería, el sitio donde se guardaban los libros que no se quería que tocara nadie más.

¿De qué iba todo aquello?

Deseó que Jacks estuviera despierto para poder preguntarle, pero no se había movido de su posición en el sofá. Sus piernas descuidadamente extendidas lo hacían parecer incontrolable incluso dormido.

Evangeline tomó la primera copia. Sabía que se estaba distrayendo, pero lo único que quería era leer la última página para descubrir el final del cuento. Quería saber si tenía un final feliz; si el arquero besaba a la chica zorro o si la mataba. Y haber encontrado todos aquellos libros parecía una señal. Empezaba a pensar que a veces había creído ver señales en cosas que no lo eran, pero eso no significaba que no hubiera señales de verdad.

Abrió el primer libro, pero las páginas finales estaban arrancadas. Y, por desgracia, no tuvo mejor suerte con el resto. Todas las copias lucharon contra ella. Un libro se le cayó de las manos cada vez que intentaba abrirlo. Otro solo tenía páginas en blanco al final.

Por último, tomó el séptimo libro. Sintió un hormigueo en los dedos cuando tocó la portada.

El libro se abrió con facilidad y fue el ejemplo perfecto de una persona que había encontrado lo que necesitaba en lugar de lo que quería.

En el lomo estaba impreso *La balada del arquero y el zorro*, pero cuando abrió el libro, la página del título decía: *Recetas del Norte Antiguo. Traducidas por primera vez en quinientos años.*

Era el mismo título que el del ilícito libro de hechizos de Marisol.

El índice solo listaba recetas. Y las de las primeras entradas se preparaban con ingredientes inocuos, como nabos, patatas y apio. Pero, una docena de páginas después, las recetas se convertían en hechizos, pociones y magia, y algunas de ellas sonaban tan horribles como LaLa y Jacks habían afirmado.

Evangeline pasó furiosamente las páginas de hechizos para invocar el fuego del infierno y para robar el alma de otra persona, hasta que encontró una sección sobre el amor.

Para encontrar el amor

Para poner fin al amor

Para convertir a alguien en tu verdadero amor

Los dos primeros hechizos no le serían de ayuda, pero el tercero podría serle útil.

Para Convertir a Alguien en tu Verdadero Amor

Advertencia: *Los hechizos y pociones de amor están entre los más volátiles e impredecibles. Si decides continuar, por favor, ten en cuenta las precauciones que se detallan a continuación.*

Necesitarás:
*Un vial de óleo maléfico**
Cabello, lágrimas, sudor o sangre. ¡La tuya y la de la persona a la que deseas!†
Una vela teñida del color del amor que deseas‡
Una cucharada de rosa azucarada
Un pellizco de cardamomo
Una pizca de raíz de orris en polvo
Un cuenco de cristal puro

* La sustitución por otros aceites no se recomienda. Aunque es difícil de conseguir, el óleo maléfico es el mejor modo de asegurar que tu poción amorosa funcione solo con la persona que deseas. No obstante, ten mucho cuidado. En crudo, el óleo maléfico es extremadamente tóxico.

† El cabello es lo más fácil de conseguir y por tanto produce los resultados más leves. Para obtener un resultado más potente, se recomienda emplear la sangre. No obstante, cuando se trata de hechizos relacionados con el amor, este libro anima a usar los ingredientes más suaves. Las pociones de amor extremadamente potentes pueden provocar emociones peligrosas y muy volátiles.

‡ El rojo más puro dará lugar a un sentimiento más parecido al amor. El rosa producirá algo más similar al afecto. El púrpura oscuro provocará una obsesión, y no se recomienda.

Combina todos los ingredientes en el cuenco, colócalo sobre la vela encendida, di el nombre del objeto de tu deseo siete veces y después deja la vela encendida toda la noche.

Modo de uso: *cuando la solución esté completa, usa el dedo para poner la mezcla sobre la piel del objeto de tu deseo. Solo una pizca es necesaria.*

¡Advertencia! *Todos los hechizos tienen un precio. La intensidad del amor determinará la intensidad del coste, que podría variar de lluvia el día de tu boda a un «felices para siempre» terriblemente turbio.*

Cómo deshacer este hechizo: *los hechizos y las pociones de amor rara vez se revierten solos, aunque la gente que utiliza hechizos poderosos a menudo se arrepiente de su decisión. Si deseas deshacer un hechizo de amor, este libro recomienda el Suero de la Verdad (receta en la página 186).*

A Evangeline le faltó tiempo para pasar a la página ciento ochenta y seis. La poción de amor no solo mencionaba el óleo maléfico; decía que uno de sus efectos secundarios era arruinar el día de la boda, otra prueba más de la culpabilidad de Marisol.

Evangeline había sido la culpable de la primera boda arruinada de Marisol, pero Jacks le había jurado repetidas veces que el ataque del lobo que evitó el segundo intento no había sido cosa de él y finalmente se sentía inclinada a creerle. El ataque de Luc debió ser el coste del hechizo de amor de Marisol.

Evangeline miró de nuevo a Jacks, profundamente dormido en el sofá, y se preguntó si se habría equivocado también en otras cosas.

Pero tendría tiempo para preguntarle más tarde. En ese momento, lo único que tenía que hacer era preparar el antídoto que se mencionaba en el libro.

Suero de la Verdad

La verdad es a menudo amarga, sobre todo cuando se ha estado disfrutando de mentiras más agradables. Para remediarlo, tendrás que borrar el sabor dulce de la mentira.

Ingredientes recomendados:
Huesos pulverizados de un muerto o piel de dragón chamuscada
Un buen pellizco de tierra
Un chorro de agua pura
Siete gotas de sangre de una vena mágica

Mezcla todos los ingredientes sobre un fuego hecho con brotes jóvenes para obtener un mejor resultado.

¡Advertencia! *Todos los hechizos tienen un precio. Con frecuencia se revelan más verdades de las que la gente quiere. Los efectos adicionales del Suero de la Verdad son a menudo temporales y pueden provocar fatiga, toma de decisiones afectada y pérdida del buen juicio, mareo, incapacidad para decir una mentira y la necesidad de revelar cualquier verdad oculta.*

48

Cuando la poción estuvo terminada, estaba anocheciendo. Jacks seguía tumbado en el sofá, como si no hubiera dormido en años.

—Jacks.

Evangeline lo sacudió por el hombro, pero cuando el Destino movió su cabeza dorada, fue solo para enterrarla más en su almohada. La joven lo zarandeó una vez más. Había esperado que, para entonces, ya estuviera despierto, pero quizá necesitara descansar; no creía que hubiera dormido nada la noche en la que ella fue envenenada. Debía estar agotado incluso antes del mausoleo.

Y quizá fuera mejor para ella que él descansara. Dudaba de que su plan lo entusiasmara.

Ya sabía que él no querría que regresara a Wolf Hall, y seguramente tampoco confiaría en su poción, aunque estaba bastante orgullosa de su trabajo. Para la tierra, había rascado la suciedad de sus botas. Para el agua, había tomado nieve del exterior y esperado a que se derritiera. Los huesos pulverizados de un muerto habían sido complicados; no había encontrado ningún esqueleto en el despacho de Jacks, pero se topó con una araña muerta. En cuanto a la sangre, pensó en extraerle un par de gotas a Jacks, ya que era sin duda mágico, pero el joven estaba tan lejos de la honestidad que Evangeline se preguntó si su sangre mágica no haría más daño que bien. Decidió que su propia sangre tendría que ser suficiente. Funcionaba bastante bien para abrir cerraduras; con suerte, la ayudaría a deshacer hechizos.

Después de eso, vertió su solución en una de las botellas de Agua Maravillosamente Saborizada de Fortuna, esperando que la bebida fuera tan tentadora para Tiberius como lo había sido para ella. Por último, envolvió la botella en papel.

Lo único que le quedaba por hacer era escribirle a Jacks una nota.

Querido Jacks:

Si despiertas y no estoy aquí, no te asustes (a menos que sea bien entrada la mañana, en cuyo caso quizás esté en problemas). ¡Creo que sé quién es la asesina! Me temo que, después de todo, es Marisol. Para encontrar el motivo, lee la gaceta de sociedad que usaste anoche como un pobre sustituto de una manta. He ido a Wolf Hall para evitar que Tiberius se case con ella y, con suerte, para limpiar mi nombre.

Tu Pequeño Zorrillo

Evangeline no sabía por qué había firmado así. Se sintió un poco tonta tan pronto como lo hizo, pero no quería perder tiempo reescribiendo el mensaje.

Quizá, si tenía mucha suerte, Jacks no llegaría a ver la nota. Si todo salía como ella quería, entraría y saldría de Wolf Hall antes de que Jacks se despertara. Casi se rio ante la idea de que *todo* saliera como ella quería, pero había una posibilidad de que eso ocurriera.

Su plan era sencillo.

Entraría en Wolf Hall usando los mismos pasadizos secretos por los que se había escabullido para encontrarse con Jacks. Después, dejaría su antídoto para la poción de amor en los aposentos de Tiberius, donde él la encontraría y, con suerte, se sentiría tentado a beber.

Si el antídoto no funcionaba, eso demostraría que Marisol era inocente, pero el asesino seguiría libre.

Y si la atrapaban dejando el antídoto, entonces el asesino jamás sería encontrado, porque la culparían a ella del asesinato.

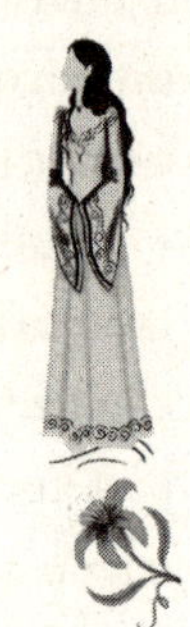

49

Evangeline no estaba asustada. Estaba aterrada. Una temblorosa exhalación de vaho blanco escapó de sus labios cuando llegó a las afueras de Wolf Hall y vio sus piedras blancas como la nieve y sus torres puntiagudas. Por un gélido momento, no pudo moverse. Todo su cuerpo se paralizó al recordar a Apollo, cómo había escalado aquellos muros para subir a su dormitorio y cómo la había abrazado durante toda la noche. Todavía podía ver su amplia sonrisa el día de su boda y su desolación la noche en la que murió.

Tras otra vaharada blanca, obligó a sus piernas a moverse.

Camina.

Respira.

Agáchate.

Corre hacia la puerta secreta.

Pínchate el dedo.

Abre la puerta.

Entra en el pasadizo.

Intentó dar un paso cada vez y no pensar en que los pasillos de Wolf Hall eran más amplios y estaban más iluminados de lo que recordaba, y de que cualquiera con el que se topara sin duda la vería de inmediato, correteando como un ratón asustado. Por fortuna, la mayor parte de los habitantes de Wolf Hall estaban ocupados con la cena, y solo necesitaba que todo siguiera así un poco más.

Casi había llegado a su antiguo dormitorio junto a los anteriores aposentos de Tiberius, que esperaba desesperadamente que fueran los mismos que usaba ahora.

El sudor le humedeció las manos, dificultándole que se quitara un guante para desnudar sus dedos al llegar a la puerta que necesitaba abrir.

Otra gota de sangre.

Otra cerradura abierta.

Otra pequeña oleada de victoria al entrar en la habitación a oscuras. El fuego estaba apagado, las velas no se habían encendido, pero detectó el olor del humo, del almizcle y del jabón, que le indicaba que alguien vivía allí.

Sus ojos se adaptaron a la penumbra, permitiéndole distinguir la enorme silueta de la cama. Esperaba encontrar una mesita de noche junto a ella, algo que Tiberius viera antes de retirarse, pero no había ninguna.

Tendría que conformarse con la mesa baja de la sala de estar, donde había una hilera de botellas de licor, o con el tocador. Si hubiera sido Apollo, habría elegido el tocador, pero en el caso de Tiberius, la mesa en la que tenía sus licores parecía mejor opción.

Le temblaron las manos mientras desenvolvía la botella de Curiosidad. Después, la dejó rápidamente sobre la mesa y huyó del dormitorio antes de sentirse tentada a beberla.

Todo ocurrió en menos de un minuto. Estaba aterrada y era rápida, pero no lo fue lo suficiente. Oyó pasos tan pronto como salió al pasillo demasiado iluminado.

Y entonces la vio: Marisol.

Sintió un miedo casi infantil, como si estuviera viendo a un monstruo en lugar de a otra joven de su edad.

Marisol estaba mirando algo en sus manos mientras doblaba la esquina, con las mejillas deliciosamente sonrosadas y las trenzas de su cabello castaño adornadas con cintas que brillaban bajo la luz de las antorchas. Su vestido era del color del oro hilado. La sobrefalda tenía una cola poco práctica y unos lazos dorados cruzaban su corpiño, a juego con las cintas de sus trenzas y con los brazaletes que decoraban sus brazos con un complicado encaje. Ya parecía una princesa.

Corre.

Márchate.

Sal de aquí.

Un centenar de variaciones de la misma idea atravesaron la cabeza de Evangeline. Si corría, dejaría atrás a Marisol. El adorable vestido de su hermanastra, con su cola de princesa, no había sido diseñado para correr.

Pero Evangeline no se movió lo bastante rápido. En su fracción de segundo de indecisión, en el momento en el que miró a Marisol y se fijó en su felicidad en lugar de decidir huir, esta levantó la mirada.

—¿Evangeline?

Antes le había parecido un largo pasillo, pero estaba claro que no lo era. Menos de un latido después, Marisol estaba allí, abrazándola como si compartieran sangre en lugar de traición. No pareció darse cuenta de cómo se tensó su hermanastra, que tenía todos los músculos rígidos y los puños cerrados.

—Qué alivio que estés bien —dijo Marisol—. Estaba terriblemente preocupada... Pero no podemos hablar aquí.

Marisol la soltó para abrir la puerta del antiguo dormitorio de su hermanastra.

—¡Date prisa! Mis guardias están justo al otro lado de la esquina. —Marisol agitó un brazo delgado, frenético, mientras un mechón de cabello escapaba de su peinado. Si estaba actuando, era una actuación impecable—. Evangeline, rápido… Si los guardias te atrapan, ni siquiera yo conseguiré ayudarte. Tiberius está convencido de que tú asesinaste a su hermano.

Unos pasos de botas tronaron cerca. Si los guardias encontraban a Evangeline vestida como una elegante asesina y mirando con el ceño fruncido a la próxima reina justo ante la puerta del dormitorio del príncipe, no solo la arrestarían: podían sospechar de que había hecho algo malvado. Si eran listos, registrarían la habitación de Tiberius, encontrarían la botella con el antídoto e incluso había una posibilidad de que se sintieran atraídos a beberla, lo que arruinaría sus planes.

Evangeline sabía que no podía confiar en Marisol, pero no tenía otra opción que seguir a su hermanastra hasta el interior de la habitación, calentada por una chimenea que parecía haber sido encendida hacía poco.

El dormitorio seguía tal como Evangeline lo recordaba, con papel pintado a mano en las paredes, una chimenea de cristal y una gigantesca cama de princesa. La única diferencia era el aroma a vainilla y a crema dulce que le dijo que aquel era ahora el dormitorio de Marisol.

Al menos, la joven parecía un poco avergonzada.

—Tiberius quería que estuviera cerca de él… Su dormitorio es justo la puerta de al lado. —Marisol se mordió el labio inferior—. Tenemos que sacarte de aquí antes de que vuelva.

Puedes ponerte uno de mis vestidos. Te estará un poco pequeño, pero pasarás más inadvertida.

Marisol hizo un mohín mientras miraba las botas de cuero de Evangeline, su falda corta de capas y su corsé de encaje que parecía decir *he salido a conocer a un vampiro*. Evangeline habría jurado que vio un destello de envidia, como si ahora Marisol deseara ser una fugitiva en lugar de una princesa. Era el tipo de expresión que antes hubiera pasado por alto, algo que estaba allí y que se ocultaba rápidamente antes de ser descubierto, como si ni siquiera Marisol deseara reconocerlo. Pero Evangeline no podía ignorarlo.

Se había equivocado al pensar que podía dejar el antídoto para Tiberius y esperar desde lejos hasta descubrir si funcionaba o no. Esa nunca sería una respuesta suficiente. Necesitaba saber por qué había hecho Marisol todo aquello.

—¿Por qué me ayudas?

Una arruga diminuta se formó entre las finas cejas de Marisol, pero Evangeline habría jurado que su piel había palidecido.

—¿Creías que te traicionaría?

—Creo que ya lo has hecho. He descubierto que los libros de recetas de tu mesita de noche eran en realidad libros de hechizos.

—No es lo que tú piensas —la interrumpió Marisol.

—Deja de mentirme. —Evangeline tuvo que controlarse para mantener la voz baja y que los guardias que estaban fuera no la oyeran—. Vi los libros de hechizos. Sé que le has dado a Tiberius una poción de amor, así como se la diste a Luc.

Marisol se quedó boquiabierta, encorvó los hombros y retrocedió tambaleándose hasta golpear uno de los postes de la cama mientras temblaba como un lazo soplado por el viento, deshecha por aquella acusación.

50

Parecía la confirmación que Evangeline necesitaba, y aun así no se sintió victoriosa al ver a su hermanastra buscando las palabras.

Marisol abrió la boca y se le escapó un sollozo. Seco y sin lágrimas.

Pero Evangeline sabía que no podía dejar que la engañara de nuevo solo porque pareciera un corderito apaleado.

—Yo... siento mucho lo de Luc. Pero te juro que... Te juro que no he hechizado a Tiberius. —Una ráfaga de dolor cruzó sus frágiles rasgos—. Aprendí la lección después de lo que le ocurrió a Luc y después de todas las cosas que dijeron de mí los periódicos, aunque supongo que en realidad me lo merecía. Pero tienes que creerme, Evangeline. Nunca quise hacerte daño.

—Me arrebataste al muchacho al que amaba y después me tendiste una trampa para que me acusaran de asesinato. ¿Cómo no ibas a hacerme daño?

—¡Yo no te tendí ninguna trampa! ¿Cómo puedes pensar eso? Estoy intentando esconderte... Si quisiera que te acusaran de asesinato, habría llamado a los soldados que hay al otro lado de mi puerta. Pero no lo he hecho, y no voy a hacerlo.

Marisol cerró la boca, más determinada de lo que Evangeline la había visto nunca.

Sin embargo, que no fuera una auténtica desalmada no significaba que fuera inocente. Había admitido que hechizó a Luc. Evangeline no se dejaría engañar, no compadecería a su hermanastra por cómo le temblaba el pecho, cómo suplicaban sus ojos o cómo se le rompía la voz al hablar.

—Sé que no confías en mí y no te culpo, después de lo que le hice a Luc, pero no pretendía hacerte daño.

—Entonces, ¿por qué lo hiciste? —le preguntó Evangeline—. ¿Por qué lo elegiste a él si no fue para hacerme daño?

El fuego de la chimenea crepitó, llenando la habitación de una oleada de calor nuevo mientras Marisol exhalaba, cansada.

—Nunca antes había hecho una poción y ni siquiera esperaba que funcionara. Supongo que te tenía envidia —admitió—. Tú tenías mucha libertad y confianza en ti misma, en quien eras y en lo que creías. Ni siquiera intentabas encajar, como mi madre siempre me decía que tenía que hacer… Tenías el pelo de ese color raro y hablabas de los cuentos de hadas como si fueran reales y todos los demás creyeran también en ellos. Tendrías que haber sido una marginada, pero la gente te quería y frecuentaba tu pequeña tienda de curiosidades, y aunque tu padre falleció, habría estado muy orgulloso de ti. Yo solo tenía a una madre que quería que me sentara recta y estuviera guapa. Pero nunca fui lo bastante guapa, porque no conseguí captar la atención de ningún pretendiente, y mi madre no dejaba de recordármelo día tras día tras día.

Marisol se secó un par de lágrimas errantes. En el pasillo había parecido adorable, pero ahora se la veía destrozada. Se abrazaba el pecho, encorvándose sobre sí misma mientras los sollozos le sacudían el cuerpo. Y Evangeline no pudo evitar sentir compasión por ella.

Sus palabras le dolieron (a nadie le gustaba que la llamaran *rara* o *marginada*), y había tomado decisiones terribles. Pero su madre era horrible y llevaba toda la vida alimentándola con ideas envenenadas.

—Un día no pude aguantarlo más y decidí ser un poco más como tú. Recurrí a… la magia. —Marisol lo dijo en un susurro, como si todavía la pusiera nerviosa—. Uno de los libros de cocina que me habías regalado era en realidad un libro de hechizos, y supongo que elegí a Luc porque era muy bueno contigo. Sabía que te escabullías para verlo. Un día te seguí, vi cómo te miraba, y quise eso. Quise a alguien amable, a alguien con quien impresionar a mi madre. Pero no creí que funcionara, y no esperaba que fuera tan potente.

—Entonces, ¿por qué no lo deshiciste? —le preguntó Evangeline.

—Quise hacerlo, pero el libro decía que el único modo de deshacer el hechizo era el veneno de vampiro o matar a esa persona. Mis únicas opciones eran casarme con él o abandonarlo rompiéndole el corazón.

Evangeline sintió su primera punzada de culpa, y se volvió un poco más difícil seguir enfadada con Marisol. No estaba segura de que su hermanastra estuviera siendo totalmente sincera, pero no podía discutir aquel argumento o juzgarla por aquella parte de la historia, ya que ella misma había hecho algo muy similar con Apollo.

—El amor tras un hechizo no es como el amor normal —le explicó Marisol—. Al principio era excitante, pero eso terminó rápidamente. Después, todo se volvió agrio. Te mentí cuando te dije que Luc estaba evitándome; fui yo quien intentó romper después de la segunda boda fallida. Me asustaba lo que podría ocurrir si tratábamos de casarnos de nuevo, y me he sentido miserable desde entonces. Cuando viajamos aquí y me contaste todas las historias extrañas de tu madre, decidí buscar otro libro de hechizos para encontrar una cura para Luc, por si alguna vez regresaba a Valenda. Por eso me vieron buscando libros de hechizos. No porque quisiera hacerte daño, sino porque quería enmendar las cosas. Me he sentido muy mal, Evangeline. Tú te convertiste en piedra por mí y después me trajiste aquí para que pudiera comenzar de nuevo, y todo este tiempo he vivido sabiendo que no merezco tu amabilidad. Lo siento mucho. Me he sentido muy culpable y muy avergonzada, y he querido contártelo desde hace mucho tiempo. Pero me aterraba que me odiaras.

—No te odio —le dijo Evangeline. Su hermanastra había cometido errores, pero comenzaba a creer que el asesinato no era uno de ellos.

En cuanto al hechizo de amor que había usado con Luc, no podía culparla solo a ella. Si acaso, se sentía identificada con Marisol.

Ella había estado viviendo con la misma culpa e igual miedo por los secretos que guardaba. Si no hubiera temido tanto ser sincera, ambas se habrían ahorrado parte del dolor.

—No te culparé si me odias. Te juro que no maté a Apollo ni hechicé a Tiberius, y que no intenté que tú cargaras con el asesinato. Pero sé que he hecho cosas imperdonables. Merezco ser la Novia Maldita.

—Tú no eres la Novia Maldita —le dijo Evangeline con amabilidad.

—No hace falta que sigas diciendo eso. El libro de hechizos que usé me advirtió que habría consecuencias. Por eso los Destinos asaltaron mi boda, y por eso un lobo atacó a Luc. Sé que ahora no debería haberme prometido con Tiberius —murmuró—. Sigo temiendo que algo horrible le ocurra a él también, pero también espero haber sufrido ya suficiente.

Marisol cerró los ojos y una lágrima cayó mientras temblaba. El poste que tenía a su espalda parecía lo único que la mantenía en pie. Evangeline pensó que, si tiraba de uno de los lazos de su cabello, su hermanastra se desenrollaría como un ovillo de lana.

Aunque antes lo hubiera deseado, ahora prefería ayudarla a mantenerse en pie. Se acercó y le dio un abrazo. Marisol había cometido errores, pero no era la única.

—Te perdono.

Unos ojos grandes y asombrados se encontraron con los suyos.

—¿Cómo puedes perdonarme?

—Yo también he tomado malas decisiones.

Evangeline abrazó a su hermanastra una última vez antes de soltarla. Era su turno de ponerse nerviosa, pero Marisol merecía saber la verdad. No era justo dejar que cargara con toda la culpa o permitir que creyera que ella era totalmente inocente. No sabía si alguna vez llegarían a ser verdaderas hermanas, pero nunca sanarían sus heridas si algunas de ellas seguían infectadas de mentiras.

—Tú no eres la única que estaba celosa —le confesó—. Yo estaba tan enfadada y dolida porque ibas a casarte con Luc que acudí al Príncipe de Corazones para que detuviera tu boda.

—¿Qué? —Marisol irguió la espalda y enderezó los hombros.

—Yo no sabía que te convertiría en piedra…

—¿Qué creías que ocurriría? —le espetó Marisol. Las palabras la golpearon como una bofetada, aturdiéndola—. Eres tan egoísta como mi madre me dijo siempre. Arruinaste mi boda para convertirte en la heroína y que yo fuera la Novia Maldita.

—Eso no es lo que…

—¡Dejaste que creyera que estaba maldita! —gritó Marisol, pero no hubo lágrimas esta vez. Sus ojos eran dos estanques de ira.

Evangeline había creído que Marisol lo comprendería y que después quizá se reirían de ello, pero estaba claro que había cometido un gran error de juicio.

—Marisol —dijo Evangeline, con voz alarmada. Si su hermana seguía elevando el tono, la oirían los soldados apostados al otro lado de la puerta—. Por favor, cálmate.

—No me digas que me calme —replicó Marisol—. Me sentía muy culpable, y mientras tú habías hecho algo igual de malo, incluso peor. Hiciste un trato con un Destino para dañarme.

—Eso no fue lo que…

—¡Guardias! —gritó Marisol—. ¡Está aquí! Evangeline Fox está en mi habitación.

51

Antes, Evangeline había creído que Marisol la había traicionado, pero no lo había hecho; en realidad, no. Hechizar a Luc no fue una traición, pues no había nada que traicionar. Evangeline y Marisol vivían en la misma casa, pero en realidad no eran hermanas. Nunca compartieron secretos, nunca compartieron tristezas, y nunca fueron tan sinceras como aquella noche. Pero Evangeline no debería haber sido tan honesta.

—Marisol, no lo hagas —le suplicó.

La única respuesta de Marisol fue sentarse en el suelo y abrazarse las rodillas, haciéndose parecer pequeña y vulnerable mientras la puerta de su dormitorio se abría.

Evangeline buscó frenéticamente una vía de escape, pero solo estaba el balcón. No sobreviviría si saltaba, y no había tiempo suficiente. Dos guardias, rápidamente seguidos por otros dos, entraron en la habitación con un repiqueteo de espadas desenvainadas.

—Me acaba de confesar que asesinó al príncipe Apollo —mintió Marisol.

—Eso no es verdad… —Varios soldados la interrumpieron, inmovilizándola y amordazando sus palabras.

—¡Mi amor! ¡Mi amor! ¿Estás bien?

Tiberius apareció en la puerta. Corrió a los brazos de Marisol, sonando como su hermano cuando estuvo hechizado, y Evangeline se sintió totalmente estúpida de nuevo por creer que su hermanastra no lo había embrujado. Marisol le había confesado algunas cosas, pero estaba claro que no había sido sincera en todo. Ella estaba detrás de todo aquello.

—Llevad a Evangeline a mis aposentos —ordenó Tiberius.

—Cariño, ¿estás seguro de que eso es buena idea? —Marisol se colgó de sus brazos, haciendo una excelente interpretación de una doncella desvalida—. ¿No deberías llevarla a las mazmorras? ¿Encerrarla donde no pueda hacer daño a nadie más?

—No te preocupes, mi amor. —Tiberius posó un beso en su frente—. Solo quiero interrogarla. Después me aseguraré de que la encierren en algún sitio donde no pueda hacer daño a nadie nunca más.

Los guardias no pusieron demasiado cuidado mientras arrastraban a Evangeline hasta los aposentos de Tiberius y la ataban a una de las sillas. Después de arrebatarle la daga de Jacks, le ataron los tobillos a las patas y le pusieron los brazos a la espalda. Le aseguraron las muñecas y después la ataron de nuevo con una cuerda que subía por su tronco, cortando sus costillas y dificultándole la respiración.

Tiberius ni siquiera la miró mientras la ataban. La ignoró mientras ella gritaba repetidamente:

—¡Te lo juro, yo no maté a tu hermano!

El joven miraba fijamente una enorme chimenea de piedra negra que uno de los guardias estaba encendiendo, mientras se pasaba una mano por el largo cabello cobrizo.

Ya no parecía el travieso príncipe rebelde que había conocido en su boda. Arrugas que no habían estado allí rodeaban su boca, y tenía los ojos enrojecidos. En aquel momento no parecía hechizado; parecía de luto. Eso era bueno. Si Tiberius estaba dolido por la pérdida de su hermano, si lo había querido de verdad, como ella había creído, entonces querría saber quién era la verdadera asesina.

Lo único que Evangeline tenía que hacer era mantenerse con vida el tiempo suficiente para que Tiberius viera la botella azul de Agua Maravillosamente Saborizada de Fortuna que contenía el antídoto que ella había fabricado. Estaba en la mesa baja que tenía delante, junto al resto de botellas de licor. Si la veía y bebía, todo saldría bien.

Evangeline habría intentado llamar su atención sobre la botella, pero suponía que mencionarla solo lo haría sospechar.

Adivinó la relación de cada uno de los soldados de la habitación con el príncipe Apollo por cómo la miraban. Repulsión. Ira. Desprecio. No había ni un atisbo de piedad. Aunque Havelock (su guardia personal, que también había estado allí la noche en la que Apollo había muerto) parecía arrepentido. Seguramente sentiría que le había fallado a su príncipe.

Tiberius siguió mirando el fuego. Tomó un atizador con forma de tridente, colocó su punta en las llamas florecientes y lo observó mientras se volvía rojo.

Evangeline comenzó a sudar y su piel se volvió resbaladiza contra sus ataduras. No sabía si Tiberius planeaba torturarla con el hierro candente o matarla, pero ambas opciones le daban miedo.

—Alteza —dijo Havelock en voz baja—, ahora que hemos detenido a la princesa Evangeline, deberíamos retrasar la boda de mañana. Este suceso podría…

—¡No! —La voz de Tiberius sonó ligeramente inestable.

Los soldados hicieron un buen trabajo enmascarando sus expresiones, pero Evangeline habría jurado que al menos dos de ellos se quedaron ojipláticos, y se preguntó si sospechaban que había algo raro en el compromiso del joven príncipe.

—A partir de ahora, yo me ocuparé de esto. —Tiberius apartó el atizador del fuego y sopló la punta hasta que se iluminó—. Podéis marcharos. Todos.

—Pero… —Era Havelock de nuevo—. Alteza…

—Cuidado —le advirtió Tiberius, furioso—. Si estás a punto de insinuar que no puedo ocuparme de una mujer atada, voy a sentirme ofendido o a pensar que no sabéis hacer nudos.

Los soldados desfilaron hacia la puerta.

—¡Esperad! —les suplicó Evangeline—. ¡No os vayáis! Marisol lo ha embrujado…

—¡No difames a mi amor!

Tiberius se giró y golpeó con el atizador la mesa baja de centro, haciendo añicos una de sus botellas de licor.

El cristal voló como flechas.

El líquido chisporroteó.

Evangeline contuvo el aliento mientras veía tambalearse la botella de Agua Maravillosamente Saborizada de Fortuna.

Cayó de lado.

Afortunadamente, no se rompió.

Había estado cerca. Tendría que tener más cuidado. Mencionar a Marisol estaba descartado a menos que quisiera arriesgar su única oportunidad de sobrevivir. También tenía la esperanza de que Jacks hiciera una aparición justo a tiempo, acudiendo a su rescate de nuevo, pero no podía depender de ello. Por lo que sabía, todavía seguía dormido en su sofá.

Los soldados abandonaron la habitación.

Tiberius se acercó, machacando las esquirlas de cristal con sus botas…

Se detuvo abruptamente y miró la botella volcada del antídoto con el ceño fruncido.

—¿Cómo ha llegado esto aquí? Odio estas cosas.

Levantó la botella con dos dedos y la llevó hacia el fuego de la chimenea.

¡No! ¡No! ¡No!, quiso gritar Evangeline.

Pero, en lugar de terminar en las llamas, la botella obró su magia.

Tiberius se detuvo, echó otro vistazo a la solución, le quitó el corcho con la boca y bebió.

Evangeline sintió que su esperanza se iluminaba.

Apenas unos segundos después, Tiberius se apartó la botella de los labios. Se estremeció y miró la bebida con desagrado.

—Cuando sea rey, estos refrescos serán lo primero que prohibiré.

Tiberius sopesó el atizador, como si estuviera decidiendo cómo quería hacer aquello.

Evangeline solo podía respirar superficialmente. Necesitaba conseguir más tiempo para que el antídoto funcionara. Dudaba de que suplicar la ayudara, pero quizá lograría que hablara sin desencadenar una reacción violenta.

—La última vez que te vi, me dijiste que, cuando nos encontráramos de nuevo, me contarías por qué desapareciste.

Una carcajada amarga.

Otro trago.

Seguido de otro ceño fruncido.

—Me marché después de haber discutido con mi hermano por ti —dijo Tiberius con seriedad—. Le dije que tú no eras la salvadora que todo el mundo afirmaba que eras. Le dije que serías su muerte.

—¿Por qué pensabas eso?

—Lo único que importa es que tenía razón. —El príncipe apuntó directamente a la garganta de Evangeline con el atizador.

—No… Yo no hice nada. —Balanceó su silla, esperando con urgencia que algún milagro la hiciera caer con la fuerza suficiente para romper las patas y los reposabrazos y liberarse. Pero la silla era demasiado pesada; ni siquiera conseguía que se moviera—. Yo no maté a tu hermano…

—Lo sé —dijo Tiberius—. Lo he sabido siempre.

—¿Qué…? ¿Qué? —balbuceó Evangeline. Le estaba diciendo lo que había esperado escuchar, pero el joven príncipe todavía parecía decidido a no dejarla escapar. Su rostro pecoso era el de un resuelto soldado con una orden que está determinado a cumplir—. No lo comprendo. Si sabes que soy inocente, ¿por qué estás haciendo esto?

—Dejarte vivir es demasiado peligroso.

Tiberius negó con la cabeza, con expresión firme, y aun así Evangeline tuvo la sensación de que aquello no le producía ningún placer.

El joven príncipe tomó otro trago de la botella del antídoto y después se tiró del cuello de su jubón de rayas, revelando un oscuro tatuaje negro de una llave de esqueleto rota.

—¿Sabes qué es esto?

Evangeline negó con la cabeza.

—Es el símbolo del Protectorado.

El Protectorado. Había oído ese nombre antes, pero ¿dónde? Se le aceleró el corazón mientras intentaba pensar. Cuando lo recordó, su corazón se detuvo en seco.

Apollo le había hablado del Protectorado la noche en la que le contó las historias del Arco Valory. Aparecían en la primera versión de la historia, en la que los Valor hacían algo horrible. Apollo le había dicho que el Protectorado era una especie de sociedad secreta responsable de proteger los fragmentos rotos del Arco Valory y de asegurarse de que nunca volviera a abrirse.

Evangeline volvió a mirar la llave rota que Tiberius tenía tatuada. La matriarca Fortuna llevaba una cadena con una llave similar alrededor del cuello. Ella debía ser también miembro del Protectorado y, tan pronto como sospechó que Evangeline era la chica que se mencionaba en la profecía que mantenía cerrado el Arco Valory, intentó asesinarla.

La esperanza de Evangeline se estrelló y murió.

Tiberius dio otro trago a la botella que tenía en las manos. Aunque el antídoto funcionara y lo curara de aquel amor artificial por Marisol, Evangeline sabía que no conseguiría salir con vida de aquella habitación, no si Tiberius creía que ella era parte de una profecía que, una vez cumplida, permitiría que el Arco Valory se abriera y que la horrible creación de los Valor escapara al mundo.

—Lo siento, Evangeline. —La voz de Tiberius se endureció y sus manos agarraron el atizador con más fuerza, blanqueando sus nudillos—. Por la expresión de tu rostro, asumo que sabes qué es el Protectorado, así que eres consciente de lo que tengo que hacer y por qué.

—No —dijo Evangeline—. No sé cómo puedes matar a alguien debido a una historia que está deformada por una maldición. Tu hermano me contó que hay dos versiones diferentes. En una, el Arco…

—¡No importa qué versión de la historia sea verdad! —Un músculo se movió en su mandíbula—. El Arco Valory no puede volver a abrirse, y esa es la razón por la que tú tienes que morir. Lo supe tan pronto como vi tu cabello. Tú eres *la llave* profética. Naciste para abrirlo.

Tiberius alzó el atizador y lo acercó peligrosamente a su piel.

Evangeline se quedó sin respiración.

Se le estaban agotando las oportunidades de disuadirlo.

El sudor perlaba la frente del joven y caía sobre los cristales rotos junto a sus botas. Pero ella estaba mirando el otro cristal… la botella casi vacía que Tiberius tenía en la mano. Casi se había terminado el antídoto. No parecía que el suero de la verdad estuviera rompiendo el encantamiento de Marisol, pero Evangeline se preguntó si los efectos secundarios de su poción estarían empezando a hacer efecto: fatiga, toma de decisiones y juicio afectados, mareos, incapacidad para mentir y la necesidad de revelar cualquier verdad escondida.

Tiberius sin duda estaba experimentando la incapacidad para contar una mentira, o dudaba de que le hubiera dicho que no creía que fuera culpable. Quizá, si insistía, podría hacer que le confesara la verdad a sus soldados. O conseguir que le contara cuál era la profecía completa. Entonces tal vez podría demostrarle que ella no era esa chica. Quizá se tratara solo de una coincidencia, que se pareciera a ella.

—Al menos dime qué dice la profecía del Arco Valory. Si vas a matarme porque crees que me menciona, ¿no merezco conocerla entera?

Tiberius agitó los restos azules de la botella, al parecer indeciso entre beber, hablar o terminar con todo aquello de inmediato. Pero su teoría sobre los efectos secundarios del antídoto debía ser correcta: Tiberius no podía contener las ganas de contar sus secretos. Después de un momento, comenzó a recitar:

Este arco solo se abrirá con una llave que todavía no ha sido forjada.

Concebida en el norte y nacida en el sur, la reconocerás porque estará coronada en oro rosa.

Será sierva y princesa, una fugitiva acusada en falso, y solo su sangre dispuesta abrirá el arco.

Evangeline se derrumbó contra sus ataduras. Era muy corta, y casi todo encajaba con ella. La matriarca Fortuna le había contado la parte de la corona de oro rosa y de ser tanto plebeya como princesa. No había sido cierto en aquel momento, pero ahora lo era. También era una fugitiva acusada en falso, gracias a quien hubiera asesinado a Apollo. No sabía dónde la habían concebido; sus padres siempre bromeaban diciendo que la habían encontrado en una caja llena de objetos curiosos. En ese momento se preguntó si habría una razón por la que le habían escondido la verdad, si conocerían aquella profecía. ¿Habrían visto su cabello de oro rosa y su origen como una señal de que esta podía hacerse realidad algún día?

Pero había una parte de la profecía que podía asegurar que nunca se cumpliría. Solo tenía que convencer a Tiberius de ello.

—Has dicho que solo mi sangre dispuesta abrirá el arco, lo que significa que tengo que querer que se abra, y no quiero.

—Eso no importa. —Tiberius le echó una mirada débil—. Las cosas mágicas siempre quieren hacer lo que fueron creadas para hacer.

—Pero yo no soy una cosa mágica; ¡solo soy una chica con el pelo rosa!

—Ojalá eso fuera cierto. —Tenía la voz rota—. No quiero matarte, Evangeline, pero ese arco debe permanecer cerrado. Los Valor tenían demasiado poder. No eran malvados, pero hicieron cosas que nunca debieron haber hecho.

Terminó lo que quedaba de su bebida y, esta vez, le apuntó al corazón con el atizador.

—¡Espera! —gritó Evangeline—. ¿Puedo hacerte una última petición? No creo que Apollo quisiera que me mataras.

—Lo siento, de verdad que lo siento, pero no vas a salir viva de esta habitación.

—No te estoy pidiendo que me perdones la vida. —Se le rompió la voz. Si aquello no funcionaba, esas podían ser sus últimas palabras—. Solo te estoy pidiendo que llames a tus soldados. Cuéntales mis crímenes, y después haz que me mate uno de ellos. Tu hermano no querría que tú asesinaras a su esposa.

Tiberius frunció el ceño, pero Evangeline pudo ver una oleada de indecisión cubriendo su rostro. El príncipe creía que aquello era mala idea, pero su juicio estaba deteriorado por el antídoto. No estaba seguro.

—Por favor. Es mi última petición.

Lentamente, Tiberius bajó el atizador.

Llamó a los soldados, pero fue directo al grano.

—Quiero que la matéis. —Puso el atizador en la mano del guardia más cercano, una mujer alta con las cejas gruesas y furia en la mirada.

—Espera —exhaló Evangeline, esperando no haber cometido un error terrible—. Primero tienes que enumerar mis crímenes.

—Evangeline Fox —comenzó Tiberius, con los dientes apretados—, has sido condenada a muerte por el delito de… —Se le bloqueó la mandíbula. Abrió y cerró la boca varias veces, pero no salió ninguna palabra.

—No puedes decirlo, ¿verdad? —le preguntó Evangeline. Era posible que su antídoto no hubiera actuado exactamente como había esperado, pero estaba funcionando. *Los efectos adicionales del Suero de la Verdad pueden provocar… incapacidad para decir una mentira.*

Evangeline habría gritado de alegría, aunque Tiberius parecía querer matarla en aquel mismo momento.

—¿Qué has hecho? —Miró la botella vacía que tenía en las manos—. ¿Me has envenenado?

—Te he dado un Suero de la Verdad, que es la razón por la que no puedes decir con sinceridad que yo maté a tu hermano. Pregúntale —suplicó a la guardia del atizador—. Pregúntale quién mató a Apollo.

—Termina con esto —ordenó Tiberius a la guardia—. Ella… Ella…

La guardia levantó el atizador, pero dudó al escuchar el tartamudeo del príncipe.

—¿No lo veis? Me ha hechizado con algún tipo de magia —gruñó Tiberius, con la frente cubierta de sudor—. Está claro que es una… —Pero no pudo decir de ella nada que no fuera verdad.

—No puede continuar porque no puede mentir —les explicó Evangeline—, y sabe que soy inocente. No tenía ninguna razón ni deseo de matar a Apollo; yo no tenía nada que ganar y sí mucho que perder, y Tiberius lo sabe.

—Ella… está… está diciendo la verdad… —El príncipe enrojeció—. Evangeline no mató a mi hermano. Lo hice yo.

52

Tiberius se tambaleó.

Si Evangeline hubiera estado de pie, sin duda ella también habría perdido el equilibrio.

Había esperado que retirara la confesión o que le arrebatara a la guardia el atizador y la atravesara con él. ¿No era eso lo que haría un asesino? Pero quizá no fueron solo los efectos secundarios del antídoto los que provocaron la confesión de Tiberius.

En lugar de defenderse, el príncipe cayó de rodillas y se llevó las manos a la cara.

—No pretendía matarlo. Se suponía que debías morir tú. —Sus ojos, bordeados de dolor y angustia, se encontraron con los de Evangeline—. No quería hacerle daño a mi hermano. Encontré un veneno… las lágrimas de una Destino, que se suponía que solo afectaban a las mujeres. Pero parece que esa historia era mentira.

Las lágrimas bajaron por las mejillas de Tiberius en largos e inacabables ríos.

Era casi como cuando ella había llorado las lágrimas de LaLa, aunque su tristeza era totalmente real. Tiberius sollozó como solo podían hacerlo las cosas rotas, y Evangeline no pudo evitar comenzar a llorar con él. Lloró una vez más por

Apollo, lloró de alivio por seguir viva, y lloró por Tiberius. No por la parte de él que había intentado asesinarla sino por la parte de él que había matado a su hermano por error. No sabía cómo era tener un hermano, y teniendo en cuenta todo lo que había pasado entre Marisol y ella, dudaba de que llegara a entenderlo, pero sabía lo que se sentía al perder a un familiar, y no podía imaginar cómo sería saberse responsable de esa pérdida.

No sabía cuánto tiempo estuvieron allí, llorando. Podría haber transcurrido media noche, un puñado de horas o unos minutos que se prolongaron para parecer una eternidad.

La guardia que había estado preparada para matarla la desató de inmediato, pero los guardias no escoltaron a Tiberius para llevárselo a una celda hasta después del alba. El príncipe no intentó oponerse.

—¿Qué está pasando? —Marisol eligió ese momento para salir de su habitación—. Tiberius…

El príncipe derrotado levantó la mirada y su angustia desapareció brevemente, pero esta vez no la reemplazó el amor.

—Si vuelvo a verte alguna vez, te mataré a ti también.

Parecía que el hechizo se había roto por fin, aunque Evangeline no sabía si era debido a su antídoto o si Jacks había tenido razón al decir que el amor verdadero era lo bastante fuerte para romper los hechizos de amor, y que en realidad había sido el amor de Tiberius por su hermano lo que lo había roto cuando confesó la verdad. Se giró para mirar a Evangeline.

—Mi última petición es no volver a ver su rostro.

—No… ¡Amor mío!

Marisol comenzó a llorar y mantuvo su actuación incluso mientras los soldados la encerraban en su habitación hasta nueva orden, por petición de Evangeline. Como Tiberius, ella tampoco quería volver a ver a su hermanastra.

No podía culpar a Marisol de todo lo que había pasado. No había sido ella quien los había envenenado a ella y a Apollo. Pero se preguntó qué habría pasado si Marisol no hubiera hechizado a Luc. ¿El destino habría intervenido de otro modo para convertir a Evangeline en la chica de la profecía del Arco Valory, o las cosas habrían sido distintas para ella, para Luc, Apollo y Tiberius? ¿Estaba destinada a terminar allí, o aquel era solo uno de los muchos posibles caminos? Nunca lo sabría, pero tenía la sensación de que aquella pregunta siempre la acompañaría.

Evangeline no tardó mucho en dejar de ser una fugitiva y convertirse otra vez en princesa. La trasladaron a una nueva suite real, con un fuego rugiente y un montón de gruesas alfombras crema que resultaban maravillosas bajo sus pies cansados. Todos parecían preocupados por ella, y exclamaban cuánto se alegraban de que estuviera a salvo y que siempre habían sabido que ella no podía haber matado al príncipe Apollo.

Evangeline no estaba segura de si debía creerles, pero aceptó sus muestras de afecto.

Ante la insistencia de los criados, se bañó y se puso un vestido mucho más cómodo, de raso blanco con una enagua de rayas negras y un corpiño decorado con bonitos bordados negros. Los norteños no vestían de negro completo cuando estaban de luto, pero acostumbraban a llevarlo en parte.

Después de eso, pasaron por sus aposentos un montón de guardias, criados y cortesanos medio dormidos. Durante horas, una oleada de doncellas le llevó comida caliente, y los cortesanos le hicieron peticiones y sugerencias que sonaban muy parecidas a órdenes. Jacks todavía no había aparecido, e intentó no preocuparse demasiado por él. Quizá no había acudido porque ya sabía que Evangeline había limpiado su nombre.

Horas antes, enviaron un mensajero a Kristof Knightlinger para que *El Rumor del Día* difundiera la noticia de la inocencia de Evangeline. Teniendo en cuenta la rapidez con la que se extendían los rumores, probablemente ya lo sabría todo el reino.

Pero, aun así, le habría gustado ver a Jacks para contarle la noticia ella misma. Desde que había demostrado su inocencia, había deseado ver el rostro de Jacks cuando le contara que se había enfrentado a Marisol, que había descubierto quién había matado en realidad a Apollo y que ella sola había limpiado su nombre.

Solo ahora, a última hora de la tarde, su anhelo se convirtió en una presión en su pecho.

¿Por qué no había aparecido Jacks en Wolf Hall? Debería haber visto su nota. ¿Seguiría dormido? El día anterior la había divertido la idea de que el sueño terminara con él, pero ahora la desquiciaba. ¿Y si su cansancio no había sido solo un efecto secundario del veneno vampírico?

—Necesito un abrigo —dijo.

Una de las muchas doncellas de la habitación se acercó a la llameante chimenea.

—¿Te gustaría que añadiera otro tronco?

—No, tengo que salir —dijo Evangeline. Sabía que nadie quería que abandonara Wolf Hall. El Consejo de Grandes Casas, que ahora incluía a Evangeline, había sido convocado para reunirse tan pronto como fuera posible y discutir qué hacer ahora que un heredero estaba muerto y el otro en prisión. En cualquier momento la llamarían para que se uniera a ellos, pero no estaba segura de poder mantenerse sentada más tiempo. Tenía que hacer una visita rápida a los chapiteles para comprobar que Jacks estuviera bien.

Sabía que no debía preocuparse demasiado, pero no podía evitar temer que algo fuera mal.

—Alteza. —Un soldado apareció junto a la puerta y se aclaró la garganta—. Un caballero acaba de llegar e insiste en verla. Es…

Evangeline no le permitió terminar. Parecía que se había preocupado por Jacks sin motivo.

—Hazlo pasar.

—Me temo que no está conmigo. Lo hemos dejado en el solárium de recepción.

—Os llevaré con él, alteza. —Era Havelock.

Evangeline habría preferido ir sola. Pero, antes, Havelock había sido el único guardia que no la había mirado con desprecio. También había sugerido que Tiberius pospusiera la boda con Marisol, lo que demostraba valentía así como buena intuición. Si iba a estar a salvo con alguien, seguramente sería con Havelock.

Escuchó algunas protestas mientras salía.

—¡Los miembros del Consejo están de camino!

—¡No puedes marcharte ahora!

—Estás demasiado cansada… ¡Si caminas tanto, te desmayarás!

Y entonces oyó otra voz más suave, en el interior de su cabeza, hablándole solo a ella.

Pequeño Zorrillo, ¿dónde estás?

Casi contigo, pensó. *Voy de camino.*

No... La voz de Jacks se llenó de preocupación. *Yo iré hacia ti.*

Evangeline se descubrió sonriendo solo un poco. Le gustaba que sonara preocupado.

Espérame, pensó. Ya estaba de camino. Y creía que no estaba demasiado lejos.

Evangeline solo había estado en el iluminado solárium de recepción una vez, con Apollo. Las había llevado, a Marisol y a ella, a recorrer Wolf Hall cuando se mudaron al castillo. Le encantó la hermosa fortaleza que se rumoreaba que Wolfric Valor había construido como regalo a su esposa Honora. Había imaginado pasadizos secretos detrás de cada tapiz y trampillas escondidas bajo las alfombras. Pero ahora, con la fatiga nublando su visión, todo era un borrón de piedra y techos abovedados, de chimeneas para batallar contra las interminables corrientes de aire, de apliques con velas apagadas, del ocasional busto y el no tan ocasional retrato de Apollo.

Cuando pasó junto a una pintura de Apollo y Tiberius, con un brazo sobre el hombro del otro, tuvo que detenerse. ¡Apollo parecía tan contento y lleno de vida! Era la misma expresión con la que a menudo la había mirado. Había creído que sus expresiones estaban provocadas por la magia, pero ahora era dolorosamente tentador preguntarse si las cosas habían sido más reales de lo que ella había creído, si había estado en lo cierto al pensar que podían enamorarse de verdad. Nunca lo sabría. *Qué habría pasado* era una pregunta de la que nadie conocería nunca la respuesta.

Evangeline comenzó a caminar de nuevo y siguió a Havelock hasta una pared sin ventana desprovista de tapices e iluminada por antorchas que olían a tierra, a humo y a secretos. Solo había estado en el solárium una vez, pero aquello no le sonaba de nada.

—¿Este es el camino correcto? —le preguntó.

—Hemos tenido que dar un rodeo —contestó Havelock. Se mostraba impasible, el perfecto soldado de palacio.

Si no hubiera sido por la sinuosa sensación de inquietud que reptó sobre su piel, poniéndola en alerta de nuevo, Evangeline le habría creído.

¿Te has perdido, Pequeño Zorrillo? Volvía a ser la voz de Jacks, pero sonaba mucho más lejos que antes.

Quizá deberías encontrarme tú a mí, después de todo, pensó en respuesta.

—Creo que voy a regresar —le dijo a Havelock.

—Eso sería un error —replicó una voz cantarina a su espalda.

53

Evangeline se giró.

La chica tenía su edad. Su rostro era redondo y llevaba el largo cabello oscuro recogido detrás, mostrando una marca con forma de estrella del color del vino de grosella en su mejilla izquierda.

—¿Quién eres tú? —le preguntó Evangeline.

La chica estaba vestida como una criada del palacio, con una pequeña cofia y un vestido de lana con delantal crema, aunque Evangeline se preguntó si le habrían prestado la ropa, porque no le quedaba bien y nunca la había visto antes. Habría reconocido su mancha de nacimiento.

—¿Qué está pasando?

Buscó la daga de Jacks, guardada en el cinturón de su vestido de luto. Se la habían arrebatado durante su arresto, pero fue una de las primeras cosas que recuperó.

La chica levantó las manos en señal de paz, revelando un tatuaje en el interior de su muñeca: un círculo de calaveras que le recordó a Evangeline algo que su mente sobrecargada no consiguía recordar.

—Havelock y yo no vamos a hacerte daño. Tenemos algo que queremos mostrarte.

Evangeline agarró su daga con fuerza.

—Perdonadme si lo dudo un poco.

—Apollo está vivo —anunció Havelock.

Evangeline negó con la cabeza. Creía en un montón de cosas, pero no en que la gente regresara de la muerte.

—Yo lo vi morir.

—Lo viste envenenado, pero la toxina no lo mató.

La chica le dedicó a Evangeline una sonrisa burlona, en parte victoriosa, en parte desafiándola a discutir.

Estaba claro que no era una criada. Evangeline quería saber quién era exactamente, pero esa no parecía la pregunta más importante.

—Si Apollo está vivo, ¿dónde está?

—Lo hemos escondido para mantenerlo a salvo. —Havelock avanzó varios pasos y retiró una alfombra para revelar una trampilla que daba acceso a un tramo de escaleras—. Está aquí abajo.

Evangeline le echó una mirada escéptica.

Pero cuando Havelock y la chica bajaron las escaleras, dejándola en libertad para marcharse, la curiosidad pudo con ella. Decidió seguirlos.

El tramo de escaleras estaba a oscuras, y su corazón latió más rápido con cada peldaño. Si Apollo estaba vivo de verdad, entonces seguía casada. Tenía una oportunidad de obtener el futuro por el que acababa de preguntarse. Intentó sentirse nerviosa. Pero si Apollo se preocupaba por ella, ¿por qué había estado escondido en el palacio mientras ella huía para proteger su vida?

Comprendería que siguiera molesto tras el hechizo de Jacks. Pero, unas horas antes, su hermano había estado a punto de matarla. Y sin duda habría muerto en su noche de bodas de no haber sido por Jacks. ¿No se había enterado Apollo de esas cosas, o creía que ella merecía morir?

Mientras se acercaba a los últimos peldaños, todavía esperaba que Apollo estuviera vivo, pero era un tipo de esperanza complicado. Antes, cuando creía que todo era una señal y que su viaje al Norte la ayudaría a encontrar un final feliz, habría estado segura de que había una segunda oportunidad esperándola a apenas unos metros de distancia. Si Apollo le daba otra oportunidad, ¿la tomaría? ¿Lo quería, o solo ansiaba el *felices para siempre* que pensaba que él podía darle?

El último peldaño crujió bajo sus zapatillas. La habitación era pequeña, con un techo bajo de madera y una luz insuficiente. El aire estaba estancado y un poco rancio, y tan pronto como entró, deseó marcharse.

Aquello era un error. Detrás de Havelock y de la chica, Apollo estaba tumbado sobre su espalda, pero no parecía estar bien. No parecía estar vivo.

Evangeline pensó en llamar a Jacks en silencio para decirle que estaba en peligro.

—Apollo está en estado suspendido —dijo la chica rápidamente—. Sé que parece muerto, pero puedes tocarlo.

—Por favor —añadió Havelock en voz baja—. Hemos intentado revivirlo, pero creemos que *tú* eres la única persona que podría traerlo de vuelta.

Evangeline ni siquiera estaba segura de creer que Apollo estuviera realmente vivo. Estaba tumbado sobre la pesada mesa de madera, tan inmóvil como un cadáver. Tenía los ojos abiertos, pero incluso desde lejos parecían tan opacos como trozos de cristal marino.

Todavía quería huir, pero Havelock y la chica la miraban con expectación y no estaban intentando hacerle daño ni retenerla. Si se marchaba, huiría de la esperanza, no del peligro.

Con cautela, se acercó a la mesa.

Apollo seguía vestido como en su noche de bodas, solo con un par de pantalones. Le habían limpiado el aceite del pecho, por suerte, dejando solo su colgante ámbar y el tatuaje con su nombre. Le tocó el brazo con cuidado.

Su piel estaba más fría de lo que debería. Su cuerpo no se movió. Pero, cuando deslizó la mano hasta su pecho, notó algo después de un minuto: un latido que apenas estaba allí.

Su corazón alzó el vuelo. ¡Estaba vivo de verdad!

—¿Cómo os disteis cuenta? ¿Y por qué no lo sabe nadie más?

Evangeline echó otro vistazo a la habitación, en la que no había nada más que la mesa donde estaba Apollo y un pequeño estante con una jarra de agua y algunos trapos.

—No sabíamos en quién podíamos confiar —le dijo Havelock—. Yo estuve allí la noche en la que Apollo fue envenenado. Estuve en la habitación contigo después, cuando no podías dejar de llorar. Me afectó, me hizo pensar que quizá no fueras culpable. Sabía que no tenías nada que ganar, a diferencia de su hermano. No quería pensar que el príncipe Tiberius hubiera intentado matar a Apollo, pero cuando se comprometió casi de inmediato, algunos otros soldados también comenzaron a sospechar. Nos llevamos el cuerpo de Apollo de la morgue real y llamamos a Phaedra.

—Phaedra de los Malditos, a tu servicio. —La chica le dedicó otra sonrisa que la hizo pensar en que debería haber reconocido su nombre, y después hizo un mohín—. ¿No has oído hablar de mí?

—Phaedra, comencemos —dijo Havelock—. Alguien notará pronto que la princesa no está.

—Vale, vale —resopló Phaedra—. Soy bastante famosa en algunos círculos por tener un talento especial: puedo robar los secretos que la gente se lleva a la tumba. Havelock pensó que, si echaba un vistazo al cadáver de nuestro príncipe, descubriría alguno de sus secretos, incluido quién lo mató. Pero Apollo no tenía secretos. Y todo el mundo tiene secretos, aunque solo sea un miedo vergonzante por las orugas o una pequeña mentira sin importancia contada a un vecino. Entonces fue cuando nos dimos cuenta de que Apollo no estaba muerto. La toxina que usaron contra él no lo mató, solo lo dejó en un estado suspendido.

—¿Qué es un estado suspendido? —le preguntó Evangeline.

—Es una pausa en la vida —le contó Phaedra—. A menos que reviva, el príncipe Apollo podría quedarse así durante siglos sin envejecer. No hay demasiadas historias al respecto. Se cree que esta era una de las técnicas curativas que usaba Honora Valor... con la gente a la que no podía ayudar de inmediato. Por desgracia, nadie sabe cómo lo hacía ni cómo despertar a alguien en este estado. Se cree que la práctica se perdió con su muerte, pero estamos convencidos de que tú podrías ayudarnos.

Phaedra miró a Evangeline como la había mirado la gente cuando regresó después de haberse convertido en piedra, como si fuera la heroína que los periódicos afirmaban que era.

Evangeline se sentía más agotada que heroica pero, por primera vez, no tuvo la necesidad de negar los rumores que había sobre ella. Lo que hizo aquel día en Valenda fue valiente. Luc de verdad había estado hechizado y ella había evitado que se casara con la chica que lo embrujó. Después se convirtió en piedra para salvarlo a él y a los invitados a la boda. Puede que lo hiciera en parte porque se sentía responsable de lo que había ocurrido, pero eso no significaba que no fuera valiente. Mantener la esperanza era un acto de valentía.

Pero Evangeline no estaba segura de que el valor fuera suficiente para salvar a Apollo. ¿Qué creían que podía hacer por él?

En algunas de las historias de su madre, los besos podían curar, así como el beso de Jacks podía matar. Pero esos besos casi siempre eran de amor verdadero.

Por supuesto, esas historias también estaban malditas. Así que, ¿quién sabía qué era verdad?

—Podría intentar besarlo —dijo.

Phaedra sonrió con vacilación. Havelock asintió con sobriedad.

Evangeline deslizó su mano hasta la mejilla de Apollo y presionó sus labios contra los del joven. Sabía a cera y a maleficios, y no se movió ni cambió.

La decepción se retorció en su interior, pero aquel fue solo su primer intento. Si no podía curarlo con un beso, quizá encontraría otro modo de sanarlo. Quizá podría recurrir a Jacks. Él había puesto magia en sus besos; quizá podría…

Evangeline se detuvo. Había olvidado que Jacks le había dicho que nunca hubo magia en sus besos. Pero ¿y si él sabía algo? Quizá podría ayudarla.

Casi intentó preguntárselo con la mente, pero se detuvo de nuevo. No podía repetir los mismos errores que había cometido con Luc. No podía poner en riesgo la salvación de Apollo. Si Jacks la ayudaba, no lo haría gratis. Quizá ya no fueran enemigos, pero no podía olvidar lo que él sí era. En el pasado, había creído que Jacks la había usado para matar a Apollo.

Pero no lo había hecho. Jacks no ganaría nada matando a Apollo, y Tiberius había confesado.

Por supuesto, durante su confesión, Tiberius también había dicho que el veneno que usó (las lágrimas de LaLa) solo funcionaba con las mujeres. Y aunque Jacks no ganaría nada envenenando a Apollo, tenía mucho que ganar convirtiéndola en una fugitiva y cumpliendo así otra parte de la profecía del Arco Valory.

Será sierva y princesa, una fugitiva acusada en falso, y solo su sangre dispuesta abrirá el arco.

Evangeline intentó descartar la idea de nuevo. Se estaba volviendo paranoica. Jacks no le había hecho aquello a Apollo para cumplir la profecía. Tiberius había confesado.

Pero ¿y si era cierto que el veneno de Tiberius solo la había afectado a ella? Después de que Evangeline lo besara, Apollo no sollozó incontrolablemente, como lo hizo ella después de beber el vino emponzoñado. ¿Y si Tiberius había envenenado a Evangeline, pero fue Jacks quien le hizo *aquello* a Apollo para convertirla en una fugitiva acusada en falso?

Jacks le había dicho que no había magia en sus besos, pero ¿y si había magia en su sangre? Las primeras dos veces que probó la sangre de Jacks, estaba dulce. Pero el día de su boda, justo antes de besar a Apollo, la sangre de Jacks le supo amarga. Incluso asustó al zorro fantasma. ¿Y si la sangre amarga de Jacks le había hecho aquello a Apollo?

De nuevo intentó enterrar el pensamiento. Aquella idea le revolvía el estómago, y aun así no podía descartarla. Quería pensar que Jacks no había ido tan lejos, pero era el Príncipe de Corazones. Según las historias, había dejado un rastro de cadáveres mientras buscaba a su verdadero amor. No había duda de que iría hasta donde hiciera falta, si eso le proporcionaba lo que quería. Y él quería que aquella profecía se cumpliera.

Pero eso no significaba que sus sospechas fueran ciertas.

Antes, había estado convencida de que Marisol era la asesina. Pero, echando la vista atrás, se preguntó si no la habría manipulado Jacks para que desconfiara de su hermanastra.

En el apartamento de LaLa, Jacks estaba leyendo el mismo libro de recetas que tenía Marisol, revelando que podía ser una bruja. Jacks la llevó al reino subterráneo de Caos, donde este hizo que pareciera que una bruja había envenenado a Apollo. Después, Luc le confirmó que Marisol era una bruja.

Después de eso, Evangeline casi había estado convencida de la culpabilidad de Marisol, pero no estuvo segura de que fuera una asesina hasta que no vio la gaceta que Jacks tenía en las manos, la que anunciaba la boda de su hermanastra.

Quizá solo fuera un puñado de coincidencias, pero Marisol parecía el chivo expiatorio perfecto. Si Tiberius no hubiera confesado, y en lugar de eso hubiera revelado que Marisol lo había hechizado, todos habrían creído que ella también había matado a Apollo.

Pero, de repente, Evangeline ni siquiera estaba segura de que Marisol hubiera embrujado a Tiberius. Jacks podría haberlo hecho para incriminarla.

¿Las cosas eran como había pensado en un principio, o todo lo había hecho Jacks con la intención de cumplir la profecía? Pero, si Jacks había hecho todo aquello, ¿por qué había dejado a Apollo con vida?

Havelock se aclaró la garganta y Phaedra le echó a Evangeline una mirada curiosa, sin duda preguntándose por qué estaba contemplando los ojos fijos y castaños de Apollo. Pero

Evangeline no podía apartar la mirada. Se sentía muy cerca de descubrir la verdad.

Phaedra le había dicho que Apollo podía mantenerse así durante siglos, sin envejecer, sin moverse, sin estar vivo pero tampoco muerto. Justo como Evangeline cuando se convirtió en piedra.

Se sintió desfallecer.

Y, en ese momento, lo supo.

Jacks sabía que Evangeline nunca dejaría a Apollo en ese estado. Por eso lo había dejado con vida: Apollo era su moneda de cambio. Si Jacks había hecho aquello, sin duda podría deshacerlo. Y Evangeline sabía qué querría Jacks exactamente a cambio de su ayuda. Jacks quería que su sangre dispuesta abriera el Arco Valory, y ella habría apostado cualquier cosa a que era así como planeaba conseguirlo.

Había envenenado a Apollo para manipularla.

Evangeline no sabía si reír o llorar.

Sabía qué era Jacks. No había sido tan tonta como para creer que ella era diferente o especial, o que él no la destruiría. Pero quizá lo había creído un poquito. Sin duda lo había creído lo suficiente como para haber pasado una noche con él en el interior de un mausoleo. Y, justo una hora antes, la había aterrado la idea de que Jacks estuviera atrapado en un sueño encantado. Había estado dispuesta a correr en su ayuda porque también había sido tan tonta como para pensar que algo había cambiado entre ellos aquella noche en el cementerio. Cuando él le contó la historia de Donatella, creyó entenderlo. Creyó que estaba abriéndose, que era apenas un poco humano. Pero debería haberlo escuchado cuando le dijo que era un Destino y que ella no era más que una herramienta para él.

Jacks sin duda sabía que ella querría salvar a Apollo. Pero estaba muy equivocado si creía que ella abriría el Arco Valory para él. Evangeline encontraría un modo de curar a Apollo ella sola y después se aseguraría de que Jacks no volviera a hacerle daño a nadie más.

Jacks no era su amigo, pero le había enseñado que podía abrir cualquier puerta que quisiera, y Evangeline sabía exactamente qué puerta tenía que abrir a continuación.

54

En otra parte de Wolf Hall, una puerta que no se había abierto durante siglos comenzó a temblar. Los goznes crujieron. La madera gimió. Y el emblema con la cabeza de lobo tallado en su centro curvó su boca en una sonrisa.

AGRADECIMIENTOS

El Glorioso Norte no habría sido lo mismo sin un sinfín de gente maravillosa que compartió con este libro fragmentos de su magia.

Muchas gracias, Sarah Barley, por creer en esta historia desde el primer caótico momento en el que te la lancé. Gracias por ver la magia cuando no estaba realmente allí y por ayudarme a llegar hasta aquí. Te estoy muy agradecida por el modo en el que amas los libros, y porque siempre eres capaz de ver los puntos débiles de mis novelas para que pueda arreglarlos antes de que los adviertan otros.

Gracias, Jenny Bent, mi extraordinaria agente. Cuanto más trabajamos juntas, más agradecida estoy contigo. Gracias por ser la primera persona en amar esta historia y por darme tu confianza cuando la mía comenzó a flaquear. Gracias por tus brillantes consejos editoriales y por tu infinito apoyo en todas las cosas grandes y pequeñas.

No puedo imaginar cómo sería mi obra sin el ánimo, el amor y el apoyo de mi maravillosa familia. Este último año os he necesitado a todos especialmente. Gracias por estar siempre ahí, incluso cuando es la milésima vez que os pido que me ayudéis a decidir el nombre de un nuevo personaje. Gracias, mamá, papá, Matt Garber, Allison Moores y Matt Moores. ¡Os quiero a todos!

Cuando este libro esté publicado llevaré con Macmillan más de seis años, y me siento muy agradecida por cada uno de ellos. Gracias a mis excelentes editores, Bob Miller y Megan Lynch, y a mi editor asociado, Malati Chavali, de Flatiron Books. Gracias a Nancy Trypuc, Jordan Forney, Katherine Turro, Sam Zukergood y Erin Gordon, por ser el equipo de marketing más increíble y por trabajar tan duro para compartir vuestro inacabable entusiasmo con los lectores. Gracias, Cat Kenney, por tu constante pasión, y a Marlena Bittner, por haber estado ahí desde el principio. Gracias, Sydney Jeon, por todo tu trabajo tras las bambalinas. Gracias, Donna Noetzel, por dar a mis libros una vez más un interior asombroso. Gracias a Chrisinda Lynch, a Sara Ensey y a Brenna Franzitta por vuestra increíble atención al detalle. Y gracias a Vincent Stanley por haber supervisado la producción de unos libros tan bonitos.

Gracias a Mary Beth Roche, a Steve Wagner y a todos en MacMillan Audio, por haber dado vida de verdad a *Érase una vez un corazón roto* a través del audiolibro. Gracias a Jennifer Edwards, Jasmine Key, Jennifer Golding, Jessica Brigman, Mark Von Bargen, Rebecca Schmidt, Sofrina Hinton y a todos los de Macmillan Sales, por haberos asegurado de que este libro estuviera en tantos estantes. Gracias a Alexandra Quill y Peter Janssen, de Macmillan Academic, por poner esta historia en las manos de los profesores, y gracias a Talia Sherer y Emily Day, de Macmillan Library, por trabajar para aseguraros de que este libro consiguiera llegar a las bibliotecas.

Gracias, Erin Fitzsimmons y Keith Hayes, por todo el trabajo y la imaginación que habéis puesto para hacer de la portada estadounidense algo absolutamente extraordinario. Gracias también a Kelly Gatesman. Gracias a Virginia Allyn por su maravilloso y mágico mapa del Glorioso Norte.

Muchas gracias a todos en Hodder & Stoughton por dar a mis libros un hogar tan estupendo en Reino Unido. Gracias a Kate Howard por ser una gran defensora de esta historia y por su excelente consejo editorial. Gracias a Molly Powell por haber tomado las riendas mientras Kate no estaba y por ser una persona tan sensacional y divertida con la que trabajar. Gracias a Lisa Perrin por crear una portada para Reino Unido digna de un cuento de hadas.

Gracias a Molly Ker Hawn por ser una agente en Reino Unido que es una joya. Gracias a Amelia Hodgson por hacer tu magia con los derechos en el extranjero. Gracias a Victoria Lowes por estar en cosas que yo sin duda habría pasado por alto. Me siento muy agradecida por ser parte de la Bent Agency.

¡A mis maravillosas y extraordinarias amigas! Mi corazón rebosa amor por vosotras. Gracias a Stacey Lee por horas de llamadas telefónicas y años de excepcional amistad. Mis historias siempre tienen más corazón gracias a ti. Gracias a Kristin Dwyer por no creer nunca que mis ideas son demasiado ridículas y por recordarme siempre la importancia de confiar en el amor. Gracias a Kerri Maniscalco por las sesiones de lluvia de ideas más inspiradoras y por las incontables conversaciones sobre vampiros. Gracias a Adrienne Young por tus ánimos y porque siempre me proporcionas una nueva perspectiva. Gracias a Anissa de Gomery por amar a Jacks incluso más que yo. Gracias a Ava Lee, Melissa Albert e Isabel Ibañez, por las primeras lecturas y vuestras valiosas opiniones. Gracias a Kristen Williams por las increíbles charlas sobre literatura e historia y por ver todas las primeras portadas. Gracias a Gita Trelease por tus palabras sabias. Y gracias a Katie Nelson, a Jenny Lundquist, a Shannon Dittemore y a Valerie Tejeda, por ser las mejores.

Y, por último, gracias a Dios, siempre, porque he conseguido hacer lo que creo que nací para hacer.

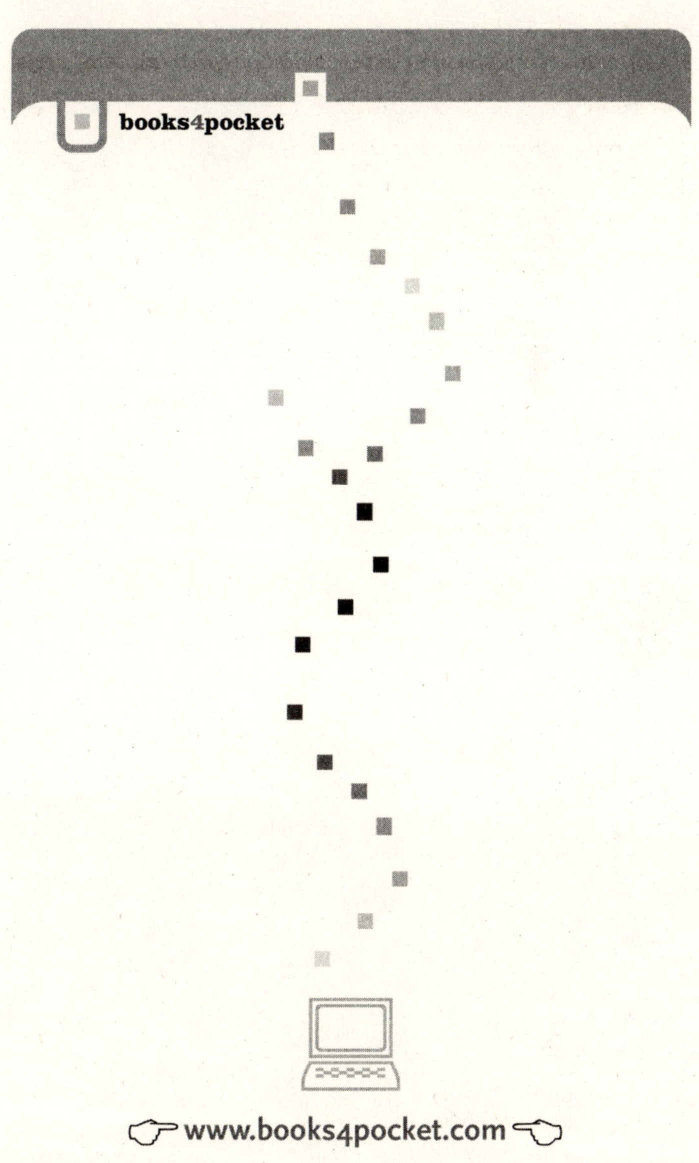
books4pocket
www.books4pocket.com